A Fraternidade

Fernando Luiz

A Fraternidade

São Paulo
2018

Editor Chefe: Fernando Luiz
Direção Editorial: Paulo H. Carvalho
Produção Editorial: Editora Skull
Capa: Alice Prince
Revisão: Nadja Moreno
Ilustração: Rafael Bianchuni
Diagramação: Erisvaldo Correia

Dados Internacionais de Catalogação na Publicação (CIP)
(Ficha catalográfica feita pela Editora.)

LUIZ, Fernando.

Fraternidade| 1ª Ed São Paulo – SP, 2018 - Editora Skull

ISBN: 978-85-53037-07-0

1. Literatura brasileira 2. Titulo 3. Fantasia

 **EDITORA**
SKULL

Rua Tosca, 356 casa 4
Jardim Brasil
São Paulo – SP
CEP: 02210-010 — Tel: (11)95885-3264
www.skulleditora.com.br.

PARA A BELA DE LIBRA

SUMÁRIO

AGRADECIMENTOS

Existe uma lista quase que infinita de todos que eu devo agradecer, tão comuns em meus livros, pois o apoio é constante e isso me alegra. Mas hoje decidi reduzir esta lista. Não se sinta menosprezado por não estar aqui, você está: a cada linha, capítulo, dica, toque, crítica. Você está aqui. É e sempre será minha fonte de inspiração. Agradeço a você que me ajudou comentando no Wattpad, que riu, chorou e me xingou a cada capítulo.

Agradeço à minha mãe e minha irmã que estão sempre ao meu lado em cada passo que dou, embora não leiam muito meus livros, elas gostam do que faço. A Diego Canuto por ser o beta em tempo real, acompanhando cada linha.

A todos os fãs de vampiros, um aviso. Isso não é uma fanfic, muito menos uma afronta. O que Bram Stoker criou, ninguém conseguirá superar, mas esta obra é a prova que podemos honrá-lo, sem fazer vampiros brilhar.

Seja bem-vindo à Fraternidade.

Fernando Luiz

"Você acredita no destino, que mesmo os poderes do tempo podem ser alterados para um propósito? Que o homem mais afortunado neste mundo é aquele que encontra o amor verdadeiro?"

(DRÁCULA, DE BRAM STOKER)

Capítulo 1
Presentinho filho da mãe

Romênia, 20 de janeiro de 2007

Vladmir sempre viveu sozinho. Seus pais adotivos faleceram quando ele tinha apenas dezoito anos, o que o forçou a cuidar da empresa que herdara em total solidão. Acostumado a viajar, o empresário vistoriava sua cadeia de hotéis espalhados pelo mundo, colecionando carimbos no passaporte e mulheres por onde passava. Dotado de um charme que elas adoravam, Vladmir era alvo dos olhares de homens raivosos e esposas derretidas. Entretanto, em breve sua vida tomaria um rumo diferente.

Caminhando pelas ruas de pedra da velha Transilvânia, um homem corcunda e velho rastejava para chegar ao seu destino. Farejando o ar como um animal, o estranho encontrou o cheiro desejado. Subiu os degraus da pequena entrada e bateu fortemente na porta. Vladmir estava no banho; enrolou-se na toalha e desceu para a sala. Ele abriu a porta, sentindo o vento frio que assolava a cidade.

— Pois não? — Sempre educado, o rapaz não conseguia ser grosseiro com as pessoas, principalmente os mais necessitados. O velho retirou o capuz, revelando seu rosto enrugado. Os dentes amarelos surgiram em um meio sorriso.

— Vladmir Notoryev? — o homem falou quase em um sussurro. — Igor. — Apresentou-se com uma reverência, caindo à sua frente.

Vladmir colocou-o para dentro e o ajudou a sentar-se no sofá, enquanto acendia a lareira para aquecê-lo. Foi até a cozinha, esquentou um pouco de sopa, pegou uma garrafa de vinho, acrescentou conhaque e encheu dois copos. Igor prestava atenção nos passos do rapaz. Vladmir pôde notar que ele sorria quando se aproximou.

— Vim a mando de um parente seu. — Igor bebeu um gole da bebida. — Ele pediu-me que entregasse isso quando lhe encontrasse...

Igor enfiou a mão na roupa maltrapilha e retirou um envelope amarelado. Vladmir o recusou, dizendo:

— Eu não tenho parentes. — Encarou os olhos acinzentados de Igor. — Acho que se confundiu, Vladmir é um nome comum na Europa, ainda mais aqui. — Sorriu.

— Leia. — Igor insistiu. — Apenas leia. — Pegou o prato de sopa e começou a sorver.

Vladmir respirou fundo e subiu para o segundo andar, pegando rapidamente uma camiseta preta e uma bermuda. Depois desceu correndo os degraus, retirando o envelope das mãos do velho Igor, abrindo-o. O lacre era um selo queimado a ferro; ele retirou um papel de seu interior, encarou Igor, que comia calado, e começou a ler.

Você é o único descendente humano de uma geração de aberrações e filho único de uma relação linda. Infelizmente, sua mãe não pôde lhe criar e deixá-lo no orfanato foi a melhor das opções.

Igor irá lhe servir sempre, mas, antes, lhe dará um presente que o fará entender o motivo de seu nome ser parecido com o meu. Só lhe peço que espere, sua nova condição o deixará confuso e você enfrentará perigos. Deverá fazer alianças e honrar a sua família.

— Chega! — Vladmir encarou o velho. — Não entendo nada do que está escrito aqui. Eu não tenho família. E quem é este homem?

— Continue lendo. — Igor se levantou, era mais baixo que Vladmir.

O rapaz estava enfurecido, obviamente havia um equívoco na entrega daquela carta, por isso decidiu ir direto ao final e leu o nome do homem que assinara: *Nicolai Draculea.* Ele riu, dobrou o papel e entregou o envelope para o velho.

— Vá embora.

Igor sorriu para ele, pegando o envelope. Em seguida, segurou o pulso de Vladmir puxando-o para próximo de si. O rapaz puxou o braço, mas não foi rápido o suficiente, e o velho mordeu-o acima de sua palma. Vladmir gritou, empurrando-o.

— Você é louco, vou chamar a polícia! — Igor levantou-se do chão, ainda sorrindo. — Fora da minha casa.

— Igor faz o que o mestre manda. — Curvou-se levemente. — Conde.

Vladmir pegou um guardanapo na cozinha e estancou o sangue. Viu Igor saindo, mas o velho virou-se e falou, antes de fechar a porta atrás de si:

— Grite, se precisar. — Sorriu de canto e fechou a porta.

Vladmir não entendeu o que estava acontecendo. A mordida parou de sangrar, ele lavou o ferimento e passou remédios que encontrara no banheiro. Pegou o prato de sopa e a bebida inacabada e os jogou na pia. Suspirou, sentindo o pulso doer. Localizou a chave do carro e, ignorando o horário, dirigiu até Bucareste, parando somente quando chegou ao hospital que seu convênio cobria. Entrou cambaleante na recepção, sendo amparado por um médico.

Horas depois

— Você vai ficar bem. — O médico verificava as pupilas do rapaz. — Você disse que foi um velho?

— Sim, eu tenho que perder a mania de ajudar as pessoas. — Riu. — Pensei que fosse lenda quando me disseram que as pessoas mordiam aqui.

— Vampiros são o charme da Romênia. — O homem virou-se para pegar as ataduras e começou a enfaixar o pulso de Vladmir. — Tome os antibióticos. À noite, troque as ataduras. — Jogou o material descartável no lixo, virou-se para Vladmir e falou: — Recomendo registrar uma denúncia na delegacia, nunca se sabe os loucos que estão por aí.

O médico se retirou minutos depois.

Vladmir olhou para a janela, notando que já havia amanhecido. Pegou o celular e ligou para Ana, sua namorada na Transilvânia.

— Oi — falou, saindo do quarto e encaminhando-se para a saída. — Pode ir lá em casa hoje?

— Vlad. — Ela riu. — Mas é claro. — Silêncio. — Vou usar aquela calcinha que você adora. — A voz sensual de Ana fez Vladmir sorrir.

— Faça isso. Até mais tarde. — Ele riu.

Vladmir desligou o celular e assinou os papéis na recepção, dirigindo-se para a saída do hospital. Parou na escadaria e olhou para o céu. O sol brilhava, o que era raro, e ele respirou fundo, um medo tomou conta de si. Esticou o braço na direção do sol, sua mão iluminou-se. *Deixa de loucura,* pensou; ele colocou as mãos nos bolsos e começou a caminhar. Seus olhos arderam com a luz do sol e ele sentiu o desconforto. Andou rapidamente até seu carro, entrou no veículo e pegou no porta luvas um par de óculos escuros.

— Deve ser efeito dos remédios. — Deu partida e saiu do estacionamento, notando que havia estacionado fora da vaga. Riu de si mesmo e retornou para sua casa.

21 de janeiro de 2007

Vladmir entrou em casa sabendo que a namorada já estava em seu quarto. Subiu as escadas, retirando a camisa no caminho, e parou à porta. Ana estava nua, deitada em sua cama. Ao vê-lo na porta sentou-se espantada.

— O que houve com o braço? — Sua pele reluzia com a luz que entrava pela janela.

— Nada. — Ele retirou a bermuda, ficando nu. Ela sorriu. — Agora, deite-se. — Vladmir subiu na cama, beijando os pés de Ana, que riu. Passou a mão nos cabelos, tomando fôlego, e subiu com os beijos, chegando até o sexo de Ana, que arfou ao sentir a língua do rapaz penetrando-a. Logo depois, ele introduziu os dedos. Os movimentos iniciaram-se com leveza, beijando seus seios e o pescoço. Conforme sentiam-se inebriados, o movimento de vai e vem se intensificou, a mulher gemendo alto.

— Nossa! — Ana sentia-se quente. Ele a beijou no pescoço, mordendo-a levemente.

Vladmir a virou e penetrou com força; Ana gritou, sentindo o orgasmo chegar. Ele parou com o ato, sugando-a na espera de outro gozo. As pernas de Ana tremeram com o tão esperado clímax, enquanto Vladmir voltou a penetrá-la, fazendo-a ter orgasmos múltiplos. Foi muito além do que esperava, ela nunca havia experimentado um sexo tão feroz. O dia transcorreu entre gemidos e sussurros de prazer.

Vladmir acordou faminto e, quando se levantou, percebeu a visão turva. *Malditos remédios,* protestou, espreguiçando-se. Sua mão tocou o rosto de Ana que dormia. Ele a encarou e, diante do que seus olhos avistaram, pulou da cama, assustado.

— Ana? — Vladmir tocou-a com cuidado. Ela estava totalmente ensanguentada, em seu pescoço havia uma mordida em formato de meia-lua. — Meu Deus, o que eu fiz?

Vladmir saiu da cama e parou em frente ao espelho. Estava sujo de sangue, seu corpo pálido estava vermelho. Ele respirou ofegante e sentiu algo pinicar seus lábios, olhou-se no espelho e, então, avistou as presas brancas.

— Deus! — Olhou o pulso enfaixado, deu alguns tabefes no rosto, na tentativa de acordar de um possível sonho, e rasgou as ataduras com raiva. Seu ferimento estava cicatrizado, era somente uma marca prateada. *Igor...* — Igor! — gritou raivoso.

— Sim, mestre. — Vladmir deu um pulo de susto.

O velho corcunda surgiu na porta do quarto.

— Como... — Suspirou. — O que fez comigo?

— O mestre não soube ter calma. — Igor caminhou até a cama. — Pobre moça.

— Não sou seu mestre! — O grito ecoou pela casa. — Como entrou?

— Igor avisou. — O velho curvou-se. — Só gritar que...

Vladmir caiu de joelhos, respirando de forma acelerada, sem notar o sol tocando sua pele; fumaça começou a subir de seu ombro, e ele arrastou-se desesperado para longe da luz. Seu corpo sujo de sangue manchava o chão. Igor estava parado, observando-o.

— O que é isso? — Vladmir passou a mão no ombro, vendo a queimadura cicatrizar. — Eu sou, um...

— Você é filho de Nicolai Draculea, o último herdeiro do Conde Vladislau Draculea, mas por uma ironia do destino, nasceu humano. — Caminhou para perto de seu mestre. — Igor recebeu ordens de lhe vigiar e despertar seu dom.

— Transformou-me em vampiro! Em um monstro! — Ele rosnou, as presas à mostra. Igor abaixou o olhar. — Não posso ficar aqui. Tenho que ir à polícia. — Tentou se levantar, mas escorregou no sangue de Ana.

— Não, mestre. — Igor segurou-o pelo braço. — Está sem roupas e é dia. — Igor mantinha o olhar baixo. — Igor sabe onde levar o mestre.

2 de março de 2007

Vladmir trancou-se no quarto por um mês inteiro. Não queria conversar com ninguém, estava faminto e aquilo preocupava a todos. A casa estava sempre movimentada e, hora ou outra, algum funcionário lhe oferecia uma taça de sangue.

Um homem alto e magro entrou no quarto e falou em tom de ordem.

— Chega disso. — Puxou-o com força, retirando-o da cama. — Alimente-se e venha. — Colocou uma taça de sangue em suas mãos.

— Não vou beber sangue. — Vladmir chorava.

— Você já se alimentou de uma mulher de trinta anos sugando todo o sangue das suas veias. — Vladmir sentou-se na cama com a cabeça entre as pernas. — É doloroso, eu sei, mas você precisa entender. — Silêncio. — Conde, por favor.

— Eu não sou Conde! — O cheiro do sangue o deixava com água na boca, seu estômago revirou-se. — Eu não queria matá-la. — Choramingou.

— Seu pai também não quis matar a sua mãe. — Silêncio. — Meu nome é Alder, sou um lobisomem. Seu servo.

Vladmir não conseguia entender como sua vida se transformara em um filme de terror. Ele encarou a taça de sangue deixada por Alder. Pegou-a, sentindo o seu cheiro, deu um pequeno gole e salivou com o gosto doce. Bebeu a taça inteira, lambendo os beiços.

A
F
R
A
T
E
R
N
I
D
A
D
E

Ele respirou fundo e abriu a porta do quarto. Notou ainda estar sem roupas, mas uma breve olhada ao seu redor mostrou-lhe algumas peças deixadas sobre uma cadeira. Ele vestiu a calça preta e percebeu que era feita de um material diferente. A camisa, também negra, era fina, e havia uma jaqueta de mesma cor e um par de sapatos sociais.

Ao sair do quarto passando a mão nos cabelos, viu que os funcionários da casa se curvavam ao passar por ele. Vladmir sentia-se mal com o tratamento. Ele cruzou o corredor, dando de cara com Alder.

— Senhor. — Alder curvou-se. Ao lado dele estava um rapaz jovem, moreno e de olhos verdes. Tinha cabelos raspados iguais aos de Alder e usava roupas no mesmo tom negro. O rapaz não se curvou. — Desculpe, este é Velcan, meu filho. Ainda não se acostumou a ser educado.

— Desculpe, Conde. — Velcan curvou-se.

— Chega desta história de Conde. — Vladmir olhou ao redor. Estavam em um pequeno chalé. — Não estamos mais em Bucareste, certo?

— Muito atento. — Alder sorriu. — Igor nos chamou. O carro negro o impediu de ver o trajeto. Estamos em Targu Mures, no chalé Dracul.

Silêncio.

— Venha, irei tentar lhe contar tudo.

Capítulo 2
Calouro

O voo demorou, o carro demorou, a inscrição na faculdade de Direito demorou, a abertura da conta de universitário no campus e a aquisição da chave para seu quarto na república também demoraram muito. Já passava das seis da tarde e Dimitri não pôde andar pelo campus, paquerar ou tomar uma cerveja no bar mais conhecido do campus; ou seja, o panfleto era uma mentira.

A Universidade de Bucareste, capital da Romênia, era repleta de jovens que sorriam alegres com o início da vida acadêmica. Menos Dimitri, que estava exausto. Do seu prédio era possível ver a faculdade de Direito, ou como lhe foi apresentado, o Salão das leis. Enquanto ele pensava se lutaria contra o cansaço e sairia na intenção de se divertir um pouco, alguém jogou por baixo da porta três panfletos. Ele pegou os papéis, notando ser de fraternidades que buscavam novos membros.

— Uma fraternidade me livraria do aluguel.

Ele leu: Fraternidade Dracul, Ômega Ranger e Delta Alfa.

— Nomes bem sugestivos — falando sozinho, Dimitri sentou-se na cama, atento ao panfleto da fraternidade Dracul.

Aos vinte e seis anos, Dimitri decidiu largar sua família adotiva na Alemanha e seguir a vida sozinho. Felizmente o programa de bolsas da Universidade lhe garantiu 100% de bolsa, e ele conseguiria se formar tendo custo somente com os livros e o aluguel.

Ele deixou os panfletos de lado, tirando a roupa e seguindo para o banho. Molhou os cabelos loiros e ensaboou o corpo magro, porém atlético. Saiu secando os cabelos e deu de cara com uma garota em seu quarto. Rapidamente enrolou-se na toalha.

— Quem é você? — Dimitri estava ofegante. A jovem fechou os olhos, ficando vermelha.

— Sou sua colega de quarto. — Ela passou os cabelos curtos para trás da orelha. — Carla Atlas. — Suspirou ao ver o abdômen definido do rapaz. — Qual o seu bonito…. quer dizer… Seu nome bonito. — Dimitri riu. — Ai, meu Deus!

— Dimitri Skapov — ele falou, forçando o seu inglês. — Americana? — Seu sotaque a fez derreter-se.

Ela não respondeu. Dimitri vestiu-se rapidamente. Carla o olhava a cada passo; ele vestiu camisa branca e calça jeans. A jovem sorriu mordendo os lábios.

— Serão cinco anos. — Ele a fez rir. — Vai se acostumando a me ver sem roupa.

— Vou pedir transferência. — Ela se levantou. Dimitri a puxou pelo braço, impedindo-a de sair do quarto e seus corpos colidiram.

— Calma — ele falou em seu ouvido. — Só estou quebrando o gelo.

Ela sorriu. Ficaram próximos por alguns segundos, mas logo o telefone da jovem tocou. Ele a soltou, vendo-a pegar o aparelho cor de rosa e riu de canto, sentando-se em sua cama. Carla atendeu o telefone.

— Oi Marcus — falou alegre. — Onde te encontro? — Dimitri abaixou os olhos *"Tem namorado…"*

Ela conversou com o tal de Marcus por um longo tempo. Ao encerrar a chamada, jogou uma almofada em Dimitri, que se perdera em pensamentos, chamando sua atenção. — Vou sair para beber algo. — Olhou-o de canto. — Quer conhecer a Romênia?

Carla estava no segundo semestre de Direito, então foi a guia de Dimitri pelo campus. A noite estava fria e Dimitri não usava luvas, suas mãos gélidas só o deixavam mais nervoso. A garota aproximou-se dele, andando lado a lado, e sorriu ao notar que o rapaz tentava não olhar para ela.

— Eu não mordo. — Sorriu, pegando a mão dele. — Você vai congelar no primeiro mês.

— Seu namorado não vai gostar de te ver de mãos dadas com outro. — Dimitri falou lenta e suavemente no ouvido dela. O vento aumentou de intensidade. O jaleco de Carla flutuou e ela deu um passo atrás, escorregando no mármore de uma das calçadas. Ele a amparou. — Calma.

— Você é o tipo conquistador. — Ela ficou encarando os olhos azuis de Dimitri. — Cada frase sua serve para conquistar uma garota, não é?

— Estou conseguindo? — Olhou-a com atenção.

— Carla! — Um rapaz a chamou e ela soltou-se de Dimitri. — Quem é o seu amigo? — Olhou-o dos pés à cabeça.

Marcus era um rapaz moreno, pouco mais alto do que ele e mais forte. Tinha cabelos lisos e negros penteados para trás, usava jaqueta preta e calças jeans escuras. Trazia um cachecol vermelho enrolado no pescoço. Dimitri aproximou-se do casal e cumprimentou o rapaz.

— Dimitri Skapov. — Silêncio. — Colega de quarto da Carla.

— Humm. — Ele a olhou. — Você se deu bem. — Riram juntos.

— Espera… — Dimitri estava confuso. — Você não é namorado dela?

Marcus sorriu, aproximando-se de Dimitri.

— Eu prefiro você. — Riu. Dimitri se afastou. — Calma, você é dela. — Marcus o pegou pelos ombros, colocando-o ao lado de Carla.

O trio seguiu pelas ruas do campus até encontrar um barzinho todo iluminado por uma luz roxa. Lá dentro, Dimitri sentou-se, sentindo a mão de Carla sobre sua coxa. Conversaram e beberam até altas horas. A música boa convidava-os para dançar, e Marcus puxou a garota, girando-a pelo salão; Dimitri observava tudo de longe.

— Ele é bonito. — Marcus falou para a amiga, olhando o forasteiro.

— Nem te conto como eu o conheci. — Carla balançava o corpo no ritmo da música. — Pelado, saindo do banheiro.

— Não! — Marcus suspirou. — Conte os detalhes…

— Não tem detalhes. — Ela ficou vermelha. — Um homem nu, nada que eu não tenha visto antes neste campus.

O rapaz a deixou na pista e caminhou até Dimitri.

— Está esperando o que para chamá-la para dançar? — Marcus o levou até o meio da pista, fazendo-os darem as mãos. — Por favor, pare de olhar e vai tirar uma casquinha.

Carla ficou envergonhada enquanto Dimitri a pegava pela cintura. O casal caminhou até o centro da pista e, ironicamente, a música tornou-se lenta; Dimitri gargalhou de nervoso. Após duas músicas, ele se mantinha calado, sentindo a respiração da jovem. Carla enrolava seus dedos nos cabelos dele, passando as unhas em sua nuca. O calouro se excitou e girou-a assim que a música terminou, puxando-a para si e beijando-a de supetão.

Marcus aplaudiu.

Dimitri acordou com o sol batendo em seu rosto; Carla gemeu quando ele se levantou e fechou a cortina. Em sua mente, os flashes da noite anterior dançavam. Passou a mão em seu ombro, sentindo uma leve pontada. Olhou-se no espelho, suas costas e ombros estavam arranhados. *"Loucura"*. Riu, encaminhando-se para o chuveiro. Carla levantou-se logo em seguida e eles tomaram banho juntos.

Após o banho romântico, decidiram encontrar Marcus para que Dimitri conhecesse as fraternidades.

— Dimitri. — Carla estava sentada na cama. Ele saiu do banheiro, arrumando o cabelo com gel, pegou sobre a cama uma pulseira de couro com uma cruz de prata.

— O que foi? — Ele a notou tensa. Vestiu a camisa e a encarou.

— Nós não usamos preservativo. — Ela suspirou.

— Você toma alguma coisa, remédio…?

— Não. — Dimitri ficou pensativo.

— Não vamos surtar. — Ele riu. — Pode não dar em nada. — Ela sentou-se a seu lado. — Vou comprar algumas camisinhas e deixar aqui.

— Ok. — Ela o beijou.

Capítulo 3
Bem-vindo a Dracul

Já passava do meio dia e Marcus, Carla e Dimitri haviam conhecido apenas duas das três fraternidades mais badaladas do campus. O trio almoçou na cantina, e Dimitri foi obrigado a admitir que a comida era horrível.

Após o almoço, os três encaminharam-se para uma casa em estilo colonial e pintada de preto até as telhas. O nome da fraternidade estava exposto em letras gregas:

$$\Delta\rho\alpha\chi\upsilon\lambda^1$$

Os três aproximaram-se do prédio e perceberam espantados que ali havia muitas pessoas e uma viatura de polícia. Carla segurou a mão de Dimitri puxando-o entre a multidão. Próximos da porta e abrigados do sol, um policial conversava com uma jovem que usava um roupão preto amarrado toscamente em sua cintura. Dimitri notou que ela usava lingerie por baixo, deixando o decote avantajado à mostra. Carla bateu em seu ombro, forçando-o a desviar o olhar. Marcus olhou em volta, a sensação de aperto em meio aos curiosos o deixou assustado, o campus todo parecia estar lá.

— Gente. — Um garoto negro aproximou-se de Marcus. — Um aluno morreu na Dracul.

— Como? — Dimitri olhou para a mulher que era interrogada. Linda, ela se insinuava para o policial.

— Este é o Miguel. — Marcus fez as apresentações. O rapaz com ar de jogador de futebol suspirou e falou:

---

1   Dracul

— A Dracul tem acesso à floresta. Parece que ele e Alira estavam transando, foi ataque de lobo.

— Não gosto dela. — Carla fechou a cara. — Bom, está fora da lista.

— Sério? — Dimitri a encarou.

— Sério. Você perto de uma garota que anda de lingerie o dia todo? — Carla o puxou. — Sem chance.

— Uau. — Marcus riu. — Ela tomou conta mesmo.

Após a tragédia, todos os alunos da universidade foram obrigados a comparecer a uma palestra sobre os perigos de andar em uma floresta à noite. Dimitri dormiu as três horas de explicações, regras e avisos, acordando somente quando começaram a falar sobre os lobos, criaturas que ele sempre admirou. Ele também se atentou quando soube que o aluno que foi morto não tinha sido o primeiro. Houve outros sete assassinatos no período de seis meses. As autoridades estavam vendo a possibilidade de fechar os acessos à floresta, mas a faculdade de Educação Física sempre dava um jeito de impedir, alegando que suas aulas práticas seriam interrompidas e prejudicariam os alunos.

Dimitri tentou pegar nos livros depois da palestra, mas ter uma colega de quarto que adorava sexo tornou a tarefa impossível. As aulas começariam na semana seguinte, e ele precisava ler o material enviado pelo professor de Direito Penal ou poderia se encrencar. Decidiu, então, deixar Carla e Marcus saírem, pegou o livro e o material que recebera por e-mail e começou a ler.

As horas foram passando e o som da música do lado de fora chamou sua atenção. Dimitri conseguira ler todo o material e decidira ir atrás de Carla. Trocou de roupa, lembrando-se desta vez de colocar luvas, e saiu da república, vendo todos seguirem na direção das fraternidades.

— Hey, calouro. — Dimitri encarou um rapaz asiático. — Festa na Dracul.

Dimitri acenou para ele, seguindo a multidão. *"Que mal haveria em ir à festa?"* Ele caminhou enquanto observava os alunos rindo e se divertindo. A casa negra estava iluminada por luzes verdes e vermelhas. O nome da fraternidade brilhava com pisca-pisca natalinos na frente da casa, um pedestal exibia a foto do garoto morto e duas jovens loiras recebiam os convidados.

— Hoje é o memorial em nome do Drake. — As duas falaram juntas. Dimitri sorriu. — Bebam à vontade. O dinheiro será enviado para a família.

Filantropia era uma das obrigações das fraternidades. Dimitri verificou a carteira e viu que tinha dinheiro suficiente. Olhou ao redor e sorriu; Carla dançava com Marcus e Miguel, ele se aproximou e os três festejaram.

— Chegou o estudioso… — Marcus riu.

— Isso acaba no semestre seguinte. — Carla disse, beijando-o.

Enquanto dançavam, Dimitri notou dois rapazes seguindo para o andar superior, provavelmente iriam transar. Carla o beijou, chamando-o para a realidade. Miguel e Marcus se beijavam, e a música alta não deixava ninguém parado.

Pouco depois da meia-noite, Miguel foi ao banheiro, e como estava demorando, Dimitri foi atrás dele, pois já iriam embora. Bateu na porta, que foi aberta por um homem negro e nu. Sobre a pia, uma jovem loira gemia.

— Desculpe. — Dimitri riu. *"Faculdades"*.

Ele continuou procurando pelo colega de Marcus, mas não o encontrou.

— Ele deve ter se perdido de nós e ido embora. — Carla olhou para Marcus. — Dimitri, procure mais uma vez, por favor. Eu e Marcus vamos indo, não estou muito bem.

— Ok! Logo mais volto ao dormitório. — Sorriu, cumprimentou Marcus e voltou à sua procura.

"O banheiro fica no primeiro andar. Vejamos o segundo".

Subindo as escadas, Dimitri logo entendeu o motivo da fraternidade ter tantos quartos. Nos dias de festa, aqueles cômodos tornavam-se verdadeiros motéis públicos. Um dos cômodos estava com a porta aberta; ali, três casais transavam sem medo ou vergonha, cada um em um canto. Ele excitou-se com a cena, mas limitou-se a suspirar, voltando à busca. Havia um segundo banheiro naquele andar. Ele abriu a porta, e constatou que estava vazio.

— Oi. — Uma mulher somente de calcinha o parou entre o banheiro e o corredor. — Procurando algo?

— Eu… — Dimitri olhou seus seios. — Meu amigo se perdeu e eu estava atrás dele para irmos embora.

— Que pena. — Ele, então, reconheceu-a. Era Alira, a jovem que estava sendo interrogada pelo policial no dia do ataque de lobo. — Bem-vindo à Dracul. — Ela se curvou. — Volte quando quiser.

Alira passou a mão no peito de Dimitri, desceu até o elástico da cueca e contornou a borda da roupa com os dedos, sentindo o pênis ereto. O rapaz arfou, afastou-se e seguiu pelo corredor para verificar os demais quartos. Encontrou muitas portas fechadas e gemidos altos. Ele olhou para trás, não mais vendo Alira. Suspirou, retornando ao penúltimo quarto, do outro lado do corredor. A porta entreaberta o deixou bisbilhotar; estava escuro, mas Dimitri sabia o que estava acontecendo lá dentro. Com a curiosidade aguçada, abriu um pouco mais a passagem para ver melhor.

Alira se despia da única peça que usava, subiu na cama sobre um homem que gemia e a segurava pela cintura. Dimitri reconheceu a jaqueta do time de futebol jogada no chão. O bisbilhoteiro acendeu a luz, sua visão perdeu o foco por um instante e Alira virou-se em sua direção, seu corpo estava manchado de vermelho. *Lubrificante?* Ela rosnou, algo que Dimitri achou estranho. Aproximando-se da cama, o medo daquela mulher era tanto que ele não conseguiu correr. O homem deixou suas mãos penderem para fora do colchão. Estavam igualmente manchadas do líquido vermelho. Alira saiu de cima dele, revelando seu rosto.

Miguel arfava, seu pescoço dilacerado deixava sangue escorrer. Dimitri ficou pálido.

— Achou seu amigo? — Alira sorriu demonstrando as duas presas banhadas no líquido escarlate. Miguel estava nu, parcialmente excitado, e totalmente arranhado, sangrando e imóvel. Ele olhou para Dimitri e tentou dizer algo.

— O que fez com ele? — Dimitri deu passos para trás, caindo no chão. Havia tropeçado em algo. Olhou confuso; havia dois rapazes mortos no chão, próximos da cama. *"Os mesmos que vi subindo"*.

Alira o olhou com raiva, movimentou a mão e fez a porta se fechar no momento em que um casal surgia no corredor. Dimitri correu para abri-la, mas estava trancada. Ele se virou e deu de cara com a estranha e feroz mulher. Um par de presas desceu em sua boca, em meio ao rosnado.

— Fiz com ele o mesmo que farei com você. — Ela o empurrou contra a parede. — Quem mandou ficar bisbilhotando?

A dor veio seguida pelo grito, quando Dimitri sentiu os dentes de Alira em seu pescoço. A mulher transformou-se em uma espécie de animal, e o corpo de Dimitri foi ficando mole até perder os sentidos. Alira jogou-o no chão e olhou para Miguel, que ainda se mexia; ela aproximou-se dele e o segurou pelo pescoço, torcendo o pulso com força e matando-o em instantes. Ela suspirou. A porta se abriu para que duas jovens entrassem.

— Que fome. — Uma delas falou. — Um bisbilhoteiro...

— Vocês deveriam estar olhando. — Alira rosnou. — Temos quatro horas até o amanhecer.

As duas saíram em direção à festa que seguia no andar de baixo, desligando o som e falando juntas, de forma arrepiante:

— Pessoal. — O burburinho foi diminuindo até predominar o silêncio. — Foram vendidos trezentos litros de cerveja e muitos lanches, totalizando doze mil euros para a família do nosso amado Drake. Agora, vamos para casa lembrar-nos do grande jogador que ele era.

Como formiguinhas, todos saíram obedientes. O olhar das gêmeas controlava a todos, era como Alira conseguia suas vítimas, que seguiam para o segundo andar para cair na armadilha mortal.

Faltando uma hora para o amanhecer, os corpos foram deixados em locais separados da floresta. Quatro mortes por lobo seriam anunciadas e a floresta seria fechada. Alira olhava pela janela o sol nascer. Ela fechou a cortina e retirou o lençol sujo de sangue da cama. Jogou-o no chão, olhando o quadro na parede. Nele, a imagem de um homem lindo, de pele branca, seu único amor.

Capítulo 4
Desaparecimento.

Os corpos foram encontrados e as mortes anunciadas, seguidas pelo anúncio do fechamento da área livre da floresta. Marcus chorou ao saber que dos três corpos encontrados, uma era de Miguel. Ele ficara totalmente retalhado, mas algo não estava certo. Como ele tinha ido parar na parte central da floresta?

Carla imprimiu fotos de Dimitri que encontrara em seu laptop e distribuiu pelo campus. As roupas e os pertences do rapaz foram levados para a delegacia, e depois de uma semana do sumiço do rapaz, as autoridades já cogitavam que ele também fora morto por lobos.

— Miguel não pode ter ido à floresta. — Carla andava de um lado para o outro. — E Dimitri, por que e como desapareceu?

— Carla, eu vou embora, vou voltar para a casa dos meus pais. — Marcus estava tenso. — Essa faculdade não está mais tão legal.

— Mas e o curso? — Ela sentou-se ao seu lado.

— Desisto. Pessoas morrem, desaparecem, por que continuar? — Suspirou.

Uma das gêmeas carregou sozinha o corpo de Dimitri e o deitou no chão, próximo a algumas pedras. As habilidades vampíricas lhe davam força o suficiente para fazer todo o serviço sem se cansar. Suspirou, erguendo a mão em formato de garra, e desferiu golpes pelo corpo pálido do rapaz, rasgando-lhe a carne e órgãos, e desfigurando o rosto. Olhou ao redor e sorriu.

— Um digno ataque de lobo.

As plantas e pedras ficaram sujas de sangue, e ela deixou o intestino para fora para parecer que Dimitri fora arrastado pela floresta.

A loira virou-se e correu, desaparecendo no horizonte. O vento aumentou sua intensidade e o corpo de Dimitri começava a chamar a atenção de animais. Um lobo negro surgiu acima de uma das pedras, farejou o sangue, pulou próximo ao corpo e lambeu o rosto do rapaz.

— Velcan! — uma voz fez o lobo recuar. — Outro corpo…

O lobo negro rosnou, voltando à forma humana. Velcan encarou o homem atrás dele, dando-lhe passagem; estava nu, enquanto o outro usava terno. Vladmir aproximou-se do corpo de Dimitri.

— Pobre rapaz. — Tocou seu rosto. — Está vivo?

— Impossível! — Velcan aproximou-se. — Meu Deus, o coração está… batendo? — Ele pôde ouvir as leves batidas.

— Acho que encontramos o que estávamos procurando. — Vladmir levantou-se, arregaçando a manga da camisa. Deixou o braço direito livre e o mordeu. As presas perfuraram a pele pálida. — Você vai nos ajudar, será leal.

Velcan observou a cena. As gotas de sangue de Vladmir pingavam no rosto de Dimitri que, em seguida, direcionou o sangue para o corpo estripado. A pele começou a se movimentar, criando tecido; o intestino enrolou-se, retornando para dentro do rapaz. A pele cicatrizou-se. O rosto voltou a ser branco. Dimitri arfou e tateou o corpo, sentindo uma dor horrível. Gritou.

— Vamos Velcan, o sol irá nascer.

Vladmir afastou-se do rapaz, deixando Velcan pegá-lo no colo. O lobisomem o carregou até a estrada onde uma limusine estava estacionada. Vladmir abriu a porta, deixando o lobo deitar Dimitri no chão do veículo.

A
F
R
A
T
E
R
N
I
D
A
D
E

O chofer entrou no carro, sentando-se no banco do motorista. Vladmir abaixou um pouco os vidros e observou o sol nascer.

— Sabe que o *Coven* não aprovará esta transformação, não sabe? — Velcan falou pelo sistema de áudio da limusine. Dimitri gemeu. — Meu pai será o primeiro. — Ele colocou os óculos escuros ao fazer a curva. O sol iluminou a estrada e entrou através do vidro aberto. Vladmir deixou o rapaz ser banhado pela luz, ainda era humano.

— Alder vai entender. — Vladmir aproximou-se de Dimitri, ele tremia. Tocou seu corpo, não se importando com a mão que queimava com o sol. — Não foi o meu veneno que o transformou, mas meu sangue que o salvou. — Fechou os vidros.

Dias atuais

— Senhorita Atlas.

O delegado chamou por Carla, que tinha recebido um comunicado para depor. Era seu segundo depoimento desde o desaparecimento de Dimitri e a morte de Miguel.

— Boa noite. — Carla estava tensa. — Encontraram meu namorado?

— Senhorita Atlas, peço que me responda somente uma pergunta. — O delegado levantou-se. Era um homem gordo, de terno azul marinho e levemente careca. Sua pele branca parecia flácida no pescoço. — Onde foi que viu seu namorado pela última vez?

Ela suspirou.

— Eu já disse isso antes. — Silêncio. — Dentro da fraternidade Dracul. Ele tinha ficado para trás para procurar pelo Miguel que nós havíamos perdido de vista.

— Quanto tempo demorou a ida de Miguel ao banheiro?

— Uma... meia hora. — Demonstrou nervosismo na voz.

— Achamos vestígios de sangue no lado sul da floresta, quase doze quilômetros longe da Dracul. — Carla o olhou incrédula. — Fizemos um teste de DNA, era sangue humano. Solicitamos a embaixada Russa amostras de sangue de Dimitri o que possibilitará comparar o sangue, mas achamos algo....

— O quê? — Questionou, passando a mão nos cabelos.

O delegado levantou-se e deu dois passos até um pequeno armário marrom com apenas duas portas presas com um elástico. Abriu-o rapidamente e colocou a mão em seu interior, retirando um pequeno saco plástico que continha um objeto. O homem depositou o saco sobre a mesa, a uma distância razoável da garota, impedindo-a de tocá-lo. Ali estava a pulseira de couro com o crucifixo de prata de Dimitri manchada de sangue. Ela não conteve o choro.

— É dele. E o corpo?

— Provavelmente os lobos.... — O Delegado tentou encontrar as palavras certas. — Já faz duas semanas.

Carla saiu da delegacia em prantos e caminhou até a república, passando perto da fraternidade Dracul. Alira, a líder da fraternidade, viu-a e correu em sua direção, chamando-a.

— Faremos uma festa em nome do seu namorado e dos outros... — Alira usava roupas pretas, saltos altos finos também pretos e mantinha os cabelos soltos, deixando-os cair lisos até seus seios, que se evidenciavam graças ao decote. — Ele tem família?

— Não! — Carla suspirou. — Não precisa fazer nada. As pessoas morrem quando entram naquela casa.

Carla passou por ela, deixando-a sozinha na calçada. Alira ficou vendo-a caminhar e respirou fundo, controlando o impulso de matá-la. A vampira viu alguns jogadores de futebol olhando-a.

— Meninos. — Ela sorriu. — Espero vocês lá... — Caminhou até o capitão do time e passou a mão entre suas pernas. — Quero você no meu quarto.

Os rapazes festejaram. A mulher seguiu para dentro da casa negra, subiu até o segundo andar e viu as duas gêmeas bebendo sangue de um garoto vestido de branco. Ele ainda estava vivo e gemeu ao ver Alira entrar no quarto.

— Precisamos encontrar lugares mais afastados para deixá-los. — Ela pegou uma taça sobre a escrivaninha e a encostou no pescoço do rapaz, enchendo-a com sangue. — Vamos diminuir nosso cardápio.

— Mas…

— Um por mês. — Alira bebeu da taça. — Vamos estocar o sangue.

CAPÍTULO 5
Transformação.

Duas semanas antes

Dimitri acordou sentindo todos os seus ossos doerem. Seu peito ardia e sua garganta estava seca. Tossiu, fazendo um rio de sangue escorrer em direção ao chão. Desesperado, ele tentou levantar-se, mas sentiu uma forte tontura e caiu no chão. Espalmou a mão no sangue e escorregou, batendo a cara no piso frio de mármore. *Onde estou?*

Um zunido alto ecoou em seus ouvidos, estava sem senso de direção, tudo girava. Sentiu um cheiro adocicado e olhou ao redor, notando estar em um quarto de paredes altas e sem janelas. Quase no teto, uma pequena abertura deixava a fraca luz entrar.

— Não se assuste. — Uma voz masculina o fez tremer. Dimitri virou-se rapidamente, dando de cara com um homem bem vestido, de terno negro e limpo. — A dor vai passar quando se alimentar.

— Onde estou? — Sua voz saiu rouca. Sentiu algo espetar seus lábios e passou a língua nos caninos, que se esticavam salientes, diferentemente dos outros dentes. — O que é isso?

— Você está a salvo. — Vladmir aproximou-se dele. — Lembra-se de algo? Como se machucou?

Silêncio. Dimitri se concentrava.

— Minha cabeça está girando. — Ele encarou o homem. — Quem é você?

— Meu nome é Vladmir Notoryev, Conde de Dracul. — Vladmir fez uma breve reverência. Dimitri ficou pensativo e, em seguida, começou a rir, levantando-se quando sentiu que não ia cair.

— Dracul... Drácula? — Riu novamente. Seu pulmão ardeu. — O que houve comigo?

— Você foi atacado, alguma coisa te feriu na floresta...

— Eu não estava na floresta. — Imagens desconexas de pessoas transando, sangue e um mulher rosnando em sua direção surgiram rapidamente em sua mente. — Sou aluno da...

— Universidade de Direito da Romênia. — Vladmir entregou-lhe sua carteira. — Retiramos seus pertences do que sobrou de sua roupa. — Dimitri se olhou. Estava nu e sujo de sangue.

— Minhas roupas...? — Dimitri tapou suas partes. Vladmir suspirou, pegando um jaleco preto e comprido o bastante para cobrir os pés do rapaz. — Você precisa se alimentar.

Dimitri sentiu as presas uma vez mais.

— Eu sou...

— Sim, eu também. — Vladmir arreganhou os lábios, mostrando suas presas. — Venha, vou te contar o que houve.

Dimitri seguiu Vladmir pelos corredores da casa enorme e repleta de funcionários, todos com as mesmas presas que ele agora possuía. Com medo, ele não as encarava, mal notando que os funcionários nem prestavam atenção nele. Chegaram a uma sala onde um uma imensa mesa cheia de comida estava disponível. Vladmir sentou-se, apontando uma cadeira para que o rapaz se sentasse. Dimitri salivou ao ver a comida. Sentou-se e respirou fundo, sentindo a dor nos pulmões voltar.

— Coma. — Vladmir serviu-se de um vinho que estava próximo a ele.

Dimitri comeu como se estivesse com fome há décadas. Vladmir ficou admirado ao vê-lo se alimentar. O rapaz o olhou e falou:

— E então...

— Ah, claro. — Vladmir sorveu mais um gole do vinho. — Você foi encontrado na floresta. Algum animal o atacou...

— Não consigo me lembrar. — Silêncio.

— Bom... — Vladmir suspirou. — Na verdade, posso dizer que foi um vampiro que te atacou, um bem descuidado, devo afirmar.

— Descuidado? — Dimitri pegou a garrafa do vinho e encheu a sua taça. O cheiro adocicado que sentiu o sobressaltou. — Isso é... — Suas presas desceram.

— Sangue. — Dimitri largou a taça.

— Isso só pode ser um sonho. — Ele fechou os olhos por alguns segundos. Quando os abriu, Vladmir sorria.

— Não é um sonho. — Ele se levantou. — Sirva-se do sangue. Não se preocupe, nós aqui temos um vasto estoque. Os doadores originais já faleceram há séculos.

Dimitri bebeu o líquido escarlate rapidamente e encarou Vladmir, que o chamava para fora da sala. O jovem sentia-se sujo, o cheiro podre que exalava do seu corpo o deixava irritado. O Conde virou-se para ele, abrindo a porta de um quarto.

— Roupas e um chuveiro. — Sorriu. — Eu te aguardo no final deste corredor.

Dimitri entrou no quarto e fechou a porta, jogando o jaleco sobre a cama e notando as peças de roupa que lhe foram separadas. Eram todas sociais e em tom negro. Ele tocou uma a uma, notando ser um tipo de tecido muito fino, mas resistente. Caminhou até o banheiro e ligou o chuveiro no máximo; entrou no box e deixou a água limpar toda a imundície que se prendia a seu corpo. O rapaz ficou por quase uma hora debaixo d'água; em sua cabeça, flashes vinham com rapidez, mas nenhum o deixava lembrar o que houve. Sua última lembrança foi o beijo de Carla, antes de sair para a festa com Marcus, deixando-o sozinho estudando.

O jovem vampiro caminhou até o espelho e encarou seu reflexo; o corpo branco e bem definido reluzia com a água devido às pequenas gotas de água que escorriam. Ele tocou a pele e notou uma leve cicatriz na barriga, algo que não existia. Secou-se, ainda de frente para o espelho, e percebeu que estava mais forte, o abdômen mais definido. Sorriu, fazendo suas presas se alongarem. Aproximou-se do espelho para analisá-las, ergueu os lábios e as tocou com delicadeza. Eram sensíveis e se retraíram com o toque. *Deus...*

Ele vestiu uma cueca boxer preta, e nesse momento se deu conta de que não foram somente os músculos da sua barriga que cresceram. Estava mais dotado, o que o alegrou. *"Já era bom, agora ficou melhor"*. Sorriu, vestindo a calça, os sapatos, e a camisa. Deixou o terno de lado. Os cabelos loiros estavam molhados, ele procurou por um pente e os arrumou para trás, perfeitamente alinhados.

Quando estava pronto, saiu do quarto e olhou o corredor. Conforme combinado, Vladmir estava parado conversando com outro homem ao final do longo caminho. Dimitri se aproximou.

— Dimitri, este é Velcan. — O rapaz o encarou. — Ele que te achou.

— Obrigado. — Dimitri o cumprimentou. O toque do rapaz fez suas presas descerem. Velcan deu um passo para trás.

— Acalme-se, Velcan. Vamos, o conselho está nos esperando. — Dimitri ficou sem entender.

Os três seguiram pelo corredor largo e repleto de quadros que retratavam castelos e pequenas construções antigas de antigos moradores. Vladmir começou a contar uma história.

— A Transilvânia é uma região histórica da Europa Central que constitui a zona centro-ocidental da Romênia. — A voz de Vladmir ecoava pelo corredor, igual a um professor ou guia turístico. — A sua capital é a cidade de Bucareste, delimitada a leste e sul pela cordilheira dos Cárpatos.

Dimitri já estava entediado. Velcan, notando a cara do rapaz, cutucou Vladmir, que rapidamente mudou o rumo da história.

— Os países que falam a língua inglesa têm sido fortemente associados aos vampiros, principalmente devido à influência do romance *Drácula*, de Bram Stoker, algo que sempre será atribuído somente ao campo da ficção, mas eis a verdade...

Vladmir parou na frente de um quadro que retratava um homem. Ele encarou Dimitri e falou:

— Este é Vlad, o empalador. Lorde ou Conde, como preferir. — Vladmir Sorriu.

— Este é Drácula? — Dimitri analisava o quadro. — Vocês são parecidos.

Velcan riu baixinho.

— Eu sou tetraneto de Vlad. Há dez anos recebi a visita de um *idiota* — Velcan gargalhou e Dimitri sorriu, sem entender a referência —, que me mordeu e me transformou em vampiro. Cheguei aqui igual a você, desorientado e com fome. Foi aí que entendi…

— Você era humano… — Dimitri olhava outro quadro.

— Este é Mihnea, o mau, único filho do lorde empalador que deu continuidade à família Draculea. Sou descendente direto dele.

— E por que se tornou vampiro?

— Por sua causa. — Vladmir o encarou e sorriu. — Para proteger humanos. Há anos nós, vampiros, tentamos viver em paz. Bebemos sangue clonado, não matamos humanos…, mas tem a outra família. Abraham Van Helsing. — Vladmir apontou para o quadro do outro lado do corredor, e Dimitri espantou-se. — Sim, o caçador de monstros. Ao tornar-se lobisomem, teve seus valores modificados deixando de caçar monstros e se dedicando a cuidar dos lobisomens que surgiam pelo mundo. Seus filhos passaram a ajudar os vampiros e, com isso, veio a paz.

— Mas nem todos querem a paz — uma voz grave ecoou no corredor. Um homem muito parecido com Velcan surgiu caminhando calmamente. — Vladislau Draculea foi morto por lobos que não queriam a união dos clãs. Assim, nasceu este Coven.

— Dimitri, este é Alder Van Helsing, pai de Velcan e herdeiro direto dele. — Apontou para o quadro. — Um pouco extremista, mas…

— Um pouco? — Alder o olhou sorrindo. — Não sabia que você estava trazendo crianças…

— Dimitri foi atacado, não foi meu veneno que o transformou. Eu o salvei. — Alder encarou o filho.

— Suas pesquisas estão deixando o conselho preocupado. Três corpos foram encontrados. — O lobisomem fungou.

— Devo fazer algo de útil, não? — Vladmir sorriu. — O número de mortos só aumenta e as autoridades estão atribuindo o desaparecimento de alunos a ataques dos lobos. Ele é o quarto corpo. — Apontou para Dimitri, em meio ao silêncio incômodo que se seguiu.

— O Conselho está reunido. — Alder cruzou os braços. — Se o que diz é verdade…

— Certo, mantenha seus lobos longe de Dimitri, ele ainda tem sangue humano.

Capítulo 6
As Noivas

Eram três. É sabido que Drácula era um homem conquistador, mas nunca pôde controlar sua primeira noiva; sua fúria e ciúmes sempre colocavam as noivas em maus lençóis. Dimitri escutava as histórias a cada quadro que passava; parecia estar dentro de um enorme livro ilustrado. Guiado por Alder, que tomou à frente na narrativa da história milenar dos vampiros pela Romênia e deu um ar mais sombrio à história ao falar das noivas, o jovem vampiro sentiu uma forte dor na cabeça e parou de andar. Abaixou-se ofegante.

— Lembrou-se de algo? — Vladmir sabia pelo que o rapaz estava passando. — Algo o fez lembrar…

— A primeira, este nome… — Dimitri sentou-se no corredor, Vladmir aproximou-se do rapaz, Alder puxou uma corrente de ouro de dentro do terno, revelando um relógio de bolso. Estavam atrasados. — Alira — falou, enfim, sentindo a dor aumentar.

— Uma vampira antiga, morta no último cerco ao Castelo de Bran…

— Uma aluna da universidade, líder da fraternidade. — Dimitri encarou Alder. — Foi ela. — Suspirou, levantando-se. — Eu me lembro. Foi Alira quem me atacou.

Após se recompor, Dimitri seguiu o grupo até um salão abobadado, com pilastras por todo o entorno; entre elas, tochas iluminavam tudo. Apesar de extenso, o salão não era totalmente ocupado. No centro, seis degraus levavam a seis cadeiras de madeira com encosto alto e estofamento de veludo vermelho. Sentados nas cadeiras estavam os anciãos. Vladmir falava baixo enquanto aproximava-se dos anciãos, apresentando o rapaz.

— Membros anciãos minha busca pelo lobo assassino me levou a outro suspeito. — Dimitri achou a frase exagerada, pois eram jovens, com exceção de um, que aparentava ter mais idade devido aos cabelos brancos e às rugas na pele.

Os seis anciãos estavam atentos; uma mulher levantou-se, cruzando as mãos na frente do corpo. Vladmir manteve-se em silêncio.

— Você foi atrás de um lobo e trouxe um humano. — A mulher encarou Dimitri. Era negra, os cabelos desciam em cachos avermelhados até a sua cintura. Usava roupas claras e estava descalça. — Um humano em transformação…

— Vladmir, como pôde quebrar esta regra? — O velho levantou-se rápido, pegando Dimitri de surpresa. Ergueu-o com apenas uma mão. — Ainda há sangue humano nele. Deve ter umas três semanas de luz do sol…

— Senhores, Milady. — Ele encarou a mulher negra. — Como Conde destas terras devo zelar pela vida de todos. Dimitri foi encontrado por Velcan; estava retalhado…

— Retalhado? — O velho colocou-o no chão. Dimitri massageou o pescoço, suas presas desceram e a mulher o olhou de forma séria.

— Se me deixarem contar… — Vladmir estava impaciente.

Próximos da porta, Velcan e Alder mantinham-se calados. Tinham aprendido que deviam ser servis aos vampiros e nunca ir contra suas leis; o jovem Velcan lembrava-se do que aconteceu ao irmão e seus seguidores…

— Tire a roupa, Dimitri…

— O quê? — O rapaz encarou a todos. — Não vou tirar a roupa.

— É melhor obedecer, rapaz, ou podemos mantê-lo vivo por apenas três semanas e, então, jogá-lo ao sol. — O velho o encarou de volta com o olhar firme e sorriu, mostrando suas presas.

Dimitri encarou Vladmir, recriminando-o em pensamento. A mulher sorriu ao vê-lo desconfortável. O rapaz retirou a camisa e a calça, ficando apenas de cueca. Os anciãos o analisaram com atenção.

Vladmir falou:

— Vejam as cicatrizes. Seu coração ainda batia quando o encontramos, foi meu sangue que o regenerou e o está modificando lentamente. — A última palavra foi proferida de forma calma.

— Você se lembra quem lhe causou tanto mal? — A mulher o encarou. Dimitri começou a vestir a roupa novamente.

— Está falando sobre me tornar um monstro ou ser atacado? — Os anciãos rosnaram. Dimitri sorriu. — Fui atacado na fraternidade Dracul. — O velho e a negra o olharam com atenção, semicerrando os olhos. — Uma mulher, Alira, a líder da fraternidade. Foi ela quem me atacou, e é só o que consigo me lembrar.

— Isso não pode ser verdade — o velho falou, boquiaberto. — Não pode ser uma vampira…

— Tinha presas. — Dimitri o interrompeu. — E o nome é este mesmo. — Aproximou-se de Vladmir.

— Posso pedir que Velcan investigue. Se for uma vampira, ou melhor, A vampira, devemos prendê-la pelo que fez. — Vladmir falou, diminuindo a tensão. O conselho estava achando Dimitri muito petulante.

— O que ela fez? — Dimitri encarou a todos. O velho ancião sentou-se na cadeira e falou, pesaroso:

— Alira foi a primeira noiva do Conde Draculea, mas nunca gostou das decisões do homem…

— Então, ela orquestrou a queda do castelo, colocando a culpa nos lobisomens que serviam ao Conde — a mulher negra falou, sentando-se em seguida.

— Acreditamos, durante anos, que o Conde tinha sido morto pelas mãos de um homem que, outrora, jurou aniquilar nossa raça.

— Van Helsing… — Dimitri falou, olhando para trás. Alder estava de cabeça baixa. — Foi ele, não foi?

— Anos de lutas e guerras, milhões de vampiros e lupinos mortos… — O velho suspirou. — Mas uma mancha recente em nossa história nos provou que fomos todas marionetes de Alira.

— Lobos insurgiram contra este Coven. — Alder quebrou as regras, aproximando-se de todos e falando diretamente com os anciãos. — Meu filho mais velho, Tristan, organizou uma segunda queda, tramando, assim, a morte dos mais velhos.

— Quando cheguei ao chalé, tudo era muito recente. — Vladmir falou, pousando a mão no ombro de Alder. — As histórias ainda ecoavam nos corredores. Conta-se que Tristan gritou o nome de Alira antes de ser sentenciado ao exílio.

— Ele não foi morto? — Dimitri encarou Velcan, que se mantinha próximo da porta.

— Lobos têm uma forma diferente de penalizar seus criminosos. — Os anciãos resmungaram. Alder abaixou a cabeça e afastou-se.

— Então é com Tristan que devem falar. — Dimitri falou, fazendo Alder parar. — Ele pode dizer se quem me atacou é esta de que falaram. — Dimitri sentiu uma dor na garganta. Seu sotaque se intensificou. — Temos que ir ao exílio.

— Não é tão fácil. — A segunda anciã, que até o momento mantinha-se calada, resolveu se pronunciar. — Entendo que deve querer saber os motivos por ter sido atacado, mas o exílio fica no deserto, onde nós não podemos chegar. — Sorriu, novamente ajeitando as mechas vermelhas de seu cabelo. — Um probleminha com o sol.

— Eu vou. — Dimitri a encarou. — Ainda tenho três semanas, não tenho?

— Mas as autoridades… — Uma voz rouca inundou o salão. A forma corcunda rastejou-se por entre as pilastras. Meio careca, com pele em decomposição, o serviçal de Vladmir aproximou-se, reverenciando o Coven. — Dimitri Skapov foi morto por lobos. — Ele entregou uma reportagem de jornal para o mestre, afastando-se rapidamente antes de levar um tabefe. — Mestre, ele…

— Chega, Igor! — Vladmir gritou, sua voz forte e grossa fez os anciãos lembrarem-se de Vladislau. — Pode se retirar. — Igor fez uma reverência.

— Devo preparar o jantar? Thamina o espera…

Abaixou-se, fugindo do olhar gélido de Vladmir.

— Thamina está aqui? — Vladmir encarou os anciãos. — Senhores, com licença. Dimitri, venha.

Afastou-se, saindo do salão e caminhando rapidamente pelo corredor. Ao chegar ao final, gritou:

— Igor! — Silêncio. — O jantar, sua lesma!

— Sim… — resmungou baixo o suficiente para não ser ouvido. — Mestre.

CAPÍTULO 7
Um plano mirabolante e perigoso

— Mina! — Vladmir falou alto ao entrar no salão. A mesa já estava sendo preparada para o jantar; fora limpa e recebera pratos e talheres. Os serviçais trabalhavam calados. — Como foi em Bran?

— O museu está ficando lindo, seus hotéis continuam lucrando. — A mulher o encarou, parando seus olhos em Dimitri, que estava atrás dele. — Quem é ele?

— É claro. — Vladmir sorriu. — Thamina, este é Dimitri Skapov...

— Um recém-formado... — Ela respirou fundo. Sentia um aroma adocicado exalando do corpo do rapaz. — Finalmente conseguiu quebrar as regras.

— Não o transformei, não diretamente. — Suspirou. — Venha, vamos jantar. Contarei tudo.

Igor enchia a taça de Dimitri com sangue; o jovem vampiro observou os rótulos das garrafas notando que havia uma única marcação de quatro números, que logo lhe fizeram enjoar e depositar a taça sobre a mesa.

— Marcamos os anos de nascimento dos doadores...

— Você disse que bebiam sangue clonado. — Dimitri limpou a boca com o guardanapo e encarou o prato cheio de comida. Frango e arroz com legumes. Teve ânsia.

— Existiu um doador inicial. — Vladmir sorriu. — Acalme-se Dimi, tudo se acertará...

— Acertará? — falou alto. Vladmir o encarou sério. — Eu não pedi essa vida…

— Prefere a morte, então? — Vladmir levantou-se. — Arrisco minha vida trazendo você aqui, salvando sua pele. Tente ser menos grosseiro e aceite esta segunda chance. Lá dentro — ele apontou para a porta fechada que levava ao salão do Coven —, você pareceu feliz em ajudar-nos a descobrir se esteve, de fato, frente a frente com uma vampira secular. — Thamina ergueu os olhos. Vladmir suspirou, alinhou a roupa e os cabelos que caíam lisos sobre seus olhos. — Se quiser, posso aceitar sua vontade de morrer, mas me ajude antes. ·

— Três semanas. — Dimitri levantou-se. — Iremos ao exílio, conversaremos com Tristan e, quando o sol se tornar meu inimigo… — Silêncio. Dimitri segurou o choro, passou por Vladmir e falou, antes de sair da sala de jantar: — Me lançarei a ele.

Alira mordia o pescoço do capitão do time de futebol. Nua sobre ele, a vampira pensava em seus próximos passos. O rapaz gemeu, tremendo de medo, e falou:

— Por que faz isso? — Engasgou-se com o próprio sangue. — Eu… gosto de você.

— Querido! — Ela riu. — Infelizmente, não me apego mais a ninguém. — Mordeu-o ferozmente, sugando boa parte de seu sangue. O jogador ficou pálido e a empurrou, juntando forças para falar.

— Faço o que quiser, mas não me mate, Alira. Eu te amo…

A vampira não soube o que lhe ocorreu para ceder ao olhar singelo, porém adoecido do rapaz. Alira suspirou, levantando-se. Caminhou até a porta, trancou-a e voltou-se para o rapaz, mordendo o próprio pulso e encostando-o na boca dele. Falou:

— Beba. Você será útil.

O jogador de futebol acatou o pedido e sugou o sangue da vampira, sentindo os efeitos imediatos; seu corpo tremeu intensamente. A dor nas juntas o deixou louco. Alira afastou-se, deixando-o se transformar.

— Será um novo mundo, meu doce Gabriel. — A jovem sorriu, vestindo seu roupão vermelho. Gabriel desmaiou no chão. Ela saiu do quarto, fechando a porta atrás de si.

— Podemos jogá-lo em Budapeste se desejar. — Uma das gêmeas surgiu na sala. A líder da fraternidade a observava do alto da escada. — Minha senhora?

— Não será necessário. Quero duas garotas virgens hoje à noite. Ele estará com fome.

— A senhora...

— Eu sei o que fiz, Belire. — Alira falou alto. A jovem baixou o olhar. — Faça o que estou mandando. Diga a quem encontrar que estamos aceitando novos membros.

— Sim, senhora. — A jovem saiu da casa. A irmã surgiu, vindo da cozinha.

— Eurile... — Alira encarou a gêmea. Desceu alguns degraus e esperou que ela falasse algo.

— Milady. — A jovem se curvou. — A senhora tem visita.

Um homem idoso, porém forte, surgiu. Eurile lhe deu passagem sem olhá-lo nos olhos. O ancião sorriu ao ver Alira suja de sangue.

— Sempre aprontando, minha criança. — O velho cruzou o espaço entre eles e estendeu a mão. Alira a segurou sentindo certa repulsa pelos dedos enrugados, beijando-a ternamente.

— Láureo. Quanto tempo.

Dimitri estava deitado quando o sol nasceu e tocou sua pele. A janela aberta deixava a luz penetrar por todo o cômodo, iluminando-o.

— *Eu espero que a janela esteja fechada...* — A voz de Vladmir surgiu no corredor. — *Sou jovem para virar pó.*

Dimitri suspirou, levantou-se e fechou a janela, sentando-se na cama. Vladmir abriu a porta e entrou no quarto.

— Melhore essa cara…

— Não me venha com lição de moral — Dimitri gritou. — Estou com raiva, com medo e quero um hambúrguer. — Vladmir sorriu.

— Rapaz, essa vida pode ser horrível. Eu assumo, ela é. — Sentou-se a seu lado. — Mas como Conde, aprendi que, com paciência, podemos entender as coisas.

— É que… — Dimitri deitou-se, olhando o teto e passando a mão nos cabelos loiros. — Tem uma garota.

— Eu sabia. — Vladmir levantou-se. — Venha, você precisa se alimentar. Conversamos no salão.

Thamina estava no centro do salão, onde nem a mesa se encontrava mais. Dimitri a viu girar uma espada com maestria. Velcan e Alder estavam parados no fundo, próximos à porta que levava ao Coven. Igor vinha mancando em sua direção.

— Mestre… — Dimitri o olhou sem entender. — Igor recebeu ordens do Conde para lhe servir o que quiser. — Ele se afastou de Vladmir, que o empurrou com força.

— Por que o trata assim? — Dimitri pousou a mão no ombro do decadente ajudante. — Não se deve tratar os funcionários dessa maneira.

Thamina sorriu, vendo a forma branda do rapaz falar; Alder e Velcan observaram Vladmir virar-se e apontar para Igor.

— Desde que Vladislau o transformou, Igor só se tornou inútil. — Silêncio. — Não o trate bem, ele é tão traiçoeiro quanto uma cobra. — Dimitri retirou a mão do ombro do corcunda, que estava prestes a mordê-lo. — Viu?

— Vlad, pare de brincar. — Thamina guardou a espada. — Igor, por favor. 1802. Três taças. E traga algo para os rapazes. — Ela apontou para os lobisomens no fundo do salão.

Igor saiu, reverenciando a todos.

— Conde. — Afastou-se de Vladmir. — Mestre. — Sorriu para o rapaz e curvou-se de forma educada para Thamina, sussurrando: — Senhora.

— Entenda, rapaz — Vladmir observou Igor sumir no fim do corredor —, Igor é mais antigo que os anciãos e não se senta nas cadeiras, pois não atribui nada a esta casa. Ele é mais velho que Láureo, e tratá-lo como alguém da família não é certo. Ele é traiçoeiro, ficou muitos anos ajudando Alira no castelo de Bran. É uma víbora.

— Então, por que o mantém vivo? — Dimitri olhava as espadas fixas na parede leste.

— Rapaz, você faz muitas perguntas. — Ele encarou Thamina. — Vamos ao plano, minha cara, antes que Dimitri nos obrigue a contar sobre a construção do castelo Bran.

— É uma bela história. — Thamina sorriu para Vlad em tom desafiador. — Dimitri, com o tempo, nós te contaremos tudo, mas o que precisa saber é que você voltará à sua vida antiga, lógico, depois de um treinamento.

— Mas… eu sou um vampiro. — Suspirou. — Não posso me aproximar de Carla.

— Então este é o nome dela? — Vladmir sorriu. — Velcan, vá para o campus e vigie a garota.

O lobisomem acatou a ordem, saindo do salão.

— Será treinado. Aprenderá a ser um vampiro e usar o charme que guarda em seu sangue. — Thamina o encarou.

— Charme?

— Tendo meu sangue salvo sua vida, você carrega meus traços, minha força, minha forma de agir. — Vladmir caminhou em círculos. — Amanhã iremos para o exílio, mas quando voltarmos, teremos três semanas para organizar o seu retorno.

— Menos que isso. — Dimitri o interrompeu. — Desculpe, mas não quero ver Carla somente à noite. Quero vê-la à luz do dia. Ela precisa entender que está tudo bem…

— Ele tem razão. — Alder falou, aproximando-se dos vampiros. — O retorno dele não envolve somente uma humana, mas as autoridades, jornais que noticiaram o ataque de lobo e sua morte. A universidade deve acreditar na história que contarmos.

— Tenho um plano em mente. — Vladmir encarou o rapaz. — Está ciente que, se não se controlar, ela pode morrer?

— Eu vou me controlar. Sou incapaz de machucá-la.

— Rapaz. — Vladmir suspirou, passando as mãos nos cabelos. — Preciso te contar uma história.

Capítulo 8
Para que serve um Conde?

Dimitri estava desolado com a história que Vladmir lhe contara. Não conseguiu ouvir até o final, quando a cena de terror e dor que o Conde relatava deixou-o enjoado. O jovem vampiro levantou-se às pressas saindo do salão, e Thamina impediu Vladmir de seguir o rapaz.

— Ele precisa de tempo. Ele lembra você, quando chegou ao chalé.

— Me sentia um assassino. — Vladmir suspirou. — Láureo saiu do chalé ontem e até agora não voltou. Não confio nele.

— Bobo. Láureo é o motivo de você estar vivo. — Sorriu, puxando-o para beijá-lo. — Você tem uma reunião hoje à noite.

— Reunião? — Vladmir pegou o celular e abriu sua agenda, não havia nada marcado.

— Comigo. — Ela sorriu.

Carla abriu a janela, deixando o sol entrar. Estava pálida, não se alimentava direito e faltara às últimas aulas da semana. Desde que recebera a pulseira de couro de Dimitri, ela não a tirara do pulso, como se ele estivesse segurando-a. No meio do pátio aberto, jovens conversavam, alguns sentados na grama, outros deitados em bancos de pedra. Ela avistou um homem de terno negro e cabelos no mesmo tom, impecavelmente alinhados para trás. Velcan observava a todos; abriu os botões do terno, sentando-se na praça. Carla o achou bonito e sorriu.

Alguém bateu na porta. Ela respirou fundo e foi abri-la.

— Nem pensar que a minha amiga vai definhar neste quarto. — Marcus adentrou no recinto, deixando-a espantada. — Anda, troca de roupa e vamos comer algo...

— O que está fazendo aqui? — Carla o abraçou.

— Meu pai me fez voltar, disse que não valia a pena perder tudo por causa de alguém que se foi. — Ele suspirou. — Estou tentando superar e acho que você precisa de ajuda.

— Sinto falta dele. — A jovem sentou-se na cama. — Não sei por que, mal o conheço. Como posso me apaixonar por um cara com quem transei apenas algumas vezes?

— Estamos no mesmo barco, garota. — Riu. — Às vezes penso que ele e Miguel fugiram juntos. — Carla gargalhou. — Viu só, aquela menina alegre ainda existe. Vai, se veste, vamos sair.

A noite caía e Dimitri continuava no quarto. Sua boca estava seca, seus olhos, fundos. Sentia dor nas articulações e sua visão começou a ficar turva. Vladmir abriu a porta com uma garrafa nas mãos; o cheiro inundou o local e ele aproximou-se do rapaz, fazendo-o se sentar.

— Não quero. — Dimitri empurrou a garrafa.

— Beba, garoto. —Vladmir forçou a garrafa para perto da boca dele. — É para o seu bem.

— Não! — Levantou-se aos tropeços. — Eu quero morrer...

— Não comigo aqui. — Vladmir levantou-se, enfiou a mão atrás da calça e sacou uma lâmina fina, deslizando-a sobre a pele branca de seu pulso e deixando o sangue cair. — Pode resistir ao sangue clonado, mas não ao que te trouxe à vida. — Dimitri salivou. Os dentes se alongaram. Rosnou.

— Por que faz isso comigo? — Aproximou-se do Conde.

—Você é a minha chance de redenção, garoto. — Vladmir estendeu o braço. Dimitri o segurou, lambendo o sangue. — Apenas viva.

A FRATERNIDADE

Com uma mordida forte e rápida, Dimitri começou a sugar o sangue de Vladmir.

Em meio ao banquete, Thamina abriu a porta e estacou na entrada do quarto, boquiaberta. Vladmir sorriu para ela.

— Láureo está chamando vocês. — Silêncio. Dimitri parou de sugar o sangue, virando-se para a vampira, que continuou: — Ele negou a saída para o exílio.

Antes

— Arrisca-se vindo aqui tão perto do nascer do sol. — Alira enchia uma taça com sangue de sua reserva, a fim de servir Láureo. — Pretende ficar?

— Só até lhe explicar a nossa atual situação, minha criança. — O velho aceitou a taça e sorriu. — Está se arriscando muito.

— Já tomei medidas para que tudo se acerte. Estamos estocando. — Ela ergueu a garrafa. — Como nos velhos tempos…

— Se descobrem a verdade, é o nosso fim. — Rapidamente, ignorando qualquer limitação que a idade poderia lhe dar, Láureo segurou-a pelo pescoço. — Matar homens e largar na floresta, forjar ataques de lobos… A matilha de Alder está em alerta e o Conde está investigando…

— Conseguiu controlar bem o herdeiro de Vladislau. — Ela sorriu. Láureo a soltou. — Dizem que ele é idêntico ao Drácula. Será que é tão obstinado quanto o lorde empalador? — Gargalhou. Virou-se abruptamente, erguendo o dedo. — Cinco séculos, Láureo, não são cinco anos. Eu preciso me alimentar, preciso viver.

— Lembre-se que só está viva graças a mim…

— Será que queria me manter viva? — Ela fungou. — A quantidade <u>de erva-moura</u>[2] em meu sangue quase me matou.

2   Erva moura – planta venenosa, usada como anestésico em algumas regiões do globo

— Deveria parecer real. — Láureo se afastou. — Tristan sabe, ele viu o que aconteceu.

— Deveria ter matado aquele cachorro quando tive tempo. — Desdenhou.

— Ele te amava. — Láureo a olhou com atenção. Fez silêncio. — Existe um ajudante de Vladmir, tome cuidado.

— Tomarei. — Ela não o olhava. — Mais alguma coisa?

— Sim. Vladmir está indo até o exílio. Ele quer falar com Tristan.

Alira não se controlou, pegou a garrafa de sangue e a jogou na parede. A porta se abriu e Belire entrou, acompanhada de duas jovens de cabelos pretos. Usavam roupas curtas e tinham os olhares felizes por terem sido aceitas na fraternidade Dracul. Láureo encarou Alira, que se recompôs. Belire sorriu, fechando a porta.

— Meninas… — Ela arrumou os cabelos, puxou a faixa do roupão vermelho e sorriu. — Bem-vindas à Dracul.

A vampira saltou sobre o sofá, rosnando feito um animal e pegando uma das novatas pelo pescoço. Do lado de fora, gritos foram ouvidos, e depois o som alto de música. Láureo observou a cena, sentou-se no sofá e voltou a beber sua taça de sangue, enquanto Alira puxava a garota pelos cabelos e arrastava-a escada acima. Ao mesmo tempo, Belire quebrava a perna da outra com um chute certeiro abaixo do joelho, deixando-a agonizando no chão da sala.

Alira abriu a porta de seu quarto, Gabriel estava acordado. Ela jogou a garota no chão do recinto e encarou o rapaz, que analisava suas presas.

— Aproveite esta noite, Gabriel. — Ele sorriu, estava nu. — Amanhã, você viaja comigo.

Depois

Dimitri tomou um banho rápido, sentia-se bem novamente. Vladmir aguardou no corredor enquanto ele se arrumava. Os dois caminharam lado a lado até o salão do Coven. Thamina os encontrou na sala de jantar juntamente com Alder:

— Láureo está estranho. — A vampira falou encarando o lobisomem. — Velcan deu notícias?

— Ainda na Universidade. Ele telefonou. — Encarou Dimitri. — Sua garota está doente. — Dimitri arregalou os olhos.

— Vamos deixar as más notícias para depois. Não deve ser nada grave. — Vladmir pousou a mão no ombro do rapaz.

— Um amigo dela conseguiu retirá-la do quarto. — Sorriu. — Estão agora em um bar do campus, rindo. — Dimitri suspirou aliviado.

— Deve ser o Marcus. Preciso vê-la, mas tenho medo de…

— Acalme-se. —Vladmir o encarou. — Uma coisa de cada vez.

Vladmir adentrou o salão e Dimitri o seguiu observando agora que sua visão havia melhorado. Mesmo longe, ele enxergava os anciãos sentados no centro do salão como se estivessem ao seu lado. Sentiu-se zonzo, Thamina o segurou e sorriu, falando ao observá-lo:

— Não olhe com atenção. Nossa visão é uma espécie de binóculo. Se forçar, enxergará muito mais longe.

— Obrigado. — Sorriu. — Sabe me dizer por que Láureo não nos quer no exílio?

— Entenda uma coisa, Dimitri, Láureo é nosso líder, mas nem sempre devemos confiar nele. Todos aqueles que foram próximos de Alira sempre deverão inspirar motivo de desconfiança.

A vampira se afastou, caminhando pelo salão. Dimitri permaneceu ao lado de Velcan e Alder. Igor caminhou cambaleante, servindo a todos com taças de sangue 1802; para Vladmir, um ótimo ano. Dimitri bebeu sua taça rapidamente, já não se sentia tão enjoado. Embora só tivessem passado poucos dias desde sua transformação, ele estava se sentindo bem, quase normal.

— Eu gostaria de saber o que faço aqui. — Vladmir se aproximou do conselho. Os vampiros o olhavam com atenção, Láureo com desdém. — Como Conde destas terras, herdeiro de Vladislau Draculea, um homem nobre, porém cruel, me pergunto, por que me mantém aqui? Até a rainha da Inglaterra tem mais poder que eu. — Silêncio. — Se saio e vivo uma vida de excessos, sou recriminado, se decido cuidar do que é meu por direito e proteger o povo que vive sem pagar nada em minhas terras, sou ridicularizado. Afinal, para que serve um Conde?

O silêncio era extremo, ele continuou:

— Não desejam que eu vá ao exílio, mas desejam que eu descubra a verdade...

— Vladmir.... — A mulher negra tentou acalmá-lo.

— Chega! — ele gritou e Igor se afastou com medo, lembrando-se dos gritos de Vladislau. — Eu vou ao exílio, me impeçam, se quiserem.

— Vladmir — Láureo quebrou o silêncio —, regras...

— Foram feitas para serem quebradas, Milorde. — O Conde trincou os dentes. — Onde esteve na noite passada? Não o encontrei em seus aposentos.

— Minha vida pessoal não lhe interessa, rapaz! — O velho se levantou.

— Então não cuide da minha — falou sem olhá-lo. — Parto pela manhã. Dimitri ainda precisa de um breve treinamento.

— Vladmir — a anciã falou com calma —, se no exílio você acha que encontrará respostas, pode ir, mas deverá nos prometer que suas pesquisas não prejudicarão nossa existência.

— Não é meu desejo prejudicar esta casa. Aliás, Bran será reaberto em breve. Obrigado.

Os anciãos ficaram calados, vendo-o se afastar com Dimitri e Thamina. Para eles, a notícia de que o Castelo de Bran seria reaberto era algo que nunca pensaram ouvir, afinal, desde o levante e a invasão, pouco restou da história dos Draculea. Talvez, naquelas paredes, muitos segredos tenham se perdido ou se guardado para a eternidade.

Longe dali

A grande porta se abriu com um som horripilante. Os homens e mulheres que lá estavam observavam o que parecia ser um grande evento. A entrada não era aberta há séculos. Na verdade, a última vez que se abrira, foi para deixar passar um único homem.

Tristan se pôs à frente do grupo. Ali, todos eram licantropes, mas ele era o único Van Helsing. O herdeiro do caçador de monstros era considerado o mais parecido com seu antepassado. Vindo de uma linhagem direta da casa dos Helsing, Tristan fez as escolhas erradas, acreditando que sua amada o ajudaria.

Anos se passaram desde que Alira fora dada como morta, mas ele sempre se mostrou fiel. O levante contra o Coven acabaria com os vampiros anciãos e os lobos seriam soberanos, mas ele foi pego. Seu próprio pai o condenou ao exílio. Quarenta anos se passaram e ele se arrependia, em partes, pelo crime cometido; amou uma vampira para que pudesse destruir os vampiros. Alegrava-se por seu avô ter matado o Conde e, mesmo que a fama fosse falsa, ele carregava no sangue o legado de Helsing, e jurara nunca mais se envolver com um sanguessuga.

A porta se abriu completamente e duas figuras, usando jalecos compridos e capuzes negros, adentraram no exílio. Os lobos, reconhecendo o cheiro, ajoelharam-se em respeito; todos, exceto Tristan. Os dois estranhos caminharam até ele. Um deles, o mais alto, retirou o capuz e sorriu. Suas presas não assustavam o jovem Helsing. O segundo visitante falou, e a voz doce fez Tristan tremer:

— Me alegra saber que você lutou em meu nome, ao menos uma última vez. — Alira retirou o capuz e sorriu. — Olá, Tristan Van Helsing, sentiu saudades?

CAPÍTULO 9
Ensinamentos Noturnos

Vladmir caminhou calado até o outro lado do chalé. Era possível ver que o sol já brilhava lá fora; as janelas, mesmo fechadas, deixavam pequenos filetes de luz entrar. Dimitri o seguia, acompanhado por Thamina. Em silêncio, eles notavam a tensão do Conde. Um guinchado baixo, seguido por uma risada sem motivo, fez os três virarem, olhando para trás. Igor os seguia com uma faca em uma mão e, na outra, um pedaço de carne. Caminhava lento e manco, sua corcunda elevada acima da cabeça. O velho tirava filetes da carne e comia, rindo desordenadamente.

— O que foi, imprestável?

— Igor já terminou os afazeres. — Riu. — Posso me retirar?

— Vai…

— Obrigado, Mestre. — Ele continuou rindo e voltou pelo corredor no caminho contrário.

Dimitri ficou espantado com o tamanho da biblioteca. Vladmir acendeu algumas velas, puxou duas escadas e subiu para o andar superior. Ali, começou a pegar alguns livros, falando os títulos em voz alta.

— Os diários de Mina Harker; vai conhecer um Drácula que Bram Stoker não foi capaz de descrever. — Ele passou por algumas prateleiras. — A história de Bran… — O volume grosso com capa de couro foi lançado. Dimitri o pegou no ar, sorrindo.

— Tenho que ler qual capítulo?

— Todos! — Thamina e Vlad falaram juntos.

— Pensei que vampiros não estudassem….

— Ah! — Vladmir gritou. — Para um estudante de Direito você parece não gostar de ler, jovem Dimitri. — Vladmir descia as escadas com seis livros nas mãos. — Leia todos até o anoitecer e pegue um para ler na viagem. — Sorriu. — Thamina...

A vampira pegou um dos livros e o entregou para Dimitri.

— Leia Harker, a estrutura do vampiro. É mais interessante. — Sorriu.

— Tudo bem. — Ele sentou-se à mesa e começou a ler.

— Vou pegar uma garrafa para bebermos.

Dimitri o encarou e falou:

— Vladmir, me traz um hambúrguer, pelo amor de Deus. — Riram juntos.

A tarde foi caindo e Dimitri já havia lido sete títulos diferentes. Cansado, tinha dado uma pausa e estava na varanda observando o fim do dia. Thamina o olhava de longe, o sol a impedia de se aproximar. O rapaz virou-se em sua direção e enxugou uma lágrima. Thamina sorriu.

— É difícil — ela falou, sentando-se na cadeira próxima à janela. A luz do sol tocou sua pele, fazendo fumaça surgir. Ela segurou o ombro e suspirou. — Eu me lembro como foi acordar e não poder mais ver o sol.

— Todos estes anos vampiros e lobisomens eram somente histórias para fazer crianças dormirem. — O sol desapareceu no horizonte e Thamina juntou-se a Dimitri na varanda. — Como foi para você?

— Um choque. — Ela riu. — Mas eu escolhi...

Dimitri a encarou sem entender. A mulher subiu no beiral, equilibrando-se com leveza e sorriu para ele, estendendo-lhe a mão. Dimitri respirou fundo e a segurou, e logo ambos estavam se encarando, equilibrados na grade.

— Vladmir sempre foi um homem rico, a Notoryev é dona de grandes hotéis e empresas dos mais diversos segmentos. — Sorriu, saudosa. — Eu era secretária da diretoria e nosso patrão estava desaparecido há dois anos. Já estávamos julgando-o morto.

Os dois olhavam o céu que foi tomado por tons azuis e laranja misturando-se com o branco das nuvens.

— Fui enviada à Romênia, era o último local onde Vladmir fora visto. Soube que ele deu uma passada rápida no hospital de Budapeste, onde recebeu cuidados médicos por conta de uma mordida. Fui investigando e encontrei um homem amargo andando pelas ruas da Transilvânia. Eu não o conhecia pessoalmente, mas como vampiro, ele me seduziu. Eu seria sua presa. — Dimitri saltou para dentro da varanda, histórias de vampiros sanguinários o enojavam. — Não fique assim. Quando eu disse quem eu era, ele hesitou.

— Você não teve medo?

— Acredito que tive, no início. Vampiros reais. — Ela riu e também saltou para dentro da varanda. — Mas estava sob efeito do charme. Ele me pareceu incrível.

Houve um momento de silêncio.

— Eu enxerguei o homem por trás do veneno de vampiro…

— Eu li sobre isso. — Dimitri a encarou. — É uma doença, então.

— Há quem diga que é uma maldição, um presente do diabo. — Ela riu. — Harker afirmou, em seu livro, que vampiros são portadores de um vírus.

Vladmir adentrou a biblioteca, depositando sobre a mesa uma garrafa e três taças.

— A próxima geração dos Draculea não terá uma adega…

Thamina pegou uma taça.

— Estou cheio de sangue por hoje. — Dimitri sentou-se à mesa, voltando a ler.

O Conde abriu a garrada servindo as taças. Thamina pegou a garrafa em seguida lendo o rótulo: Bourgogne Pinot Noir[3].

— Isto é vinho, meu caro. — Vladmir o estendeu a taça. — Pegue um livro. Estamos de saída.

F
E
R
N
A
N
D
O

L
U
I
Z

---

3   Vinho Bourgogne Pinot Noir AOC Masson Dubois 2014* •Tinto Francês•

No avião, Dimitri lia sem ser incomodado. Thamina e Vladmir estavam sentados a duas poltronas de distância, o Conde o observava com atenção.

— Parece que você se tornou pai — Thamina falou em seu ouvido.

— Deixá-lo à mercê da morte seria errado. — Ele a encarou. — Sempre encontro meios de quebrar as regras.

— Me lembro de quando me levou ao chalé, Láureo quase morreu ao ver uma humana ali. — Riram juntos.

— Mas, por fim, você aceitou ser transformada. — Ele a beijou. — Não sei o que seria de mim sem você.

— Continuaria a viver…

Alder se aproximou.

— Senhor, estamos chegando. Já é dia.

— Ótimo. — Ele encarou Dimitri. — Venha, rapaz, vou te mostrar como vampiros andam no sol.

Vladmir riu, levantando-se junto com Thamina; os três vampiros encaminharam-se para os fundos do avião.

Após trocarem de roupas, Dimitri se impressionou ao notar como Thamina estava elegante. Ela usava roupas de couro grossas e botas com fivelas de prata. Na cintura, um cinto vermelho segurava uma lâmina também de prata, com empunhadura de couro. Todos deveriam usar luvas e roupas de couro grosso. Na pele que ficaria exposta ao sol, Vladmir e Thamina utilizaram faixas de tom negro e um capuz. Dimitri só precisou do capuz, já que ainda conseguia andar no sol.

A porta do avião se abriu e Dimitri seguiu Velcan e Alder. Vladmir e Thamina respiraram fundo antes de sair ao sol, toda proteção não valia nada quando o instinto era se afastar da luz. Lado a lado, desceram as escadas e seguiram a trilha até o exílio. Tinham atravessado a Turquia para chegar ao Egito; o avião pousou em uma pista restrita feita somente para membros do Coven e guardas que transitavam pela região. O exílio foi fundado pelo próprio Van Helsing, na intenção de controlar os lobos que eram contra a união das famílias.

— Não existia um lugar menos quente? — Dimitri estava suado, cansado de caminhar e com fome.

— É logo ali. — Velcan se apressou, parando de frente para a porta de pedra esculpida na rocha. — Pela força da lua…

— Pela dor do sangue… — Vladmir tocou a porta, que deslizou facilmente. — Está aberta.

— Isso não é um bom sinal…

Adentraram, seguindo por um corredor largo cavado na rocha pura. Dimitri retirou o capuz, seguido por Vladmir e Thamina. Ela desenrolou as faixas e farejou o ar.

— Sangue.

— Velcan, vai! — Vladmir se livrava das faixas enquanto Velcan correu, adentrando cada vez mais na rocha. Segundos depois, seu grito ecoou pelo corredor:

— Ajudem!

Morte, sangue, mutilação. Dimitri teve ânsia de vômito ao ver a cena. O salão que surgiu à sua frente era gigantesco. Havia uma rampa circular que levava aos níveis superiores, metros acima. Cavernas se estendiam dentro da rocha, as possíveis casas dos exilados. Após verificar todas, constaram que não houvera sobreviventes ao massacre, e uma dúvida surgiu. Quem fora capaz de matar tantos lobos assim?

— Aqui! — Velcan chamou. — Ele está vivo.

Dimitri correu até eles; Vladmir estava quieto, atento a tudo. Alder e Velcan traziam um homem ferido. Seu corpo estava sujo de sangue e uma substância prateada escorria de seu ferimento.

— Tristan…. — Vladmir passou as mãos nos cabelos negros.

— Conde, ele precisa de ajuda. — Alder encarou o lobo.

— Levem-no para o jatinho. — Tristan balbuciou algo, Vladmir aproximou-se dele. — O que houve aqui?

— Ali. — Ele apontou para uma pedra grande e redonda. — Abrigo…

Velcan soltou o irmão mais velho e se aproximou da pedra; segurou-a com as duas mãos e a ergueu com facilidade. Abaixo dela havia uma passagem, Alder fez o filho se deitar no chão e aproximou-se do esconderijo, de dentro dele, uma mulher grávida saiu.

— Van Helsing — Tristan balbuciou. — Próximo…

Capítulo 10
Traição

Todos no salão observavam aquele que jurou aniquilar os vampiros. Foram anos de lutas, discussões e tentativas de assassinato, até o dia em que Drácula liberou um mal antigo. O lobo original fora morto por Van Helsing doze anos depois de solto dos calabouços de Bran, mas deixou sua marca na pele do velho Abraham. O Caçador de Monstros, assassino procurado por toda Europa, inimigo mortal de Drácula, tornou-se aquilo que sempre odiou: um monstro.

O fato de Van Helsing ter adquirido longevidade e a capacidade de se tornar lobo quando a lua estivesse plena não mudou as opiniões dos vampiros. Drácula imaginava que o lobo primordial acabaria com a família Helsing, que já se tornara grande e poderosa. Velho, mas agora vigoroso, Abraham Van Helsing havia desaparecido. Muitos acreditavam que, desgostoso com sua nova condição, ele havia se envenenado com prata, mas não.

Caminhando lado a lado com seu filho, Abraham encarava a todos. O salão estava lotado de vampiros e era possível notar a tensão de todos a cada presa que surgia em meio a um breve cumprimento. *"Eles não conseguem se controlar"*, sorriu, encarando o filho. Alder era jovem e, naquele momento, evitava encarar os vampiros. Uma mulher se levantou e falou, quase gritando:

— O que faz aqui? — Alira deu dois passos à frente, os vampiros a olharam com atenção.

Conhecida como a rainha da noite, Alira exibia juventude, arrogância e frieza ao falar. A primeira noiva de Drácula nunca teve o privilégio do casamento, nunca fora nomeada rainha ou princesa, títulos que Vladislau carregava há séculos.

— Ele veio... — Vladislau levantou-se de seu trono. A mesa à frente estava arrumada, comida e bebida decoravam o jantar. — Para tratar de assuntos noturnos.

— Ele é nosso inimigo...

— Silêncio. — Drácula a encarou. — Coloque-se em seu lugar. — O Conde alinhou as roupas negras e sorriu. — Seja bem-vindo, Van Helsing. — Ele deu ênfase ao nome para que todos escutassem.

— Conde. — Abraham curvou-se em respeito, Alder o copiou.

As pessoas falavam, as mulheres riam, Drácula e Van Helsing se encaravam. Anos de lutas e Vladislau permanecia intocável pelo tempo. Alto, pele branca; os cabelos alinhados para trás brilhavam com a luz das velas. Abraham exibia seus cabelos brancos, a pele morena queimada do sol, a barba por fazer e o mesmo olhar; a única coisa que não mudara com os anos foi seu olhar atento.

Graças à licantropia, Van Helsing tornou-se muito mais perceptivo, e aquilo o alegrava. Contou todas as duas mil seiscentas e noventa e três vezes que seu nome fora dito por todo o salão. Sorriu ao contar as mil vezes em que fora chamado de assassino e encarou, com frieza, o jovem vampiro que o chamou de monstro, como se fosse um verdadeiro insulto. O Conde, ao notar que todos já tinham digerido a presença dos Helsing, agora sentados à mesa ao lado de vampiros, bebendo vinho e conversando entre si, levantou-se e bateu um garfo em sua taça escarlate.

— Senhoras... — Ele sorriu, galante e sedutor. — Senhores... — Olhou atento para todos os homens no salão. Em seguida, caminhou, passando por suas noivas e tocando o ombro de cada uma delas, menos de Alira. A primeira fungou, recebendo o sorriso irônico das outras duas.

Ele parou em frente à mesa e falou:

— O mundo muda constantemente... — O silêncio tomou o salão. — Quando tomei a decisão de soltar o lobo, tinha como mais íntimo desejo a destruição dos nossos inimigos.

Drácula caminhou pelo salão.

— Durante anos, lobos foram surgindo até que Van Helsing conseguisse capturar e matar a primeira das feras. Mas não conseguimos exterminar sua prole. — Ele encarou Van Helsing.

Abraham e Alder se levantaram; Drácula os abraçou, e um breve desconforto passou pela pele dos lobos.

— A linhagem humana de Van Helsing ainda segue firme e forte pelo tempo, igual à minha que, até hoje, reina. — Suspirou. — Somos eternos dentro de nossas falhas, prata e sol, nossas únicas fraquezas. — Abraham sorriu. Drácula meneou a cabeça para que ele falasse.

— Me tornar um lobo não estava em meus planos, afinal, eu sempre destruí o que era diferente. Mas meu filho foi o motivo de os Helsing pararem com a matança. — Ele encarou a todos. — Lobos se unirão a vampiros, sendo sua proteção à luz do dia. Organizações que, antes, caçavam vampiros, a partir de hoje os protegerão.

— Leis! — Drácula gritou. — Ordem entre as duas raças.

— Vida — Van Helsing emendou. — Nossas vidas. Sem mais guerras ou mortes.

Pouco a pouco, os vampiros começaram a entender, em meio a brindes e discursos, que Abraham Van Helsing fora aceito. Os lobos que ele criou ou encontrou se tornariam aliados dos vampiros.

Sentada no pequeno trono, Alira bebia uma taça de sangue, observando a tudo e a todos. Demonstrando seu ódio pela presença dos Helsing, a noiva apertou a taça com força; o cristal quebrou em seus lábios, e as outras duas noivas gargalharam pela distração de Alira. A primeira se levantou raivosa e saiu do salão de forma discreta, deixando, segundo ela, o circo continuar o espetáculo.

Jatinho Notoryev Empreendimentos — dias atuais.

— Ele está muito fraco. — Thamina limpava o ferimento de Tristan. — Prata líquida é fatal. — Alder se levantou, afastando-se do filho.

— Podemos fazer qualquer coisa para amenizar o sofrimento dele, mas…

— Levem-no para o chalé. — Vladmir estava sentado em sua poltrona; em suas mãos, uma taça de vinho. — Temos um anticoagulante na enfermaria, é usado nos lobos quando se machucam.

— O conselho não irá aceitar a presença de um exilado, traidor… — Thamina tentava argumentar. Dimitri permanecia calado ao lado de Velcan. A jovem grávida estava nos fundos do jatinho, calada.

— Para o chalé — Vladmir falou, pondo um fim à conversa.

Tristan sussurrou algo:

— Não fale… — Thamina respirou fundo, engolindo as palavras que iria dizer para Vladmir.

— Castelo… Bran… — Tristan tossiu, segurando a barriga dolorida. O ferimento expelia mais prata.

— Ele está delirando — Dimitri quebrou o silêncio, estava ainda abalado pela cena dos mortos no exílio.

— Não estou delirando — Tristan falou alto. — Precisam saber a verdade….

Alder aproximou-se do filho, fazia muitos anos que não o via.

— Espere para chegarmos no chalé….

— Eu não tenho tempo — trincou os dentes. — Ela está de volta, meu pai. Precisam saber. Alira está de volta!

Todos se olharam. Velcan fechou os olhos, odiava toda aquela história, tudo o que ocorrera em Bran na época em que ele era apenas uma criança.

Queda de Bran – anos atrás

O exército turco invadiu Bran de forma monstruosa. Inúmeros vampiros foram mortos, em igualdade de número com lobisomens que lutavam ao lado dos filhos da noite. Na ponte de entrada, o Conde lutava com todas as suas forças. Van Helsing liderava os lobos pela floresta na intenção de cercar o exército. Tudo corria bem, até que um urro se ouviu.

— O Conde caiu — uma voz ecoou pela floresta. O urro diminuiu, os animais noturnos começaram a desaparecer. As forças de Drácula acabaram em questão de segundos.

Abraham seguiu com o plano, seus lobos começaram a destruir o exército turco. Chegando à ponte, o corpo decapitado de Drácula fora exposto na amurada. Estava perfurado por uma estaca. Van Helsing analisou o material da estaca, já a havia visto. Era sua.

Sobrevoando a Turquia – dias atuais

— Van Helsing não matou Drácula — Tristan falou, ofegante. — Foi Láureo. Ele e Alira tramaram tudo.

— Láureo ganhou fama por ter matado Alira, pois declarou que ela assassinou Conde. — Dimitri falou, recebendo os olhares de todos no avião. — Eu li muito nestes últimos dias. — Deu de ombros.

— Erva-moura. — Tristan tossiu. — Láureo a feriu com uma lâmina banhada em erva-moura. A planta causa a paralisia do vírus do vampiro, matando lentamente o corpo infectado. — Silêncio. — Ela perdeu os batimentos.

— Isso explica parte da traição. — Vladmir se levantou. O avião tremeu devido a uma breve turbulência. — Van Helsing. Morto por prata, pela espada de Drácula.

— Meus crimes não se resumem a apenas amar uma vampira e querer lutar em seu nome, mesmo após a sua morte — Tristan reunia forças para falar. Suas veias estavam enegrecidas pelo efeito da prata em seu sangue. — Meu avô verificou o castelo em chamas e encontrou os corpos das noivas e Alira, ainda sob o efeito da erva-moura.

— Tudo armação, eu presumo? — Vladmir encarou o lobo moribundo.

— Alira usou sua beleza para promover o ataque em Bran; Láureo cooperou, pois assumiria a liderança dos vampiros na ausência do Conde. — Tossiu ferozmente. — Van Helsing me encontrou, e eu fiz o que achei certo...

— Não me diga…

— Eu não sabia que Alira havia forjado a própria morte, ela foi declarada morta e eu nunca mais a vi. — Tristan não encarava o pai. — Eu já estava de saco cheio.

Chalé Dracul — 40 anos antes

— Devemos acabar com este reinado dos vampiros! — Tristan gritou para o grupo de quase trinta lobos. — Eles esperam por um herdeiro que não existe.

— Mas já faz anos que não somos tratados como serviçais. — Um lobo falou em meio aos outros. — Alder, seu pai, nos trata como iguais.

— Meu pai é cego pelos ideais de Drácula e obedece, como um cão, Láureo e o conselho. — Tristan estava sério. — Quem estiver comigo que me acompanhe, os outros, não atrapalhem. Recomendo que saiam do chalé. Ele irá queimar esta manhã.

Somente doze dos trinta se uniram a ele; pólvora e gasolina foram jogadas nos corredores enquanto os vampiros dormiam. Era a traição ideal, imitando revolucionários ingleses. Tristan tinha o fósforo nas mãos quando foi cercado, o tumulto despertou a todos. Para ele, a decepção maior foi ser levado à prisão pelo próprio pai.

— Matou seu próprio avô! — Alder gritou. — Como… — Segurou-o pelo pescoço, o rapaz gritou de dor.

— Alder, acalme-se… — Vladmir tentou se interpor entre pai e filho.

— Não me peça, por Deus, para me acalmar. — Vladmir o empurrou, afastando-o de Tristan.

O lobo caiu no sofá tossindo e curvou-se de dor.

— Eu fiz o que achei certo. — Ele encarou o pai. Estava chorando. — Drácula morto, Van Helsing morto. Seríamos livres para seguir nossas próprias vidas. Os sanguessugas sumiriam da Transilvânia e há quarenta anos...

— Há quarenta anos você está preso! — Alder gritou. — Preso por tentar queimar o chalé que o abrigou desde a queda de Bran. Seus aliados se voltaram contra você, sempre esteve sozinho e ainda diz estar certo? — O homem encarava o filho. — Deveria estar preso há quatrocentos anos. — Silêncio. — Não é o filho que criei...

— Na verdade... — Tristan se levantou, respirou fundo e encarou o pai. — Você sempre criou ele. — Apontou para Velcan, que arregalou os olhos. — Foi ele que você chamou de herdeiro...

Vladmir começava a ligar os pontos: ciúmes, traição, desespero. Medo de mudanças. Encarou Dimitri, começando a alinhar o plano do jovem vampiro retornar à faculdade; ele seria útil para desmascarar Alira. Isso se ele não decidir se lançar ao sol.

Capítulo 11
Retorno dos mortos

Carla caminhava pelo campus aproveitando aquele dia de sol. Marcus estava ao seu lado, conversando; ambos tentavam seguir suas vidas. O mês todo se sentindo a pior pessoa que pudesse existir, sem vontade de viver e com notas baixas, a jovem já cogitava a ideia de voltar para a casa de seus pais.

O som de sirenes inundou o campus, duas viaturas pararam em frente ao prédio da reitoria, os alunos observaram o delegado sair da viatura e entrar. Carla caminhou até chegar mais perto do prédio. Os policiais e o reitor conversavam.

— Uma casa abandonada bem ao sul da floresta. — Marcus prestava atenção na conversa. — Não! Está muito machucado, desidratado e desorientado. — Silêncio.

— Ele não tem família — o reitor falou. — Talvez uma namoradinha aqui da faculdade.

O delegado limpou a garganta, virou-se e encarou Carla e Marcus, que observavam a conversa.

— Vocês dois — ele os chamou. — Senhorita Atlas, temos uma notícia para lhe dar.

— Acharam o corpo? — Ela encarava a todos. Estava nervosa. — Diga!

— Não, minha jovem. — O reitor se aproximou, pousando a mão em seus ombros. — Achamos Dimitri. — Silêncio. — Ele está vivo.

— Mas... — Ela tremia. — Faz quase um mês...

— Venha conosco, ele está sendo levado ao hospital. Contaremos no caminho.

Antes

As duas primeiras semanas foram as piores, Dimitri não admitia a ideia de ver Carla já com sua transformação completa. As reuniões que sucederam o retorno do exílio o prenderam a aulas noturnas com Thamina e aos discursos de ódio de Láureo contra Vladmir que, apesar da posição do Coven, trouxe Tristan para o chalé. O lobisomem foi levado às pressas para a enfermaria, onde uma máquina de diálise fez a filtragem do sangue, retirando a prata. Ainda ia demorar, mas ele ficaria bem.

— Só tenho uma semana. — Dimitri encarou Vladmir. — Tenho que parecer humano aos olhos dos outros.

— Sabemos disso, garoto. — Vladmir o olhou. — Existe muita coisa a ser feita antes. Tenha calma, desde que te vejam à luz do dia ao menos uma vez, isso será o bastante.

— Mas eu não quero só uma vez! — gritou.

— Rapaz...

— Carla, os alunos, os professores, Alira! — ele fungou. — Se fui sequestrado, se estou vivo. Devo ser visto. Serei notícia, as pessoas e a polícia irão questionar.

— Ele está certo. — Thamina adentrou a biblioteca. — Vamos fazer esta noite, hoje irei à delegacia fazer a denúncia.

— Cuidado... — Vladmir suspirou. — Tudo o que descobrimos ainda é segredo. Com Tristan aqui no chalé, temos um trunfo.

— Por isso não contou ao conselho? — Dimitri fechou o livro que lia. — O que planeja?

Vladmir suspirou.

— Quando me tornei vampiro, no início, eu odiava, mas... — Ele passou as mãos nos cabelos, bagunçando-os. Thamina e Igor o observavam, o serviçal estava calado no fundo da biblioteca. — Quando se trata de família, antes e agora, eu sou o mais rígido e, com os Draculea, o senso de proteção é mais aflorado.

— Então sabe por que peço mais tempo. — Ele o encarou. — Eu a conheço há pouco tempo, mas algo me liga a ela. — Abriu o livro, mas não conseguiu ler.

— Como a conheceu? — Vladmir encarou Dimitri.

— Foi estranho. — Ele riu. — Na faculdade, meu primeiro dia havia sido uma bosta e, do nada, ela surgiu. Tudo combinou, nossos gostos, estilos... — Suspirou.

— O que ela é para você? — O vampiro sentou-se no sofá da biblioteca. Dimitri fechou o livro e ficou pensativo.

— Um sopro de vida nessa minha morte. — Vladmir sorriu. Aquele olhar, ele já havia visto antes. — Sei que estou morto. Sinto as mudanças, mas ela, para mim, é vida! — Vladmir pegou a garrafa sobre a mesinha e serviu duas taças. Estendeu uma para o rapaz que a pegou, constatando ser vinho, e não sangue.

— Existe uma coisa que liga duas almas ao longo do contínuo espaço, um chamado que ecoa pelo tempo. — Vladmir falava enquanto o rapaz analisava a taça. Era desenhada com detalhes em ouro. — Destino... — Suspirou. — Vinho, meu rapaz, para corações apaixonados. O melhor remédio...

— Por isso bebe demais? — O jovem vampiro bebericou um pouco do Pinot Noir.

— Eu te disse, o melhor remédio. — O Conde permaneceu sentado, Dimitri bebeu toda a taça enquanto encarava a lua brilhante do lado de fora. Pegou o livro que lia e encaminhou-se para a varanda. Sob o luar, ele leu, mas não se atentou à história, pois em sua mente somente ELA existia.

— Você cuidará dele — Vladmir falou para Velcan, que se levantou. — Sei o que está passando, mas preciso de você mais do que nunca. É a última semana dele e, se Dimitri perder o controle, podemos perder tudo e delatar nossa existência.

— Sim, Conde. — Velcan suspirou. — Posso lhe falar a sós? — Velcan encarou Thamina e Igor.

— Sim, claro que pode.

Vladmir se levantou, depositou sua taça sobre a mesinha ao lado do sofá e encaminhou-se para o corredor, seguido pelo jovem lobo.

— É muito o que irei pedir, mas Ayia está grávida e a prisão não é seu lugar... — Vladmir o encarou. — Eu sei, Conde, mas ela carrega um Van Helsing, e como disse lá dentro, o senso de proteção é mais forte quando se trata de família. — Desde que a resgataram do exílio, Velcan se preocupava com o futuro da criança que a jovem carregava.

Vladmir observou o lobo com atenção. Usava roupas sociais e os cabelos estavam espetados com gel; a pele morena e o olhar sério eram a característica dos Helsing. Velcan se despediu com uma breve reverência e se afastou. Vladmir voltou para a biblioteca, havia muito a planejar.

O carro saiu do chalé seguindo na direção sul. A floresta se estendia por uma grande área, e àquela hora estava totalmente escura. Dimitri tinha nas mãos um vidro pequeno contendo um líquido amarelado.

— Erva-moura, está diluída em chá. — Thamina encarava o rapaz. — Beba e irá dormir, não sentirá nada. Teremos que feri-lo, pode ser desconfortável quando acordar pela manhã.

— Deixaremos um celular ao seu lado no hospital, os médicos de confiança já estão à sua espera. — Vladmir estava sentado ao seu lado no banco de trás. — Caso sinta fome ou vontade de morder alguém tecle o botão de discagem rápida. Velcan aparecerá e te tirará de lá.

— Para onde irá me levar, nesse caso? — Ele estava nervoso, mas gostaria de saber como tudo iria funcionar.

— Para longe de humanos, te alimentará para que volte à universidade. E por favor, não se excite, não fique em meio a multidões...

— Vlad — Thamina falou de forma calma. — É a maior universidade da região, multidões existem. — Sorriu. — Dimitri está conseguindo se controlar, nossos treinamentos estão dando certo.

— Chegamos — a voz de Velcan saiu pelo sistema de som do carro.

— Bom, rapaz. Beba. — Dimitri ergueu o vidro, como se brindasse, e bebeu o líquido amarelado.

— Até que não é tão ruim. — Ele sentiu sua língua dormir. — Estou... — Sorriu. — Bêbado.

— Vamos logo antes que eu desista. — Vlad abria a porta do carro.

Delegacia Central — Horas antes do resgate de Dimitri

Usando roupas sensuais em tom negro, Thamina adentrou a delegacia; passava das três da manhã. A vampira parou na pequena recepção e sorriu para o oficial de plantão.

— Preciso reportar um sequestro. — O oficial rapidamente se levantou. Thamina sorriu para ele que demonstrou uma cadeira para que ela se sentasse.

— A senhora viu um sequestro? — Ele olhava as belas pernas de Thamina.

— Não, sou dona da pousada ao sul da floresta. Meus funcionários viram uma movimentação em uma casa que fica às costas da área da universidade. — O oficial anotava tudo. — A casa sempre esteve abandonada. — Thamina olhou bem fundo nos olhos do homem, aplicando seu controle. — Meu funcionário viu um rapaz amarrado dentro da casa.

— Vou mandar algumas viaturas. — O oficial pegou o rádio. — Teremos que entrar pela sua propriedade.

— Sem problemas. — Cruzou as pernas de forma provocativa. — Tudo para ajudar uma pobre alma.

Ela se levantou em direção à saída, o guarda a chamou:

— Senhora, qual o seu nome?

Thamina parou, virou-se lentamente e falou:

— Hellena Truman.

Enquanto o homem escrevia o nome da mulher, Thamina saiu sem ser notada. Ele olhou para a porta e ela já tinha ido. Decidiu enviar duas viaturas para o local descrito.

A vampira saiu observando a rua e caminhou até o carro; Alder abriu a porta para que ela entrasse.

— Tudo certo? — O lobisomem tomou a direção.

— Sim, o último policial com quem falei era mais resistente. — Riu. — Agora, vamos para o prédio da Notoryev, Vladmir acaba de descobrir que seu sobrinho está vivo.

As viaturas cercaram a pequena casa. Não muito longe, era possível ver a pousada da bela Hellena Truman, tudo fora forjado por Vladmir, seu dinheiro e seus funcionários. Comprar a pousada foi mais fácil do que havia pensado. Os policiais começaram a se aproximar da casa e notaram o rastro na terra, feito por algum veículo que tivesse seguido em direção à cidade. Pensaram que os possíveis sequestradores tinham se mudado e levado o rapaz que a mulher relatou estar aprisionado.

O delegado abriu a porta com cuidado, a luz do sol iluminava as árvores, o dia começava a raiar. Os homens entraram, a sala estava vazia. Os quartos desarrumados denotavam que alguém havia morado ali e saído às pressas. Os policiais foram vasculhando até chegar à cozinha. Ali, uma cadeira e um rapaz amarrado. Sangue escorria de um ferimento grave no peito, as mãos estavam presas e também sangravam.

— Chamem a ambulância — o delegado falou no rádio e aproximou-se do rapaz.

Dimitri abriu os olhos, estava zonzo e gritou:

— Socorro! — A dor tomou conta de seu corpo, o policial tentou acalmá-lo.

— Qual o seu nome? — Dimitri olhava ao redor e viu a grande janela. Lembrava-se do que deveria dizer. De repente, o sol iluminou o vidro e tocou sua pele. Uma sensação de desconforto tomou conta dele.

— Dimitri. — Ele movimentou as mãos tentando se soltar, mas os ferimentos doíam. — Me tirem daqui.

— Foi assim, minha jovem — o delegado falava de forma calma. — Recebemos uma denúncia da dona da pousada Truman. A casa abandonada está ali há anos. Enquanto investigávamos, não cogitamos a ideia de sequestro.

— Por que alguém sequestraria Dimitri?

— O jovem Skapov é dono de uma fortuna que herdou da falecida mãe adotiva. — Um homem de terno preto se aproximou.

— Delegado Banson? — O homem o cumprimentou. — Vladmir Notoryev. — Curvou-se em respeito.

— Ah, o tio do rapaz...

— Tio? — Carla encarou os dois. — Dimitri não tem família.

— Minha cara, nas últimas horas muita coisa se desenrolou sobre o sequestro do seu namorado. — Vladmir sorriu ao notar que aquela era a garota de Dimitri. — Os homens que sequestraram Dimitri são os mesmos que a polícia Russa procurava há dez anos. Uma quadrilha especializada em roubar milionários. Fui sequestrado há dez anos. Queriam meu dinheiro, mas meus seguranças conseguiram intervir. De alguma forma, eles descobriram que Dimitri é meu sobrinho há muito desaparecido.

— Ele foi criado na Alemanha — Carla falou baixo.

— Minha família é russa, Dimitri foi dado para a adoção pela minha falecida irmã na Alemanha. — Suspirou. — Quando soube, fui atrás do bebê, mas nunca o encontrei. Até ele se registrar na universidade. Ao se inscrever para a turma de Direito, ele ganhou um crédito para trabalhar na Notoryev. Meus advogados cruzaram as informações e logo soubemos que Dimitri fora adotado na Alemanha. Tudo estava certo, meu sobrinho estava vivo, mas quando eu decidi vir atrás dele, o sequestro ocorreu.

— Está na Romênia desde aquele dia?

— Sim, a Notoryev é uma grande investidora da Universidade, surgiram reuniões e eu acabei ficando. — Vladmir a olhava admirado, ela realmente estava preocupada com o rapaz. — Recebi uma ligação da delegacia me avisando que Dimitri fora encontrado e aqui estamos.

— Senhores — um médico se aproximou —, ele está acordando. Não

FERNANDO LUIZ

o incomodem muito, o que ele passou foi estressante. Os ferimentos não são graves, mas merecem cuidados.

— Obrigado doutor. —Vladmir o cumprimentou. — Podemos?

— Claro! Ele perguntou da namorada…

Vladmir fungou, sorriu virando-se para a jovem, e curvou-se dizendo:

— As damas primeiro.

A
F
R
A
T
E
R
N
I
D
A
D
E

Capítulo 12
Poucos minutos de luz

As garrafas do bar foram lançadas na parede, uma a uma se quebravam ao som dos gritos de Alira. A vampira estava transtornada a cada noticiário que relatava o retorno de Dimitri.

— Então... — Gabriel falou vendo Alira totalmente descontrolada. — Ele deveria estar morto? — Estava sentado no sofá, os braços cruzados atrás da cabeça. Usava roupas sociais no tom negro arroxeado, seus cabelos estavam alinhados de forma impecável. Sua transformação fora rápida graças à sua condição de atleta.

— Há três semanas mandei essa imbecil se desfazer do corpo dele.

Alira atirou uma garrafa na direção de uma das gêmeas que gritou de medo, estava assustada encolhida próxima da porta.

— Mas, não é culpa dela. — Gabriel levantou-se segurando as mãos trêmulas da vampira. — Se ele está vivo é porque alguém o transformou...

Vladmir Notoryev está presente no hospital desde o dia em que o rapaz deu entrada. Os médicos se recusam a dizer a ligação do milionário com o estudante.

A televisão relatava de hora em hora tudo sobre Dimitri Skapov.

— Vladmir... — Alira suspirou. — O Conde.

Trincou os dentes em meio a um longo suspiro.

— Drácula? — Gabriel questionou sorrindo.

— Não meu amor. Drácula morreu há muitos anos, mas sua prole humana seguiu firme e forte pelo tempo. Vladmir... — ela apontou para a televisão que mostrava uma foto do homem —, é o herdeiro. Foi transformado em vampiro para se tornar Conde e ajudar a guiar os vampiros e suas leis.

— Ele é nosso líder então?

— Não! Nós não recebemos ordens — suspirou —, vocês duas.

Falou olhando as gêmeas que se encolhiam juntas.

— Vão até o hospital e descubram tudo. Com nossa investida no exílio, logo o Coven de Vladmir começará a questionar. Se Dimitri for um vampiro devemos acabar com ele antes que ele retorne para as aulas.

Alira pegou uma garrafa, a última que restara do bar da fraternidade e bebeu direto no gargalo. Limpou a boca com as costas da mão.

— Não sobraram lobos vivos, minha cara — Gabriel a puxou fazendo-a sentar-se em seu colo —, nunca descobrirão, seu segredo está guardado.

— Assim espero — ela olhou três homens que estavam sentados no bar —, espero que estes três sejam úteis.

Hospital no mesmo instante

— *Os repórteres não dão paz. Querem saber sua ligação com o garoto...*

Thamina falava ao telefone com Vlad.

— Já soltou aqueles documentos falsos na internet?

— *Já sim, o Facebook está cheio de comentários bondosos a favor do tio Vlad. Logo os repórteres daqui se cansam e você poderá sair.*

— Sim, vai anoitecer, eu e o garoto precisamos comer algo. — Ele ficou em silêncio. — Mina, me faz um favor. Fica de olho no Láureo para mim...

— *Pode deixar, como ele está?*

A voz de Thamina ficou distante.

— Está bem, ele está com a namorada. — Fungou. — O delegado chegou agora, logo começo meu teatro.

Vladmir escutou a voz da vendedora. E outras vozes ao fundo. Virou os olhos sabendo que Thamina estava gastando seu dinheiro.

— *Cuidado, enviei Velcan para auxiliá-lo. Ele estava na cela de Tristan quando cheguei da empresa.*

— Ele quer que tiremos Ayia da prisão — Vladmir sorriu para uma enfermeira que passava —, está no shopping?

— *Você sabe que sim, Velcan me deixou no centro logo pela manhã. Fiz algumas compras quando saí da Notoryev, seu pessoal do TI estava soltando as informações que pediu* — carros ao fundo, algumas buzinas —, *quando voltei ao chalé já eram quase três horas...*

— Arrisca-se saindo à luz do dia....

— *O que vão falar de uma mulher de lenço? N*ão tenho medo do sol.

Gargalhou.

— Eu tenho medo de te perder para o sol — fungou —, quem mais me ajudaria a cuidar do garoto?

— *Tenho certeza que a partir da semana que vem, minhas aulas não serão mais necessárias.* — O som da porta de um carro batendo interrompeu a voz de Thamina. — *Irei para o castelo. A festa está sendo organizada e Bruce não gosta de atrasos.*

— Seu brinquedinho humano...

— *Vlad* — ela falou séria —, *vou desligar antes que a gente discuta. Bruce é um amigo.*

— Sei.

Vladmir desligou o celular e caminhou pelo corredor até a porta do quarto onde Dimitri estava. O delegado estava saindo.

— Senhor Notoryev, pode entrar. Ainda iremos perguntar sobre...

Vladmir o olhava com atenção, o olhar gélido do Conde fez o policial travar.

— Contamos o básico, o resto é com o senhor — falou ao se ver livre do controle mental.

— Pode deixar senhor delegado — Vladmir encenava um nervosismo —, esperei tanto por este dia que nem sei por onde começar.

— Seja forte, o rapaz precisará de ajuda. — Ele e aproximou como se fosse falar um segredo. — Ele me pareceu meio perdido, desorientado. — Silêncio. — Espero que possa ajudá-lo.

— Delegado — Vladmir o cumprimentou.

— Senhor Vladmir.

Carla observava Dimitri, estava mudado. A pele estava com tom pálido e havia cicatrizes em seu pescoço, mãos e corpo. Seu peito estava enfaixado devido a três cortes profundos, que segundo ele, foram feitos pelos sequestradores que usaram facas para cortá-lo. O reencontro foi emocionante, Dimitri sorria ao beijá-la e sentia dor devido ao forte abraço que recebera. O delegado contara sobre seu tio recém descoberto deixando um cartão com um número para contato, caso precisasse era só ligar. Não houve perguntas sobre os sequestradores, Dimitri sabia que isso logo desapareceria devido as habilidades de Vladmir.

Agora Dimitri cochilava, estava cansado e Carla não o deixara um minuto sequer, ela notou um telefone celular sobre a cadeira ao lado da cama. Aproximou-se dele e antes de pegá-lo, Vladmir entrou.

— Com licença, acredito que o delegado já tenha falado com você?

Vladmir adentrou no quarto do hospital. Dimitri se endireitou na cama despertando do breve cochilo, Carla o olhou de canto desconfiada.

— Você deve ser o Vladmir, meu…. — Dimitri suspirou —, ele me contou e parece ter lógica.

— Mas temos que ver tudo antes, Dimitri. Ele simplesmente apareceu logo que você foi encontrado. Desculpe, mas eu acho suspeito. — Carla falou encarando o Conde.

Vladmir a olhou de forma singela.

— Carla. Me deixa conversar com ele?

— Tudo bem. Estou lá fora.

Ela se levantou e saiu do quarto deixando-os a sós.

— Feliz? — Vladmir desabotoou o paletó. Sentou-se na poltrona ao lado da cama. — Precisa dispensá-la, Velcan está chegando com três garrafas da reserva de Láureo e eu estou louco para secá-las.

— Os médicos disseram que terei de ficar aqui por três dias…

— Procedimento padrão, você sobrevive.

— Não! Não sobrevivo, quanto mais eu ficar aqui, menos tempo terei lá fora e…

Dimitri encarou o vampiro.

— Calado — Vladmir o interrompeu —, fala como se fosse Thamina, como se tudo fosse dar certo. Confiança demais estraga.

— Deve ser porque seu sangue corre em minhas veias — fungou —, dê um jeito.

— Não me dê ordens rapaz — Vladmir se levantou —, estou me arriscando aqui. É dia, estou preso neste hospital porque me preocupo, já você, não se importa.

— Se eu não me importasse já teria me lançado ao sol…

— Não surtiria efeito — riu —, tenha paciência meu jovem aprendiz, como um futuro vampiro, você deve ter calma, pois o tempo, é seu aliado. Tudo está em jogo aqui. Seu relacionamento com essa humana e a existência dos vampiros na Romênia.

Minutos conversando e outros discutindo, Vladmir e Dimitri chegaram a um consenso, discutiriam após se alimentar. Uma mulher de branco entrou no quarto servindo, o que para Dimitri deveria ser sua primeira alimentação decente em semanas. A sopa estava cheirosa, ele mergulhou a colher no líquido amarelado e com cuidado inseriu-a em sua boca. Vladmir sorriu para ele, a enfermeira também, logo a pele do rapaz começou a ficar vermelha, ele encarou o vampiro e tossiu.

Sangue respingou na sopa e no lençol branco que o cobria, a enfermeira logo saiu correndo chamando o médico.

— Que porra é essa? — Vladmir molhou o dedo na sopa, Dimitri tossia, segurando a garganta. O Conde lambeu o dedo e rapidamente cuspiu no chão. — Alho!

— Não… consigo respirar — tossiu novamente arfando.

— Beba! — Vladmir estendeu o braço para o rapaz. — Rápido, antes que alguém entre.

Dimitri mordeu o pulso de Vladmir, o sangue preencheu sua boca, ao engoli-lo o gosto forte e adocicado diminuiu a alergia. Vladmir retirou seu pulso da boca do rapaz no exato momento em que um médico entrava no quarto. Dimitri, como um bom ator, mostrou-se com dificuldades de respirar.

— Você tem alergia a mais alguma coisa? — Dimitri balançou a cabeça em sinal negativo fingindo ainda estar sufocado. — Vou administrar um antialérgico…

— Nossa família é alérgica a alho — Vladmir falou passando a mão nos cabelos de Dimitri —, vou pegar um papel para limpar essa boca.

— O senhor se machucou? — a enfermeira falou apontando para a manga da camisa de Vladmir. — Seu pulso…

— Ahh, enquanto socorria meu sobrinho, me sujei — sorriu —, volto já.

O médico ficou observando Dimitri na espera do antialérgico surtir efeito, Vladmir parou no corredor com a mão no pulso mordido, havia alho na boca do rapaz e a mordia ainda não cicatrizara. Respirou fundo sentindo um cheiro familiar, virou-se para a direção dos elevadores e Velcan surgiu assim que as portas se abriram.

— Aleluia — falou alto —, trouxe?

— Aqui está. — Ele estendeu uma garrafa. Vladmir a abriu e bebeu ali mesmo. Velcan olhou ao redor, estavam sozinhos. — O rapaz está lá dentro com um médico e uma enfermeira. Deram sopa de alho para ele…

— Mas ele ainda não é totalmente um vampiro…

— Foi o que pensei, mas ele quase sufocou lá dentro. Deve ser por causa da erva-moura, o corpo dele está se transformando, logo mais você entra e dá isso para ele.

Devolveu a garrafa pela metade ao lobisomem, Velcan assentiu.

— Escute. — Vladmir notou que ele estava diferente. — Thamina me disse que estava na prisão… eu pedi cuidado. Ninguém sabe que Tristan nos contou tudo.

— Eu sei, só estava com…

— Ayia — ele o interrompeu —, irei resolver quando voltar e…

Um aroma adocicado inundou o corredor, Velcan observou ao redor e notou uma jovem do outro lado do corredor.

— Vampira — o Conde falou baixo. — Fique de olho, não é das nossas.

— Sim! — Velcan estacou na porta do quarto.

A loira estava parada encarando-os, sorriu descendo as escadas.

— Beba tudo — Vladmir estava parado no meio do quarto —, você está sendo vigiado. Disse algo sobre Alira ter serviçais?

— Existem duas meninas que trabalham com ela na Dracul. — Vladmir revirou os olhos ao ouvir o nome da Fraternidade. — Tristan relatou que ela estava acompanhada de um rapaz, um vampiro também.

— Então ela tem três aliados. Vou convencer o médico a te dar alta.

— Boa sorte — Dimitri ironizou —, ele não vai me deixar sair depois da minha alergia a alho…

— Tem coisas sobre os vampiros que você não sabe meu caro — sorriu —, vai aprender a usar seu charme. — O Conde saiu deixando Velcan de guarda.

Fraternidade Dracul, horas depois

— Tem um lobo tomando conta e o Conde não foi embora ainda…

— Parece que chegou a hora de vocês demonstrarem sua lealdade a mim — Alira falou sorrindo. Encarou os três homens que estavam sentados nos sofás. — Vão, deem um susto no jovem Conde. Se falharem, terão o mesmo fim dos lobos do exílio.

Os três se levantaram e se olharam.

— Irei com eles.

Gabriel descia as escadas. Estava com roupas casuais, bermudas e chinelos.

— Assim? — Ela apontou para suas roupas. — Como vampiro você deve aprender a se vestir Gabriel, somos nobres. Vocês também, enquanto estiverem aqui deverão ser mais do que meros exilados. Serão nobres também.

Os homens riram.

— Falou a rainha caída — um dos lobos ironizou.

Alira usou de sua velocidade e se aproximou do lobo, a bela mulher usava nada mais que uma lingerie vermelha e botas negras de salto fino. Ela sacou de uma das botas uma adaga, girou-a entre os dedos e a deslizou no pescoço do homem que, agonizando, caiu no chão.

A adaga de prata cumpriu seu papel e os efeitos eram imediatos. O corpo permaneceu no meio da sala enquanto Gabriel se vestia adequadamente, as gêmeas saíram atrás de mais algumas jovens para se "unir" à fraternidade e os lobos, guiados pelo ex-jogador do time de futebol encaminharam-se para o hospital.

Dimitri estava de pé, Carla sorria ao vê-lo bem. O corpo enfaixado protegia os ferimentos que cicatrizavam lentamente. A noite chegou trazendo para a Romênia uma neblina um tanto incomum, as luzes dos prédios tentavam sem sucesso clarear o horizonte, Thamina telefonou para Vlad informando que já estava no castelo e por lá ficaria até a noite seguinte. Dimitri vestiu roupas que Carla trouxe de seu quarto na república estudantil, o casal conversava quando em meio ao som de grilos e algumas buzinas, um uivo silenciou todos os sons. Logo outro e outro. Vladmir e Velcan encararam Dimitri e a jovem humana que não notaram o som dos animais.

— Velcan, pode pegar o carro por favor — Vladmir falou olhando pela janela. — Carla, minha menina. Está sozinha?

— Marcus virá me buscar daqui a pouco — ela abraçou o rapaz —, certeza que não quer ir para o campus?

— É melhor, preciso conversar com ele. — Sorriu.

Os licantropes adentraram no hospital em suas formas animais. Os pacientes se assustaram com a velocidade que corriam e a maneira que rosnavam para as pessoas afastando-as e abrindo o caminho. Gabriel caminhou lentamente pela recepção. Encarou as duas moças que assustadas se escondiam dos lobos.

— Dimitri Skapov. — Sorriu. — Agora! — gritou.

— Quarto trezentos e sete, segundo andar — uma das mulheres falou trêmula. Era a enfermeira que atendia o andar.

Gabriel assobiou, os dois animais se aproximaram.

— Ele está no segundo andar — olhou as pessoas que se escondiam atrás de macas e portas —, matem-no.

Velcan saiu no corredor e estacou, o cheiro dos lobos o fez se posicionar em defesa. Retirou o paletó, afrouxou a gravata e começou a desabotoar a camisa. Odiaria ter que comprar roupas novas. Olhou para o alto e não encontrou câmeras de vigilância, mas antes de se despir os animais surgiram no final do corredor, assim que o notaram, os dois lobisomens se posicionaram prontos para atacar.

— Não! — Gabriel falou ao surgir no corredor. — Ele não é um vampiro.

— Você é — Velcan bateu duas vezes na porta do quarto —, está encrencado.

— Posso dizer o mesmo de você. — Gabriel sorriu. — Onde está Dimitri?

— Vai ter que me matar para descobrir.

Olhos semicerrados, punhos fechados. Gabriel estralou o pescoço dando sinal aos animais que atacaram. Velcan correu na direção deles, escorregando no piso de mármore. Os lobos pularam sobre ele, Gabriel deu um passo atrás sendo pego por Velcan que o girou, jogando-o na direção da saída de emergência. Os lobos o seguiram.

Vladmir escutou as batidas na porta, esperou alguns minutos e abriu-a rapidamente, olhou para os lados. Viu a camisa de Velcan rasgada próxima ao elevador. Recolheu os retalhos. Dimitri e Carla saíram do quarto conversando, o jovem vampiro notou a tensão.

— Vão na frente, tenho que falar com o doutor. — Aproximou-se do rapaz e sussurrou em seu ouvido: — *lobos*.

Dimitri entrou no elevador segurando a mão de Carla, apertou o botão para o térreo e discretamente apertou outros dois. O elevador iria subir primeiro para depois descer. Vladmir sorriu ao ver que o elevador subira até o último andar, respirou fundo concentrando-se nos sons ao seu redor na intenção de localizar Velcan.

Até que é forte para um lobo.

— Quem é você? — O herdeiro dos Helsing voltara à forma humana, os lobos estavam desacordados. Em meio à luta conseguiu jogá-los para a escada de emergência.

— Gabriel — respondeu o rapaz —, é você?

— Van Helsing, Velcan — o lobisomem se apresentou com uma breve reverência.

— Quantos vocês são?

Gabriel fungou avançando na direção de Velcan que saltou transformando-se em lobo. Os dois rolaram as escadas em meio a mordidas e pontapés.

— Isso explica a vitalidade. — Gabriel afastou-se do lobo. Velcan em sua forma lupina era um animal negro e forte. Os olhos castanhos amendoados brilhavam à luz de emergência. — Eu matei um Helsing há poucos dias.

— Era meu irmão! — O lobo rosnou e avançou.

Vladmir surgiu no alto da escada, saltou com leveza segurando a mão

A
F
R
A
T
E
R
N
I
D
A
D
E

de Gabriel que estava pronta para acertar o focinho de Velcan. O Conde torceu seu pulso e o acertou com um soco na barriga, o vampiro arfou.

— Avise sua senhora que Dimitri não está sozinho — posicionou-se ao lado de Velcan —, e que ela não se esqueça de que ainda temos a luz do sol ao nosso favor.

Gabriel nada disse, estava estático encarando a imponência de Vladmir. O vampiro saltou pelo vão da escadaria caindo no térreo, abriu a porta e saiu correndo sem ser visto. Os dois lobos que estavam desacordados haviam desaparecido. Velcan retornou à forma humana, ofegante ele falou:

— Foi ele quem atacou o exílio.

— Pelo visto Alira está desesperada. Vá para casa.

Vladmir escutou o som do elevador pronto para abrir a porta.

— Sim senhor.

A porta do elevador se abriu e Vladmir falou:

— Vocês demoraram — franziu a testa encarando Dimitri.

— Estávamos matando a saudade. — Dimitri beijou Carla. — Vamos?

Caminharam pelo salão passando pela recepção, Carla não notou os dois guardas do centro de zoonoses que estavam próximos à entrada. As duas atendentes falavam dos animais que entraram no prédio. Dimitri se atentou a tudo, estava testando sua audição. Uma coisa que Vladmir se orgulhava era que o charme Dracul podia ser usado em qualquer pessoa, sabia que em pessoas de mentes fracas ou assustadas essa tarefa era mais fácil. Enquanto procurava Velcan ele teve tempo de fazer com qualquer um que viu o vampiro procurando por Dimitri, se lembrasse e relatasse à polícia um terceiro lobo, rosnando e uivando na recepção.

Marcus surgiu na frente do hospital, ao ver o casal correu e os abraçou, Vladmir observou o trio, eram amigos, isso ele podia notar. Após deixar Carla e Marcus na república, Dimitri caminhou pelo campus, a noite estava fria, a neblina ainda não se dissipara. Todos por quem passava se assustavam, alguns o cumprimentavam, mas o questionamento era o mesmo: *como ele sobreviveu?* Os jornais relatavam o retorno, o sequestro e o parentesco com o dono de uma empresa multinacional. Dimitri olhou para trás vendo o carro de Vladmir parado na praça. Alder o trouxe assim que o Conde ligou.

— Já tem planos para a semana que vem? — Alder surgira atrás dele. — Vladmir não pode pensar em tudo sozinho.

— Meus planos se resumiam em cursar Direito, transar com algumas garotas — ele riu —, e ser um estudante normal.

— Mas...

— Mas eu resolvi ir procurar um cara que eu nem conheço e descobri que aquela casa — ele apontou para a construção negra do outro lado da praça —, é um matadouro.

— Incrível como ela sempre esteve perto — Alder farejou o ar —, tem lobos lá dentro.

— Os mesmos que invadiram o hospital. Incrível como as pessoas nos reconhecem com facilidade.

Dimitri cumprimentou um casal que vinha em sua direção.

— Vamos rapaz, tem aula hoje...

— Pensei que Thamina estava em Bran... — Dimitri encarou o lobisomem.

— Sim ela está, mas sua aula hoje é comigo. — Alder dirigiu-se até o carro.

Dimitri entrou no veículo sentando-se no banco de trás ao lado de Vladmir que observava o céu sem estrelas através da janela.

— Amanhã você vai se apresentar na secretaria — Vladmir falou sem olhá-lo. — Estará sozinho.

— Eu sei! Não irei perder o controle.

— Sabe o que tem que fazer se sentir fome...

— Grito por Igor — falou sorrindo. — Fique calmo Vlad, tudo dará certo.

— Já lhe disse rapaz, muita confiança, estraga.

Capítulo 13
Uma dança envolvente

Dimitri empunhava uma espada enquanto caminhava em círculos, do outro lado do salão. Alder segurava um bastão de madeira. Os dois se encaravam, o jovem vampiro girou a espada entre os dedos e deu seu primeiro golpe, o lobisomem girou o corpo escapando da lâmina brilhante, movimentou o bastão atingindo o joelho de Dimitri que xingou em protesto. Alder gargalhou e falou:

— Nem sempre será uma luta justa. Embora esteja imaginando, vampiros não usam garras, a não ser que estejam totalmente desarmados.

Ele girou o bastão e o estendeu na direção da nuca do rapaz.

— Drácula usava espada? — Ele se endireitou sentindo o bastão em sua nuca.

— Um excelente esgrimista — Alder falou saudoso. — Ensinou um exército inteiro.

Dimitri girou rapidamente usando a espada para afastar o bastão. Encarou Alder.

— Um exército de vampiros? Vampiros guerreiros, eu presumo?

— Um exército humano. — Vladmir adentrou no salão. Trazia em uma de suas mãos uma garrafa de vinho e na outra, três taças. — Esqueça a visão cinematográfica, Drácula era um excelente líder, guerreiro e príncipe. Um nobre que sabia lutar como um bárbaro e amar como um amante.

— Para ter três esposas, deveria chamar atenção.

— Para os padrões da época... — Alder sorriu. Abaixou o bastão,

Dimitri baixou a guarda. — Mas ele sabia muito bem usar seu charme.

O herdeiro de Van Helsing girou o bastão rapidamente derrubando Dimitri. Suas costas bateram no mármore frio do chão do salão, o rapaz arfou.

— Lembre-se....

— Nunca será uma luta justa — ele falou sem ar. Alder o ajudou a se levantar.

— Já que estão se exercitando — Vladmir caminhou até eles, entregou as taças, agora cheias de vinho —, Sabine veio se juntar a nós.

Dimitri virou-se vendo aquela vampira que lhe pediu para tirar as roupas no salão do conselho, ele engoliu o vinho e se engasgou. Sabine usava um vestido negro decotado, suas pernas apareciam a cada passo que dava devido ao corte do tecido nas laterais. A pele negra brilhava à luz das velas do salão. Vladmir notou que o rapaz estava hipnotizado pela beleza da anciã. Fora do salão ela usava roupas chamativas e aparentava ser menos séria, mais casual.

— Fiquei sabendo dos lobos no hospital, espero que já tenham feito algo a respeito...

Dimitri que estava boquiaberto, sorriu deixando-o encabulado.

— Sim! — O jovem tomou a frente. — Solicitei a Alder que enviasse alguns lupinos para investigar.

— Você solicitou? — Sabine encarou Dimitri sorrindo. — Bom ver que está delegando responsabilidades ao rapaz. — A anciã olhou para Vladmir que bebia seu vinho calado. Engoliu o líquido e falou:

— É — respondeu de forma seca. — Bom, Sabine veio aqui para lhe ensinar algumas coisas. Eu e Alder temos alguns assuntos para discutir.

— Até que horas ficaremos aqui?

Dimitri olhava as pernas da mulher.

— Até Sabine estar satisfeita com seu... — ele notou os olhares dos dois —, desempenho.

Tristan estava deitado em sua cela, sentia-se fraco devido ao efeito da prata em seu sangue, mas agradecia o fato de não estar morto. A luz que vinha do corredor foi bloqueada por uma sobra, o lobisomem farejou o ar.

— Sabia que viria. Mais dia menos dia você viria.

— Cale a boca.

Alder falou dando passagem para Vladmir que abriu a cela, entrou e se sentou em uma cadeira que estava próxima à pia.

— Pai, eu… — Sorriu ao se sentar.

— Eu mandei calar a boca! — Alder o encarou furioso.

Tristan fungou e se levantou, Alder forçou seu ombro fazendo-o sentar-se novamente.

— Tristan Van Helsing….

O Conde quebrou o silêncio.

— Li sua ficha nos arquivos: nunca obedeceu a seu alfa, traiu a aliança ao tentar incendiar o Chalé Dracul, incendiou o Castelo de Bran… Estou gastando uma fortuna na recuperação do castelo, poderia colocar em sua lista de crimes o assassinato de Vladislau Draculea e a sua ligação na chegada dos turcos.

Vladmir o encarou, por um instante Tristan pensou estar perante o próprio Vladislau tamanha a indiferença na voz. O conde se levantou.

— Nada tive com relação ao exército Turco — Tristan falou de cabeça baixa —, foi Alira.

— Entendo. — Vladmir suspirou. — Alder…

O lobisomem postou-se em frente do filho e lhe acertou um tabefe na cara, Tristan abaixou o rosto. Ele sabia o que aquele tapa significava.

— Quando tudo isso acabar você estará proibido de pisar na Romênia. Seu filho…

Tristan encarou o pai com os olhos cheios d'agua.

— Meu filho vem comigo! — falou com a voz grave. — Não me tire meu filho!

— Você me tirou meu pai. Faça-me mudar de ideia, me diga algo que limpe sua ficha, prove que ainda é meu filho.

Alder trincou os dentes.

— Eu sou! — Ajoelhou-se abraçando as pernas de Alder. — Eu errei, sei disso. Te rog, tată[4].

Sabine se aproximou de Dimitri pegando suas mãos e as enlaçando em sua cintura, o rapaz estava nervoso. Do outro lado do salão, Igor surgiu empurrando um gramofone brilhante e bem conservado.

— A valsa que tocaram no segundo casamento de Vladislau. — Sabine fechou os olhos assim que o serviçal encostou a agulha no disco. A música suave começou a inundar o silêncio do salão. — Bons tempos — falou endireitando as mãos de Dimitri, segurou uma delas estendida, mantendo a outra na cintura.

— Não sei dançar. — O rapaz estava duro.

— Sim, você sabe — ela falou de olhos fechados. — Um, dois, três, um, dois, três...

Sabine guiava a valsa, Dimitri respirou fundo tentando seguir sem pisar nos pés da bela mulher.

— Conseguiria se concentrar na dança e parar de olhar para os meus seios?

Dimitri a soltou afastando-se.

— Desculpe...

— Eu gostaria de saber o que aconteceu com o rapaz decidido que eu vi no salão do conselho — Sabine o rodeava —, parece que depois que retornou dos mortos... — Ela sorriu. — Você mudou.

— Me sinto diferente. — Olhou o teto. — O sol me afeta.

Sabine arregalou os olhos.

— Não da forma que pensa. — Fungou. Arrumou a gola da camiseta e falou: — na cabana, a luz do sol me causou um formigamento estranho. No hospital a claridade me cegou. Quase sufoquei com sopa de alho.

— Sopa de alho? — Sabine gargalhou. — Desculpe. Mas, acho que

4   Tradução livre Romeno – Por favor, pai.

sei o motivo.

— Motivo de quê?

— De sua transformação estar acelerada. Venha, vou te mostrar.

Ela o olhou com um sorriso no rosto. *E que sorriso lindo* pensou Dimitri.

Sabine pegou-o pela mão e o puxou para o corredor levando-o para um elevador oculto atrás de um quadro enorme. O dois adentraram no pequeno espaço e desceram três andares. Dimitri e ela se olhavam sorridentes, a porta se abriu e ela o puxou novamente. Estavam em um laboratório todo branco. O vampiro fechou os olhos devido à claridade.

— Aqui é onde eu passo a maior parte do tempo. Preciso de uma gota de seu sangue — falou, puxando um microscópio.

Dimitri estendeu o dedo direito, Sabine o inseriu em sua boca de forma sedutora e o mordeu. A presa perfurou a pele do rapaz, rapidamente a vampira pegou uma lâmina do microscópio e a passou no dedo ferido do rapaz.

— Foi o que pensei. A erva-moura em seu sangue acelerou sua transformação.

— Mas ela não é um anestésico?

— Para nós um anestésico, para os humanos um veneno. — Silêncio. Ela tentava encontrar um meio para lhe explicar. — Você necessariamente morreu, o sangue de Vladmir é considerado o mais puro em toda a evolução do vampirismo. Ele não bebeu de sangue infectado para se transformar, ele só precisou de um pouco de veneno para que o vírus já existente em seu sangue despertasse.

— A mordida de Igor. — O rapaz começava a entender.

— Isso. Como Vladmir usou do sangue dele para lhe dar vida, seu corpo reagiu regenerando-se. — Sabine empurrou-lhe o microscópio. — Veja, suas células estão em crescimento acelerado.

— Isso não explica a transformação antes do tempo. — Dimitri pareceu confuso ao olhar no aparelho.

— A erva-moura retardou o processo de regeneração por algumas horas e agora que seu corpo está livre do anestésico, o sangue de Vladmir está te transformando.

— Posso me queimar amanhã quando for à faculdade — Dimitri falou pensativo. — O que farei?

— Amanhã antes de sair, coloque sua mão para fora. — Ela sorriu. — Não fique assim Dimitri, tudo dará certo.

— Vladmir diz que confiança demais estraga.

— De certo. — Ela tocou a mão dele sobre a bancada. Dimitri a olhou envergonhado.

— Cansei.

Dimitri a puxou e a beijou, Sabine retribuiu o beijo abraçando-o. Caminharam aos beijos até o elevador. Dimitri a pegou no colo ao adentrar no pequeno espaço. Pressionou-a contra a parede. Sabine sentiu a vitalidade do rapaz roçar em seu vestido. Arfou tamanho desejo que sentia.

— Rapaz — ela falou em meio aos beijos —, você me surpreende.

Dimitri não disse nada, puxou a mulher para dentro de seu quarto, os funcionários do chalé já haviam fechado as janelas. Ele a deitou na cama, retirou suas sandálias de salto beijando seus pés, subiu os beijos pela parte interna de suas pernas chegando ao ponto desejado. Sorriu ao constatar que a vampira não usava calcinha. Ele a sugou fazendo-a gemer alto.

— Vão nos ouvir. — Ela mordeu os lábios.

— Então vamos fazer um belo dueto. — Ele se espantou com as palavras que disse. Estava mudado.

Vladmir e Alder caminhavam lado a lado no corredor dos quartos, o Conde pensou em chamar o rapaz e conversar sobre as coisas que Tristan lhes dissera, parou de frente para porta do quarto, respirou fundo sentindo o perfume de Sabine, sorriu encarando Alder.

— Ela é irresistível — falou sorrindo.

— Velcan já caiu em seus encantos uma vez. — O lobisomem seguiu, logo Vladmir o acompanhou. — A manhã será complicada.

— Ele não vai querer olhar na cara da namoradinha humana. Sim, eu pedi que ela o testasse.

Vladmir falou recebendo o olhar de Alder.

— Conde, Conde. Isso é um golpe baixo.

— Preciso de um vampiro focado e fiel e não um adolescente apaixonado pronto para se lançar ao sol por amor.

— Vladislau era um homem apaixonado.

Alder parou no corredor incrédulo.

— E veja o fim que ele teve. — Vladmir o encarou. — Eu não o escolhi a dedo e o transformei, mas salvar a vida dele, também salvará a minha.

— Não consigo entender sua lógica Conde. — O lobisomem cruzou os braços.

— Não escolhi essa vida Alder, vocês escolheram por mim. — Vladmir respirou fundo. — Um destino traçado pela vontade de um personagem fictício.

— Fictício para você — o lobo rebateu.

— Que Conde seria eu deixando um corpo retalhado sufocando por vida no meio da floresta? — Apontou para o quarto do rapaz no fim do corredor. — Aquele rapaz é o meu propósito. Salvei uma vida, dei-lhe uma segunda chance. E ele me deve isso.

— Espero que saiba o que faz Conde. — Alder caminhou passando por ele. — Tudo o que Tristan nos contou muda a nossa história e com Alira viva, seu pupilo é mais do que sua chance de salvação. É a salvação de todos nós.

Alder o deixou sozinho no corredor, Vladmir podia ouvir, graças à sua audição apurada, os gemidos de prazer de Dimitri e Sabine, sabia que no dia seguinte ele estaria furioso, mas seria necessário para a batalha que se aproximava.

Capítulo 14
O sol do meio dia

Dimitri despertou levantando-se sem pressa, a mulher deitada ao seu lado dormia calmamente. Sabine estava nua, sua pele negra reluzia a luz artificial do quarto. Dimitri encarou seu reflexo no espelho, estava suado, sua pele branca marcada pelas garras da mulher. Em sua mente, flashes de tudo o que fizeram.

— Sabine, acorde...

— É dia rapaz. — Ela virou-se para ele. Seus seios fartos reluziam. — Volte para a cama.

— Não. — Suspirou. — Tenho aula e vou matar Vladmir.

Dimitri se vestiu, a mulher sentou-se na cama e o encarou.

— Você a ama, não é mesmo?

Dimitri vestia as calças, parou por um momento e encarou Sabine.

— Eu a conheço há pouco tempo, mas algo me liga a ela. — Puxou o zíper e pegou a camisa. — O efeito do sangue de Vladmir mudou algumas percepções, antes eu não pensaria duas vezes em tirar a sua roupa.

— Vampiros são criaturas de valores. — Ela se enrolou no lençol. — Pelo menos eu posso esperar.

Ele a olhou raivoso.

— O que foi, acha que ela durará para sempre? — Gargalhou. — Ela é humana e você é eterno.

Dimitri a olhou confuso.

— Engana-se, Jonathan Harker descreve vampiros como seres dotados de longevidade, não eternidade. Do contrário, não morreríamos ao sol.

Sem olhá-la, Dimitri pegou seus sapatos e saiu do quarto, calçou-os no corredor.

Orgulhoso de suas leituras e de ser capaz de resistir a uma mulher nua em sua cama, caminhou pelo corredor. Escutou o som de talheres, Vladmir já estava acordado.

— Eu espero que sua ideia de fazer Sabine me seduzir tenha algum fundamento. Golpe baixo.

Dimitri sentou-se à mesa apontando-lhe o dedo.

— Pelo visto não precisarei dar grandes explicações...

— Seu medo de que eu bote tudo a perder é gritante. — Ele pegou um hambúrguer no centro da mesa. Começou a fazer seu lanche, afinal era a única coisa que lhe matava a fome. — Eu imagino como se sentiu quando se tornou vampiro, como foi se considerar um assassino.

— Ainda me considero. — Vladmir bebericou um pouco de sua taça de sangue matinal.

— Então sabe que para mim uma semana é pouco para me despedir da vida que eu tinha. Perdi a fome, conversar com você está me dando náuseas.

Dimitri soltou o lanche sobre a mesa.

— Rapaz, você precisa se alimentar.

— Pare de me controlar Vladmir — se encararam —, nossa única semelhança, é que igual a você, eu não pedi essa vida. — Dimitri estendeu a mão para um serviçal que lhe trazia o paletó. — Estarei na universidade.

— Dimitri, é dia!

— Sim, hoje saberemos se ainda sou humano.

Dimitri não sabia o que pensar ou fazer a respeito de Vladmir, sentia-se traído, o Conde não confiava nele e isso o deixava nervoso. Por mais que tenha gostado de tudo o que fizera com Sabine, algo ainda o prendia a Carla e era isso que o mantinha vivo. Ele caminhou até o salão de entrada e encarou as portas. Na parte superior Vladmir, Igor e Sabine surgiram para ver o que iria acontecer. As portas se abriram automaticamente, o sol adentrou no recinto iluminando o chão. A claridade parou milímetros antes dos pés do rapaz. Ele sentiu o cheiro de Sabine, olhou para o alto vendo a negra sorrir. Estava vestindo uma camisola fina no tom roxo, os cabelos cacheados pendiam até seus ombros. Vladmir o olhou se forma séria dizendo:

— Se morrer vai deixá-la. Deixe-nos ajudá-lo.

A voz do Conde ecoou pelo salão.

Dimitri não respondeu, deu o primeiro passo em direção à luz, sentiu suas roupas esquentarem, caminhou lentamente, o sol tocou a pele de sua mão e logo seu rosto iluminou-se. Um formigamento subiu pelo seu corpo, ele olhou para a parte superior e sorriu. Ajeitou a gola da camisa e saiu do chalé.

Do lado de fora Velcan o esperava ao lado do carro filmado.

— Senhor Dimitri. — O lobo sorriu.

— Para a faculdade Velcan.

Vladmir ficou observando a entrada do chalé, a luz do sol iluminou a parte superior, Sabine e Igor deram um passo para trás, o Conde permaneceu deixando sua mão na grade que protegia o vão. Fumaça começou a sair de suas articulações.

— Mestre... — Igor falou em sussurro.

— Conde — Sabine falou alto. — Vladmir! — gritou despertando-o de seus pensamentos. Ele se afastou do sol, as portas foram se fechando lentamente.

Balançou a mão que logo começou a se regenerar.

— Igor, fale para Alder preparar o carro. — Voltou para a mesa. Sentou-se vendo Sabine se servir de uma taça de sangue. — Ligue para Thamina. — A anciã o olhou de canto.

— Ela deve estar se divertindo com o humano no castelo. — Riu enquanto bebia.

— Fez seu trabalho bem — ele se levantou —, mas não me irrite

Sabine.

— Cuidado Vladmir, só fiz isso para que saiba que estou do seu lado, mas não me ameace. — Ela o olhou raivosa. — Sua monarquia não lhe dá poder.

— Veremos. — Ele saiu do salão deixando-a sozinha.

— Mestre — Igor adentrou na biblioteca —, senhora Thamina está na linha dois.

Vladmir não agradeceu ao serviçal, pegou o telefone sobre a mesa e falou:

— Mina, que horas volta?

A mulher do outro lado falou com a voz cansada:

— É dia — bocejou —, o que houve?

— Eu e Dimitri tivemos um atrito — ele se calou observando os livros sobre a mesa —, ele está agora na faculdade.

— Que tipo de atrito?

— Sabine…

— Vladmir — ela gritou do outro lado —, não acredito que se rebaixou tanto.

— Vendo-o com a humana, tão próximos… — fungou —, ele pode se perder, podemos não pegar Alira.

— Escute, vou esperar anoitecer e irei ao chalé, já adiantei tudo. Bruce está dormindo e ainda preciso conversar com ele.

— Dormiram na mesma cama? — Irônico ele colocou o telefone no viva-voz.

— Esse seu ciúme ainda vai acabar com a gente. — Ela desligou o telefone, Vladmir pegou um dos livros e o jogou na lareia que queimava um pouco de lenha.

No castelo de Bran, Thamina levantou-se de sua cama, o homem ao seu lado sentou-se vestindo a camisa. Bruce Rose era um historiador de trinta anos contratado por Thamina para organizar a exposição e abertura do castelo depois da restauração.

— Ele vai descobrir. Acho melhor me transformar agora, ao menos poderei me defender em igualdade — falou o homem enquanto se vestia.

— Não vou te transformar e ele não vai descobrir. Eu amo Vladmir e o que temos é eterno...

A vampira amarrou os cabelos em um coque mal feito. Puxou o roupão e enrolou-se no tecido vermelho.

— Obrigado por deixar bem claro o que temos. — Bruce se retirou do quarto.

Thamina o seguiu, puxou seu braço fazendo-o parar.

— Uma vida como a minha não é algo que você queira...

— Para viver com você, ao seu lado! Sim, é o que quero. — Bruce a beijou, Thamina o afastou. — Mas não é o que você quer. — Pareceu triste.

— Você é incrível, um excelente historiador e restaurador. Não deveria ter levado isso por tanto tempo.

— Para uma imortal, dois anos não são nada. — Ele deu um beijo em seu rosto. — Posso te levar de carro até o chalé. O Conde pareceu precisar de você.

— Tudo bem.

Dimitri adentrou na faculdade sendo alvo dos olhares de todos. Suas roupas chamavam a atenção dos alunos por quem passava, algo que ele não se importou. Sabia que a maioria dos olhares que recebia eram de mulheres que se sentiam atraídas pelo seu charme. *Preciso aprender a usar isso.* Na secretaria viu que sua situação acadêmica não se afetara. Sua inscrição fora reaberta e foi instruído a pegar a matéria atrasada com os colegas. As provas iriam se iniciar em breve e ele não poderia perder.

— Senhor Dimitri — uma senhora idosa que cuidava da recepção o chamou —, seu tio estará aqui dentro de alguns dias para abrir a nova ala da biblioteca. Gostaríamos de saber se você se interessa em falar algumas palavras.

— Não — ele foi direto —, não o conheço bem para homenageá-lo.

Levantou-se e saiu da secretaria.

Ao sair do prédio notou que o carro de Velcan estava estacionado próximo à praça. Caminhou aproveitando a luz, bateu no vidro e falou:

— Pode ir, não voltarei ao chalé hoje. — Afastou-se do carro. Escutou o som da porta se abrindo.

— O Conde pediu para ficar por perto.

— Ok, então venha. — Dimitri o olhou de canto. Velcan suspirou batendo a porta do carro.

Os dois andavam lado a lado, eram alvos dos olhares de mulheres e homens por quem passavam. Velcan encarou o rapaz.

— Não julgue Vladmir — silêncio —, ele tem medo que você se descontrole desde o dia que te resgatou.

— Acho que já provei que posso me controlar. Não mordi nenhum policial.

Estavam caminhando pela praça. Passavam por todas as fraternidades.

Velcan sorriu.

Ver aquela mulher foi como lembrar de tudo, as lembranças vieram de tal forma que ele estacou em frente à casa negra. Alira estava em sua varanda observando o dia na segurança da sombra muito bem projetada. A vampira se levantou aproximando-se da luz. Velcan notou que o rapaz olhava atento para algo, seguiu o olhar enxergando uma mulher linda com roupas negras. Ela sorriu.

Dimitri deu um passo à frente, o lobo o segurou.

— Acho melhor não — falou baixo.

Dimitri alinhou as roupas, passou as duas mãos nos cabelos loiros alinhando-os para trás, suspirou e seguiu seu caminho. A voz de Alira o fez tremer:

— Que bom que está bem, Dimitri. — Ele parou, virou-se e caminhou até próximo à varanda da Dracul. — Fico feliz que tenha encontrado seu tio.

— E eu fico feliz que seja dia. — Sorriu mostrando as presas.

— Vladmir quebrando regras? — Gargalhou. Caminhou protegida pela sombra, Velcan a olhava com atenção. — Van Helsing, eu presumo?

O lobo rosnou.

— Aproveite seus dias de sol, Dimitri — ela olhou ao redor —, e decida-se, neste tempo, o que fará com sua namorada. Humanos não podem saber da nossa existência.

— Fique longe dela! — gritou.

Alguns alunos notaram a discussão, funcionários do campus se aproximaram.

— Sei que está traumatizado Dimitri, e estarei atenta à investigação, pois foi aqui que tudo aconteceu.

— Eu vou acabar com você... — Um guarda aproximou-se.

— Senhorita Alira, está tudo bem? — O oficial encarou a vampira.

— Tudo ótimo. Dimitri estava de saída.

Sorriu.

O guarda encarou o rapaz, Velcan tocou o ombro de Dimitri retirando-o da porta da fraternidade. Os alunos se dispersaram. O dia quente e abafado deixou o rapaz inquieto, Velcan o forçou a se alimentar, encaminharam-se a uma lanchonete onde ambos se deliciaram com muitos hambúrgueres. Já no meio da tarde, Carla e Marcus se juntaram a eles.

— Isso é mesmo incrível. Já é o décimo!

Marcus falou vendo Dimitri comer de forma espantosa.

— Experimenta ficar duas semanas e meia comendo pouco ou quase nada. — Carla o abraçou, Dimitri desatento esqueceu de fingir dor devido ao ferimento. Ela passou a mão em seu peito, Velcan chutou seu pé por de baixo da mesa. — Ai!

Curvou-se fingindo dor.

— Desculpe — a jovem falou —, me diz, como é seu tio?

— Um saco. — Riu. Velcan o encarou. — Desculpe, ele é seu patrão. Aliás, gente este é Velcan Van... — Parou a frase.

— Velcan Vermont. — O lobisomem sorriu para os dois.

— Ele é meu segurança a partir de hoje.

— Uau, esse seu tio é rico mesmo. — Marcus sorriu para Velcan insinuando-se.

— É, ele é — Carla notou que o rapaz não estava feliz —, Marcus, preciso te dizer uma coisa. — Velcan limpou a garganta, logo pegou o refrigerante e bebeu olhando para Dimitri.

O silêncio tomou conta da mesa.

— O que foi Dimitri?

Marcus estava tenso.

— Velcan, eu me responsabilizo…

— Dimitri, isso é perigoso. — O lobo falou sério.

Encarou os amigos.

— Por isso mesmo. Quando fui atrás de Miguel e fui sequestrado eu o vi indo para a floresta. — Marcus arregalou os olhos. — Eu estava meio grogue devido à pancada que levei, mas acredito que ele estava com Alira.

Velcan colocou as mãos na cabeça.

— Miguel e Alira? — Carla mostrou descrença.

— Ele era gay, Alira não faz o tipo dele. — Velcan se espantou com a revelação — Mas…

— Mas? — Dimitri questionou.

— Ele fazia parte do time de futebol do campus e aquele Gabriel não desgruda da Alira. — Ficou pensativo. —Aquela vampira não desgruda dos mais bonitos.

— Você conhece Alira? — Velcan não pegou a referência. Dimitri interrompeu antes que algo fosse dito.

— Sim, ela é uma sanguessuga. — Piscou para Velcan.

Thamina saiu do carro de Bruce, usava um lenço sobre a cabeça e uma camisa de mangas longas protegia os braços, o homem a acompanhou até a porta que se abriu automaticamente. Ela se despediu e ele ficou parado vendo-a entrar, no alto observando, Vladmir encarou o rapaz.

— Vlad. — Thamina retirou o lenço.

— Gosta de se arriscar — falou ele descendo as escadas.

— Bruce me trouxe — ela falou de forma calma —, você pareceu precisar de mim.

Vladmir a beijou de forma intensa, ela foi pega desprevenida. Espalmou as mãos no peito do Conde e o afastou.

— Vlad, calma! O que houve?

Ela passou a mão nos lábios que se machucaram devido ao beijo.

— Acho que eu perdi o garoto.

Capítulo 15
Atitudes impensadas, consequências severas.

— Amanhã você tem que ir à universidade — Thamina falou baixo. Estava deitada sobre Vladmir que massageava seus cabelos. — A ala Draculea vai ser aberta.

— Encontraram muitos livros?

— Noventa livros foram restaurados, quinze pergaminhos e uma biblioteca inteira sobre literatura turca. Bruce fez um excelente trabalho — Thamina falou sorridente.

— Tinha que falar nele. — Vladmir a colocou de lado levantando-se. Estava sem roupas. Caminhou pelo quarto pensativo. — Eu quero a verdade Thamina, está se deitando com ele?

Thamina se sentou na cama, puxou o lençol enrolando-se nele.

— Ele não é importante...

— Há quanto tempo? — Vladmir falou mais alto.

— Dois anos...

Ele a olhou com desprezo.

— Pegue suas coisas e saia desse chalé...

— Vladmir, me deixa explicar. — Ela se levantou, cruzou o espaço entre eles e o abraçou ajoelhando-se em seus pés. — Foi só um caso, nada importante, eu não o amo.

— Mas eu a amo — Vladmir a fez se levantar —, posso ser um Draculea, mas não sou Vladislau. — A soltou com força. — Você sempre foi a minha razão, minha sanidade. Sem você eu ainda estaria nas ruas, renegando minha origem. — Chorou. — Agora que estou sendo útil para a nossa raça, você me trai?

— Hoje foi a última vez que ficamos juntos — Vladmir não a olhava —, disse a ele para seguir a vida.

— Como posso acreditar? — O Conde a olhou. Estava ajoelhada no chão. Os olhos negros devido à maquiagem borrada. Os cabelos desgrenhados, patética.

— Eu estou aqui — falou ela sem olhá-lo.

Vladmir se abaixou ajoelhando-se ao lado dela, mesmo com raiva e ciúme a beijou. A possuiu no chão do quarto, sabia que não podia perdê-la e já planeja dar um fim no humano.

— Seu tio não vai gostar. — Velcan encarou Dimitri.

— Ele sabe que ficarei no campus ao menos esta semana. — Dimitri aproximou-se de Velcan. — Ficarei bem, pode ir.

Velcan entrou no carro despedindo-se de Carla, Marcus havia ido embora antes, não estava a fim de confraternizações. O casal dirigiu-se até o dormitório, de mãos dadas eles riam e conversavam, eram, aos olhos dos outros, um casal normal.

No quarto, Carla despiu-se rapidamente. *Rapaz, preciso te contar uma coisa!* A voz de Vladmir veio em sua mente. *Não me controlei e acabei matando uma mulher.* Dimitri abraçou a jovem, ela retirou sua camisa e passou a mão sobre as marcas em seu peito.

— Como pode ter cicatrizado assim… — Ela analisava com atenção. O tórax do rapaz que antes era liso e perfeito ganhara quatro cicatrizes prateadas. — Isso é incrível.

Dimitri a beijou, olhou em seus olhos e se concentrou, não sabia o que estava fazendo, mas tentou mesmo assim. *Não ligue para as cicatrizes.* O olhar de Carla mudou, como se tivesse entendido os pensamentos do rapaz. Beijaram-se de forma ardente. Ele respirou fundo lembrando-se dos ensina-

A
F
R
A
T
E
R
N
I
D
A
D
E

mentos de Thamina. Tudo se resumia em respiração.

Não demorou para se conectarem, Dimitri aproveitou de sua boa forma e surpreendeu Carla, o desejo entre eles era grande e durante a tarde toda, o casal se amou.

À noite Dimitri acordou e abriu a porta, Velcan estava parado com uma garrafa pequena. Ele retirou a rolha e bebeu tudo de uma vez, o lobo não falou nada, pegou a garrafa e antes que ele fechasse a porta lhe entregou um aparelho celular. Sorriu para ele e saiu sem ser visto, Dimitri retornou para a cama jogando o celular sobre a coberta, fechou os olhos ouvindo os sons noturnos. Carla o abraçou e ele sentiu o cheiro vindo de seu corpo, respirou fundo controlando o impulso de mordê-la, as veias de seu pescoço saltavam aos olhos do rapaz, em sua mente, os ensinamentos de Thamina e uma leve melodia de valsa tocando ao fundo.

Concentre-se, respire.

— Fiz seu discurso. — Thamina entregava um papel para Vladmir. — Teve notícias de Dimitri?

A mulher virou-se olhando seu reflexo no espelho. A visão era turva.

— Por que se martiriza tanto? — Vladmir mantinha-se longe do espelho, ambos estavam vestidos com roupas de festa. Ela exibindo um vestido vermelho longo e com alguns brilhos. Ele com o usual terno negro e a gravata vermelha. Os cabelos negros penteados para trás brilhavam com a luz. — Você ainda se enxerga, eu...

— Gosto de me arrumar na frente de um espelho, no futuro, ainda continuarei, mesmo não me enxergando.

Vladmir aproximou-se dela ajudando-a com o zíper que ficava na lateral esquerda do vestido. Rapidamente ele mirou o espelho, não viu absolutamente nada.

Desviou o olhar para o papel em suas mãos.

— Mentes em formação! Palavras fortes para um investidor.

— Para um investidor talvez, mas não para um Conde. Me desculpe.

Olhou dentro de seus olhos.

— Acho que já acertamos tudo. Só não sei o que farei se vê-lo na minha frente.

— Controle-se — ela o abraçou —, Bran abre em dois dias e você estará lá, aliás, as sete famílias estarão.

— O que pode dar errado em um castelo cheio de vampiros e um humano. — Riu debochado. — Vou ligar para Dimitri. — Saiu do quarto.

Dimitri acordou sentindo uma dor lancinante no ombro esquerdo, escutou o som de água e notou que Carla não estava na cama, logo a voz da jovem cantando mostrou que ela estava no banho. A dor em seu ombro aumentou junto com uma sensação de calor. Em um salto sobre-humano, Dimitri saiu da cama, rolou pelo chão indo parar na parte mais escura do cômodo. A janela aberta deixa a claridade diurna iluminar tudo, seu ombro estava vermelho vivo com uma borda preta cheirando a queimado.

Carla saiu do banheiro vendo-o no chão, nu, com o lençol no ombro.

— O que foi amor?

Ele gaguejou.

— Caí da cama. Vou tomar um banho.

— Estamos atrasados — falou ela vendo-o entrar no banheiro às pressas.

— Pode ir. Eu vou depois.

Sabendo do andamento da universidade, poderia entrar após o horário de início da aula.

Ao escutar o som da porta de fechando, Dimitri saiu do banheiro, sentiu o calor tomar conta do seu corpo. *Isso não deveria acontecer.* Procurou pelo celular. *Ainda tenho uma semana.* Vasculhou a cama, puxou a coberta e escutou o som do aparelho caindo no chão, de imediato ignorando o sol rolou pelo colchão pegando o aparelho do outro lado. Suas costas e braços se queimaram. Ele gritou de dor. Caiu longe da luz, rastejando-se para dentro do banheiro. Tremendo e com os dedos vermelhos tentou digitar, mas não conseguiu. Gritou consigo mesmo lembrando de sua curiosidade, aquela que o colocou frente a frente com Alira.

Desesperado e com muita dor, sentiu a garganta secar. Estava com fome. Sua transformação estava muito acelerada. O rapaz escutou um som, achou ser delírio devido à dor, logo ele notou que era o aparelho que tocava. Na tela um nome surgiu.

Tio Vlad.

Riu de nervoso deslizando o dedo sobre a tela.

— Garoto! — A voz de Vladmir ecoou pelo banheiro. — Garoto…

— Me a… ajuda — ele falou, sua voz falhou. — Rápido. Está doendo.

Alder dirigiu sem prestar atenção em leis ou pedestres, Vladmir usava seu sobretudo negro protegendo seus braços, Alder já havia feito esse tipo de manobra, mas com uma carroça, não era de manhã e não havia tantas pessoas nas ruas.

A limusine girou na rua do dormitório estudantil, Vladmir abriu a porta saltando na pouca sombra que se formava na entrada. Elegante e ignorando todos que o observavam, o Conde caminhou pela entrada, sorriu para a recepcionista e subiu as escadas até o quarto de Dimitri.

Abriu a porta forçando a fechadura, notou o sol iluminando tudo. Alder surgiu atrás dele, adentrou no quarto e fechou a janela, puxando a cortina rapidamente. Vendo que ainda entrava luz, ergueu o colchão e se manteve de pé escorado nele impedindo-o de cair. Vladmir adentrou no quarto retirando o sobretudo, abriu a porta do banheiro. Dimitri estava pálido, os olhos fundos. Vladmir jogou o sobretudo sobre o rapaz.

— Fique calmo — falou baixo —, vamos sair daqui.

Dimitri desmaiou.

— A Transformação dele está acelerada, ele não é mais humano — a voz de Sabine ecoava pela enfermaria —, as queimaduras estão cicatrizando.

— Ele se cura mais rápido quando bebe meu sangue. — Vladmir estava sentado ao lado de Dimitri.

— Já arrumei o quarto, os amigos dele chegaram e estão atrás dele — suspirou —, o que faremos?

— Vamos esperar ele acordar. — Vladmir o olhou. — Alder, por favor. Quero tudo o que usamos para forjar as notícias sobre meu parentesco com Dimitri.

— Procura algo em especial? — O lobisomem tinha um tablet nas mãos, procurava pelos arquivos salvos.

— Sim, aqueles documentos do orfanato alemão, a identidade da mãe biológica de Dimitri. — O rapaz gemeu, abriu os olhos despertando. — Leve na biblioteca — falou para que Alder não lhe entregasse nada de imediato.

— Onde estou? O que aconteceu? — falou meio grogue.

— Você se queimou, queimou muito — o Conde se levantou ajudando-o a se sentar —, e teve fome.

— Mas eu me alimentei. — Ele olhou ao redor. Sabine o olhava com atenção, Alder sorriu para ele. — Velcan me levou sangue às quatro da manhã.

— Nós sabemos — Alder se aproximou —, também sabemos que você quase fechou uma lanchonete de tantos hambúrgueres que comeu. — Riu baixinho.

— Está se transformando muito rápido, seu metabolismo está acelerado. Como lhe disse no outro dia, a erva-moura retardou sua transformação paralisando o veneno, mas vendo que o sangue que corre em suas veias é de uma linhagem direta e pura.

Sabine analisava alguns dados no computador.

— Estou me tornando vampiro antes do tempo que imaginaram...

— Nos livros de Harker que leu — Vladmir falou alto, caminhou pelo laboratório —, deve ter visto algo sobre as transformações por escolha?

— Sim — ele passou a mão no rosto, suspirou lembrando-se do que leu —, aqueles que são mordidos se transformam de imediato e quem bebe o sangue de vampiro demora até dez dias para se transformar.

— Sim, você não foi mordido, muito menos bebeu de meu sangue, mas recebeu uma dose necessária para te salvar. O sangue circulou em seus órgãos e lhe trouxe de volta — Vladmir falava enquanto andava de um lado para o outro. — Dias depois você bebeu de meu sangue, isso foi aumentando a quantidade de sangue puro em você.

— O que me transformou em vampiro mais rápido — fungou —, droga! — Bateu a mão no colhão da cama de hospital.

— Fique calmo — Alder tentou acalmá-lo —, iremos providenciar sua transferência de período e continuará seus estudos.

Dimitri fungou, apoiou sua cabeça no travesseiro, movimentou o braço direito e notou uma agulha presa a pele. Recebia sangue, Sabine aproximou-se dele e falou:

— Seus amigos estão te procurando...

— O que direi para eles?

Horas depois — Biblioteca

Vladmir lia os documentos sobre a adoção de Dimitri, Thamina adentrou em silêncio sentando-se na poltrona em frente da mesa.

— Então...

— Ele é um híbrido. — Vladmir a encarou.

— Um herdeiro humano? — Ela se levantou pegando o papel que firmava a adoção de Dimitri pela família Skapov.

— Ao que tudo indica... — Ele pegou um documento escrito à mão. — Anastásia Kuznetsov deu Dimitri a adoção por medo do pai. Segundo ela, ele só vinha à noite e fedia a sangue.

— A família dela a internou como louca. — Thamina ficou pensativa. — Não pode ser, Vladmir. Vampiros não podem ter filhos.

— Sim — ele falou olhando os documentos. Pegou um livro, folheou algumas páginas e encarou a vampira. — No passado, vampiros eram tão sedentos por sangue que se tentassem se relacionar...

— A mulher ou homem morria, pois o vampiro perdia o controle — Thamina sorriu —, estamos falando de um vampiro controlado, talvez com anos de experiência.

— Precisei de dois anos para me controlar — Vladmir a encarou —, o pai de Dimitri não é um vampiro, mas tem sangue Draculeo, a mãe dele engravidou e deu o bebê para adoção, mas por quê?

Thamina olhava os papéis sobre a mesa.

— Talvez ele não quisesse, o que seria um vampiro meio humano?

— Não me preocupo com um híbrido Tamina, mas com um Dracul, ainda vivo...

— Vou treinar o garoto, ele precisa aprender mais. — Thamina aproximou-se dele, viu sobre a mesa o passaporte. — Vai viajar?

— Após a abertura de Bran — ele virou-se e a abraçou —, vou com Dimitri para Moscou.

— Vlad. O que pretende?

— Com estas descobertas, acredito ter meios para que o rapaz não se lance ao sol. Apesar de que, depois de tudo o que passou. Ele ficará longe do sol por um bom tempo.

Velcan entrou na biblioteca do chalé, parou no meio do salão com as mãos nos bolsos.

— Se não falar, não poderei ajudar. — Vladmir encarou o jovem lobo.

— É que... — ele suspirou —, Dimitri falou demais.

— Estava demorando. — Vladmir sentou-se na poltrona, pegou a taça de sangue, cruzou as pernas e sinalizou para que Velcan falasse.

— O tal de Marcus, amigo dele — silêncio —, ele foi à delegacia hoje para depor sobre o desaparecimento do namorado dele, Miguel.

— E o que isso tem a ver com *Dimitri falou demais?* — Ele imitou a voz do lobo.

— Ontem ele falou para o Marcus que viu, meio que de relance, Alira e Miguel na floresta — Vladmir parou a taça nos lábios —, isso é mentira.

— Essa é a parte que me diz que a polícia vai chamar Dimitri para depor...

Vladmir suspirou depositado a taça vazia sobre a mesinha. Thamina encarou Velcan que abriu o terno colocando a mão no bolso interno e retirando uma carta. Vladmir virou os olhos já sabendo do que se tratava.

— Foi entregue hoje de manhã, logo que cheguei do campus — ele engoliu em seco —, estão reabrindo a investigação.

— Eu mato esse garoto. — Vladmir levantou-se encaminhando-se para o laboratório.

— E tem mais….

— Mais? — Vladmir virou-se encarando o lobo.

— Quando estávamos no campus, ele e Alira se viram — Velcan encarou Vladmir —, ela ameaçou os amigos dele.

— Definitivamente, eu o mato. — Vladmir saiu da biblioteca às pressas.

Universidade de Bucareste — Biblioteca Matriz

A noite fria e nebulosa não foi desculpa para que alunos e professores não se reunissem na biblioteca, a abertura da área Vladislau Tepes chamava a atenção de todos. Jornalistas também estavam presentes, muitos devido ao retorno de Dimitri. Vladmir estava conversando com o Reitor, acompanhado por Thamina e Sabine que juntas faziam subir as cogitações de que Vladmir era um milionário repleto de mulheres, o jovem vampiro estava deslocado. A conversa com Vladmir fora taxativa, primeiro o erro de enfrentar Alira e depois inventar algo que poderia delatar a existência de vampiros e lobisomens.

Você mais do que ninguém sabe o que acontece com bisbilhoteiros.

A voz de Vladmir ecoou em sua mente, cercado por pessoas que ele não conhecia, e se esforçavam para ficar próximas a ele e serem fotografadas. Felizmente Carla e Marcus chegaram para lhe fazer companhia.

— Aonde você foi, Dimitri? — Carla o abraçou.

— Precisamos conversar. — *Vai se afastar dela, pelo bem dela.* Em sua mente a voz de Vladmir retornava aos pontos chaves da discussão; Dimitri falou de forma branda. Pegou-a pela mão e a puxou para o jardim da biblioteca.

— Dimitri, você está me assustando, o que houve?

O rapaz sentou-se em um dos bancos e logo a fez sentar-se.

— Preciso te contar uma coisa — suspirou —, ganhei um estágio. Bem, é mais que um estágio. Meu tio me deu uma vaga de advogado auxiliar na Notoryev e vou ter que mudar meu horário na faculdade. Vou estudar à noite.

— Mas… — ela entendeu o que ele queria —, então acaba aqui?

— Não posso perder mais tempo…

— Então eu sou uma perda de tempo? Tudo bem Dimitri, desde que voltou está mudado. Agora é popular, fui uma idiota.

Ele tentou puxá-la impedindo-a de se afastar, ela virou-se espalmando a mão em seu rosto.

— Me deixa! — Suspirou afastando-se.

Suas atitudes podem colocar seus amigos em perigo.

Capítulo 16
O Discurso de Alira

Antes da abertura da ala Vladislau Tepes

Gabriel chegava ao ápice do prazer enquanto Alira era insaciável. Após a breve discussão com Dimitri a vampira retornou para a escuridão de sua casa onde as gêmeas arrumavam tudo para mais uma festa de luxúria. Os lobos dormiam esparramados no sofá, e aproveitando de seus momentos de ócio, se juntar a Gabriel no quarto era a melhor opção. Após a terceira vez o vampiro precisou se alimentar. Levantou-se da cama e serviu-se de sangue que estava dentro de uma garrafa de cristal sobre a pequena mesa retangular. Acima dela, o quadro de Vladislau Draculea demonstrava toda a sua imponência.

— Não sei como consegue olhar para este quadro...

Ele bebeu quase toda a garrafa.

— Eu o amo. — Gabriel semicerrou os olhos. — Você tem que entender, são séculos de amor e cumplicidade.

— Amor... — fungou voltando para a cama —, ama um homem que tinha três mulheres e era louco por uma humana.

— Se acreditar em tudo que Bram Stoker escreveu ou em todas as lendas existentes — ela riu —, morrerá dentro de poucos dias.

— Logo eles abrem a nova biblioteca e poderei estudar...

— Acha mesmo que Vladmir irá liberar os textos sobre os vampiros? Seria como quebrar as regras de contar ao mundo sobre os imortais.

Gabriel deitou-se ao seu lado, ficaram conversando por longas horas até que a campainha da fraternidade ecoou quebrando o clima entre eles. Alira enrolou-se no roupão protestando a ausência das gêmeas ou dos lobos para que atendessem a porta. Ela gritou para que esperassem. Respirou fundo tomando para si a postura da adolescente sedutora. Abriu a porta sorrindo.

— Senhorita Sangê.[5] Sou Elisa, secretária do reitor Duma.

Uma mulher sorria para ela.

— Oi — Alira sorriu —, em que posso ajudar?

— Você foi escolhida para discursar na cerimônia da biblioteca. A abertura da nova ala na biblioteca, os livros raros restaurados do Castelo de Bran...

— Ahh — ela deu um pulinho de felicidade —, o que devo falar?

— Bem... Sua fraternidade leva o nome de um dos ícones da literatura, use isso.

Sorriu despedindo-se e afastando-se da construção negra.

Alira observou a mulher, suspirou e entrou. Na sala, Gabriel estava sentado no sofá.

— Discurso, então...

— Isso é ótimo — ela falou caminhando até o bar. — Vladmir e Dimitri estarão lá.

— E os cachorrinhos também. O que planeja?

Gabriel a encarou. Alira pegou uma garrafa de vodca e encheu um copo. Abriu outra de sangue e completou. Sorriu para o rapaz e virou o copo de uma vez.

Antes de Alira responder alguém bateu à porta, Gabriel levantou-se e abriu.

— Alira Sangê, por favor! — Um homem estava do outro lado. Ergueu um distintivo.

— Pode entrar. — O homem adentrou vendo Alira no bar. Ela guardou a garrafa com líquido vermelho abaixo do balcão.

— Senhorita Sangê. Sou oficial Mendes, vim lhe entregar esta inti-

5   Tradução livre do Romeno - Sangue

mação.

Gabriel sentou-se no sofá atento ao oficial, podia sentir o calor do sangue correndo pelas veias do homem.

— Intimação? — Alira pegou o papel, abriu-o e leu. — Desaparecimento do Miguel? — Ela o olhou confusa.

— Miguel do time de futebol, o que os lobos mataram? — Gabriel levantou-se pegando o papel das mãos da vampira, leu e encarou o oficial. — O que ela tem a ver?

Gabriel encarou o oficial, olhou bem dentro de seus olhos. O homem engoliu em seco, como se tentasse impedir o controle mental, mas era só uma reação do corpo. Ele suspirou e falou:

— Um aluno fez uma denúncia, disse que Alira foi vista na floresta com Miguel...

Alira se descontrolou saltando sobre o pescoço do homem, Gabriel arregalou os olhos, não houve tempo da vítima gritar, ela o sugou por completo. Após alguns minutos ela se levantou, o corpo sem vida do policial jazia no chão.

— Queime este corpo longe daqui. — Gabriel não falou absolutamente nada.

A vampira subiu as escadas, parou no alto virando-se e olhando para a sala. Gabriel ainda estava parando olhando o corpo. Ela sorriu passando a língua nos lábios vermelhos. Seguiu em direção do quarto de uma das gêmeas, pôde ouvir a música alta. Abriu a porta de forma abrupta interrompendo a pequena orgia que se seguia no recinto.

— Parem com isso. Arrumem-se.

Respirou fundo vendo as duas gêmeas e os lobos enrolados sobre a cama.

— Vamos para uma festa.

Noite da abertura da ala Vladislau Tepes

Dimitri retornou para dentro da biblioteca, Carla e Marcus conversavam, logo uma mulher loira usando um vestido branco subiu no pequeno palco, bateu a mão no microfone e falou:

— Alunos, professores — ela olhou para quatro pessoas que estavam sentadas no palco —, membros da reitoria e convidados.

Dimitri respirou fundo sentindo um perfume suave penetrar-lhe as narinas, virou-se encarando Sabine que segurou seu braço de forma suave.

Falou em seu ouvido. *Melhora essa cara e pare de olhar para ela.*

A negra usava um vestido branco. Estava linda. Seus cachos moldavam seu rosto que reluzia à luz artificial.

Segurava uma bolsa pequena de tom negro. Nela guardava uma pequena garrafa térmica com sangue caso fosse ficar longe do chalé por muito tempo.

— Complicado não olhar. — Dimitri olhou para a entrada vendo Alira e Gabriel adentrarem na Biblioteca, logo as duas gêmeas seguiam o casal. — Ótimo!

Sabine virou-se encarando a jovem e bela mulher de cabelos negros. Alira usava roupas claras, sobre os ombros uma echarpe vermelha. Ela a reconheceu de imediato, lembrava-se da primeira como se fosse hoje. Meneou a cabeça em cumprimento, Alira retribuiu.

— Ela está linda…

— Deveria estar morta. — Dimitri resmungou, Sabine concordou levemente com a cabeça. — Vou avisar Alder.

— Ok. — Sabine caminhou pelo salão aproximando-se de Thamina.

— A bruxa chegou — Thamina falou baixo —, linda…

— Ela sempre soube impressionar. — Sabine encarou Vladmir, ele iria falar.

O Conde de Dracul levantou-se recebendo as palmas dos alunos e funcionários da universidade. Vladmir usava um terno negro de risca, sua gravata vermelha contrastava com o negro. Suas abotoaduras de ouro estampavam o símbolo da Notoryev Empreendimentos. Ele encarou a todos, logo seus olhos pararam naquela mulher. A echarpe vermelha era seu farol. Posicionou suas mãos à frente do corpo, segurou o anel em sua mão direita. A pedra vermelha brilhou com um flash. Vladmir sorriu e falou:

— Boa noite. A Notoryev é um sonho ousado, ser dono dos melhores hotéis pode parecer uma profissão incrível — ele riu baixinho —, mas a Notoryev Empreendimentos entrou em parceria com a Universidade de Bucareste e outras sete instituições pelo mundo onde damos subsídios para que mentes em formação conheçam um pouco da história do país em que vivem.

As pessoas observavam o Conde falar, totalmente hipnotizadas. Dono de uma oratória incrível, Vladmir dominava o discurso e a atenção de todos.

— Quando adquirimos os direitos de restauração do Castelo de Bran, nunca imaginávamos encontrar um acervo tão completo e único. — Palmas se iniciaram, Flashes capturavam o conde. *Velcan já sabia que muitas câmeras iriam queimar esta noite.* — A partir de hoje a ala Vladislau Tepes estará aberta e disponível para todos que queiram conhecer mais sobre o contraditório guerreiro, o assumido amante — riu encarando Alira —, e o mais nobre dos homens. Obrigado.

Todos bateram palmas, o Conde sentou-se e o reitor levantou-se pedindo silêncio, logo todos obedeceram.

— Agora — o homem velho falou com sua voz grossa. O Reitor Duma estava no cargo há quase quarenta anos, conhecido e respeitado por todos. — Chamamos aqui a aluna e líder da Fraternidade Dracul. Alira Sangê.

Ele encarou Vladmir que foi pego de surpresa. Sentado em sua cadeira ele cruzou as pernas atento.

Todos bateram palmas, alunos assobiaram e garotas gritaram chamando atenção da bela vampira, afinal, ela era idolatrada por todos.

Alira caminhou entre os humanos recebendo o tratamento de uma deusa, o caminho se abriu e ela passou de braços dados com Gabriel. Todos notaram a mudança de comportamento do rapaz, mas nunca questionaram o namoro incomum. Ela subiu no pequeno palco, passou pelos membros da diretoria cumprimentando-os com um aperto de mãos. Vladmir levantou-se, Dimitri encarou Alder que permanecia ao lado do palco, os dois cumprimentaram-se da forma mais humana possível, logo a jovem postou-se à frente do microfone e sorriu:

— Olá. — O jeito jovem e desajeitado era encenado com maestria. — Meu nome é Alira Sangê e sou a líder da Fraternidade Dracul, como dito pelo senhor Duma. Há dois anos eu venho fazendo da Dracul não só um lar para os jovens que chegam em busca de um local para dormir, mas faço da fraternidade um espaço de convivência e diversão.

Ela sorriu recebendo os assobios e palmas dos alunos.

Vladmir observava a mulher falar e gesticular com atenção, chegando à conclusão que ela aprendera bem a ser jovem, adaptou-se aos costumes e gestos. Era formidável.

— Uma ala na biblioteca com o nome do homem mais importante de nossa história não é somente uma homenagem, é um presente. Drácula foi um personagem de Bran Stoker, na minha opinião, tudo o que uma mulher pode querer.

Algumas moças riram.

— Ele era rico, inteligente. Bonito, mas além de tudo, para Bran Stoker, um vampiro. Amante e sedutor. São características que as pessoas lembram, lembram do vampiro, do monstro. A ala Vladislau Tepes vai nos ajudar a entender o homem por de trás do monstro, e isso me agrada. A quantidade de conhecimento guardado naquele castelo, hoje ao nosso alcance, graças a Notoryev. Obrigado.

Depois das palmas, a bela desceu sorrindo para todos, juntou-se a Gabriel e caminhou pelo salão. Dimitri a observava com atenção.

Vladmir aproximou-se de Dimitri.

— Tente ser menos óbvio. Aula básica. — Suspirou. — Todo vampiro emana um aroma, isso nos ajuda a definir a força do vampiro, nossa amiga representa o que para você?

Dimitri se concentrou nos aromas à sua volta até sentir o de Alira.

— Ela é forte, mas... — ele respirou fundo —, a se comparar a Gabriel, ele é mais.

— Então está aí seu oponente. — Vladmir chamou Alder. — Se fizer algo contra ela, terá problemas. Precisa treinar mais.

O lobo se aproximou.

— Chame as meninas, e Velcan. Vamos embora, hoje não é dia de luta.

Ele encarou Alira meneando a cabeça, a primeira sorriu cumprimentando-o suavemente. O respeito entre os inimigos era a mais respeitável demonstração de classe.

— Os fotógrafos já notaram que as câmeras pifaram.

Alder olhava para alguns poucos que, frustrados, buscavam a ajuda de celulares.

— Ainda não. — Vlad olhou para o outro lado do salão, o som ambiente mudou para algo mais melódico. — Não posso sair assim.

A música ambiente fez os mais jovens se afastarem do meio do salão, Vladmir notando a atmosfera clássica encarou Alira do outro lado. A primeira retirou sua echarpe vermelha entregando-a para Gabriel, o vampiro notou que o Conde caminhava até o meio do salão.

— Mas o que ele está fazendo? — Thamina não conseguia acreditar na cena que se formava à sua frente.

Alder e Velcan ficaram parados, próximos à porta, extremamente estáticos, lembravam-se de Vladislau.

A valsa mudou para um tango lento e sedutor, Alira estendeu a mão sendo puxada por Vladmir que a rodou envolvendo-a em seus braços no exato momento que o tango deu seu primeiro ápice, as quatro batidas fizeram Vladimir girá-la com rapidez, pegando-a pela cintura, a perna direita de Alira se entrelaçou na perna de Vlad. Thamina ficou boquiaberta.

— Ele é o Conde. — Dimitri viu Carla do outro lado do salão. — Ele sabe seduzir.

A troca de passos e os movimentos firmes renderam suspiros das jovens, Alira e Vladmir giraram no salão extremamente alheios aos outros, envolvidos na música e seus corpos colados, um seduzia o outro, era uma luta silenciosa, um convite para um embate maior.

Aplausos fizeram o casal se afastar, Vladmir beijou a mão de Alira que estava ofegante.

— Foi um prazer. — Afastou-se em direção à saída.

Antes de cruzar a porta ele a encarou meneando a cabeça, a primeira sorriu cumprimentando-o suavemente. O respeito entre os inimigos era a mais honrada demonstração de classe.

Dimitri olhou ao redor, câmeras de última geração e celulares pararam de funcionar ao primeiro click, ninguém soube entender o que houve, mas os jornais não teriam uma foto do empresário, muito menos de Dimitri, recorrendo a fotos antigas e texto básicos para suas manchetes no outro dia.

— Então vamos. — Vladmir pousou a mão no ombro de Dimitri. — Alguém quer falar com você.

Do outro lado do salão, Carla o olhava com os olhos vermelhos de tanto chorar.

— Peça para Velcan me aguardar lá fora.

Vladmir concordou deixando-o sozinho.

Marcus saía da biblioteca, ele caminhava pelo campus até o dormitório estudantil. A lua brilhava plena no céu, a neblina já havia se dissipado. Ele viu o carro do tio de Dimitri sair, o outro motorista permanecera na porta, sinal de que Dimitri ainda continuava lá dentro. Estava com raiva, ele não podia ter largado Carla daquele jeito, decepcionando a pobre amiga que o amava.

Alguns alunos passaram por ele, riam e comentavam toda a cerimônia, alguns intrigados, reclamavam do fato de suas câmeras e celulares terem pifado ao tentarem fotografar a todos. Ele riu dos idiotas, súditos de Alira.

Enquanto caminhava, ouviu ao longe o uivo de um lobo, passara a odiar estes animais desde a morte de Miguel. Olhou o céu vendo a lua, continuou caminhando pelo meio da rua.

Velcan estava escorado na lataria do carro. Usava terno e seus cabelos estavam alinhados. O uivo do lobo chamou sua atenção. Ele caminhou até o meio da rua, observou ao redor, farejou o ar, sabia que eles estavam lá, os mesmos que atacaram o hospital. Pegou o celular e digitou uma mensagem para Dimitri, caminhou pela praça do campus, estava deserta, somente um rapaz caminhava sozinho, alheio aos sons da noite.

Marcus não pôde correr, o lobo avançou sobre ele. Velcan viu tudo de longe, correu o mais rápido que podia, rasgando suas calças sociais. Parou a dois metros de distância, o rapaz sangrava dentro da boca do lobo.

— Solte-o! — gritou enfurecido.

O lobo rosnou, logo um segundo surgiu. A vontade de se transformar era grande e com a lua no céu era quase incontrolável. Ele respirou fundo caminhando em volta do lobo que segurava o pescoço de Marcus entre os dentes.

— Solte-o — gritou novamente.

— Um aviso, Van Helsing — o outro lobo rosnou —, fique longe…

Dois policiais surgiram e atiraram nos animais, Velcan afastou-se vendo o lobo largar Marcus no chão. Ele correu para mais próximo do rapaz, seu pescoço estava retalhado. Pressionou o ferimento com as mãos, havia cortes em seu braço feitos pelas garras do animal.

Os animais correram para a floresta. Um dos oficiais pegou seu rádio falando rapidamente, logo uma ambulância chegava. A movimentação chamou todos que estavam na biblioteca, Dimitri e Carla ao ver Marcus na ambulância se desesperaram, Velcan encarou Dimitri.

— Olhe o celular. — Carla segurava a mão do rapaz, tremia e chorava.

Na tela, a mensagem de texto era pequena, mas era um aviso que Dimitri não viu.

Lobos…

Capítulo 17
Os Três de Luto

Saint James Hospital Szemészeti Központ

Dimitri estava sentado em um dos bancos da área de espera, Carla estava ao seu lado chorando. Ele a envolveu em seu abraço, Vladmir fora chamado, juntamente com Alder e alguns lobos eles conversavam com os médicos. Velcan aproximou-se do casal dizendo:

— Seu tio quer que eu leve você para casa. Seu amigo está sendo operado.

Dimitri encarou Carla.

— Como que lobos podem atacar assim? Ele é meu amigo desde que cheguei de Nova York. Os pais dele precisam ser avisados.

Carla se soltou do abraço de Dimitri colocando a cabeça entre os joelhos.

— Já foram! Fique calma, tudo ficará bem.

— Avise meu tio que irei ficar no dormitório escolar...

— Ele já imaginou isso.

Velcan meneou a cabeça chamando o rapaz para longe da garota. Dimitri levantou-se e acompanhou o segurança.

— O que foi?

— Eles iam matá-lo — Dimitri arregalou os olhos —, eu impedi, se ele sobreviver à cirurgia teremos problemas.

— Que tipo de problemas? — Dimitri falou baixo.

— Ele foi mordido em uma noite de lua cheia — Velcan engoliu em seco —, isso envolve muita coisa. Médicos terão mentes apagadas. — Dimitri parecia não entender. — Escute rapaz. Ele vai se transformar. — Fungou.

— Merda — a ficha caiu —, e agora?

— Seria mais fácil se os pais dele não tivessem sido avisados. — Velcan olhou um casal que adentrava na sala de espera, um médico aproximou-se deles explicando a situação. — Você sabe por que isso aconteceu?

— Sim, eu sei. — Dimitri fechou os olhos lembrando-se de tudo o que disse a Marcus.

— O Conde vai falar com você. — Dimitri virou-se vendo o Conde saindo da sala de espera. Encarou o lobo confuso, logo saiu da sala seguindo Vladmir.

— Você tem ideia do que fez? — Vladmir falou encarando Dimitri, o rapaz estremeceu com a voz do Conde.

— Eu pensei...

— Pensar... — Vladmir ergueu a voz —, uma habilidade que você definitivamente não tem.

— Falei demais, foi um acidente. — Ele tentava se defender.

— Acidente foi quando Ramsés destruiu a Síria, você é uma catástrofe! — Vladmir enfiou a mão no bolso interno do seu blazer. — Você foi intimado. — Entregou uma carta ao rapaz espalmando sua mão no peito de Dimitri.

— Intimado, mas...

— Sobre a morte de Miguel. Dimitri, salvei sua vida e peço um mínimo de gratidão, mas você ultimamente só faz merda, pode ser bonito, mas é burro. — O Conde sentou-se em um dos bancos. — Te vejo como um filho...

— Filho? — Ele gargalhou. — Nem de perto. Escute Vladmir, eu já lhe disse. Não escolhi essa vida — falou pausadamente —, não sou de receber ordens muito menos de viver em família. Eu não tenho família.

— Sim, você tem — Vladmir respirou fundo —, escuta, eu descobri algo sobre você. — Dimitri sentou-se ao seu lado. — Mas quero que volte ao chalé, sei que não gosta de regras, mas vampiros precisam das regras para viver.

— Não posso deixar Carla sozinha...

— Velcan ficará de olho nela, só não quero você no campus.

Mensagens de texto entre Bruce e Thamina

> **Bruce**
> *Você vem ao Castelo?*

> **Thamina**
> *Não! Estou no hospital, houve um ataque.*

> **Bruce**
> *Você está bem?*

> **Thamina**
> *Sim, foi um humano, amigo de Dimitri... Fique no castelo, só poderei ir à noite.*

> **Bruce**
> *À noite não poderei estar aqui, seus amiguinhos irão jantar no castelo... Fique bem, estarei com o celular caso precise.*

Thamina leu a mensagem e guardou o celular na bolsa, Vladmir aproximou-se dela junto com Dimitri.

FERNANDO LUIZ

— Vamos, logo vai amanhecer. Está tudo bem, rapaz?

— Sim — suspirou —, alguma notícia do Marcus?

— Nosso médico assumiu — ela aproximou-se de Dimitri falando baixo —, eu e Sabine cuidamos das memórias dos médicos. Marcus já começou a se transformar, nosso maior problema são os pais dele.

— Posso ajudar — Vladmir a encarou, Thamina concordou.

O Conde caminhou até o casal.

— Vocês são os pais do Marcus?

O casal concordou, Dimitri pegou Carla levando-a para a saída, Velcan os acompanhou. O rapaz pôde ouvir Vladmir dizer:

— Esqueçam tudo, Marcus não está aqui...

No chalé Igor recebia a todos na entrada, pegando os casacos e bolsas das mulheres. Dimitri o cumprimentou com um tapinha nas costas, Igor gemeu e sorriu para o jovem mestre. Todos sentaram-se na biblioteca, Alder acendeu a lareira e fechou a janela, o horizonte já se tingia de vermelho anunciando um novo dia. Uma mulher adentrou na biblioteca recebendo os olhares de todos, Alder a olhou de canto.

— Aiya! — Alder estacou no meio da sala.

— Obrigado Igor — Vladmir falou de forma calma, estava sentado em sua poltrona olhando para uma taça de sangue.

— Igor serve o mestre — o serviçal falou sem olhá-lo.

— Aiya — Vladmir a encarou —, me desculpe...

Todos olharam para o Conde, não era comum ouvir desculpas vindas de um Draculea.

— Estou bebendo mais vinho do que antes — ele riu com a citação de Dom Corleone[6] —, Alder, qual a gravidade dos problemas?

— Os pais de Marcus voltaram para Vancouver — o lobisomem não olhava para a mulher grávida —, precisamos arrumar um lugar para ele aqui...

— Aqui? — Dimitri falou espantado.

— Sim, Marcus agora é um licantrope. E temos que pegar o lobo que o mordeu.

— Houve um ataque? — Aiya se pronunciou recebendo os olhares de todos novamente. Sua barriga estava enorme.

— Sim, dois lobisomens, exilados. — Alder sentou-se no sofá longe de Aiya. — Você pode ser útil. — Vladmir olhou a jovem mãe.

— Eu? — A loba olhou a todos. Thamina estava sentada em uma poltrona estofada com veludo vermelho. Sabine sorria para ela.

— Sim, Tristan nos contou sobre o ataque de Alira e o outro vampiro...

— Gabriel — Sabine falou interrompendo-o —, até que é bonitinho.

— Bom — Vladmir se levantou ignorando o comentário da negra —, conte-nos sobre o ataque.

Alder olhava o celular.

— Velcan está avisando que o campus está deserto — Dimitri o encarou —, perguntou do rapaz no hospital.

Dimitri ficou pensativo.

— Marcus pode ficar aqui no chalé. Espero que as convenções não impeçam um lobo gay.

— Gay? — Alder se exaltou. — Isso explica o interesse de Velcan.

O lobo saiu da biblioteca deixando todos. Aiya encarou o Conde dizendo:

— Tristan sempre falou que ele era conservador.

Thamina notando o silêncio perturbador levantou-se servindo de sangue da garrafa de Vladmir, Sabine tomou seu lugar na poltrona.

— Temos outro problema, muito mais complicado que um novo lobo. gay — Thamina bebeu a taça por completo. — Láureo!

— Igor... — Vladmir falou baixo.

— Mestre Láureo deixou o chalé — gemeu e rosnou, caminhando pela biblioteca —, Igor não saber, onde foi.

— Sua filosofia de mestre Jedi não nos ajuda Igor — Dimitri também se serviu de sangue —, a única coisa que me preocupa é Carla naquele campus com lobos e Alira.

— Ela não fará nada — Vladmir ficou pensativo —, Os Três de Luto.

— Claro, Os Três de Luto! — Sabine sorriu. — Uma tática antiga, mas eficaz.

— Alguém pode me dizer o que é isso de três de luto e, por favor, que eu não tenha que ler um livro — Dimitri falou olhando do Conde para as duas vampiras.

— Vendo Alira hoje, pude notar uma coisa engraçada. — Vladmir soltou as abotoaduras de ouro e as colocou sobre a mesa. — Ela pode imitar muito bem uma adolescente estudante de direitos sociais. Uma líder jovem e cobiçada, mas ela ainda é Alira de Montmartre, a Condessa de Dracul, imponente, estrategista e manipuladora.

— E isso nos diz... — impaciente Dimitri não gostava de charadas.

— Ela seguirá as tradições Dimitri — Sabine falou de forma calma. O relógio começou a badalar anunciando o nascer do sol. — Os Três de Luto é uma prática antiga utilizada em uma guerra.

— Quando um golpe era feito no inimigo, temos três dias de luto — Thamina completou —, no quarto dia, podemos esperar um novo golpe, e eles esperam um golpe nosso.

— Xadrez. — Dimitri sorriu bocejando.

— Vão descansar — Vladmir suspirou —, Aiya, antes de eu ir ao Castelo de Bran poderemos conversar?

A jovem assentiu, levantou-se e saiu da biblioteca. Sabine saiu logo em seguida sorrindo para Dimitri, Thamina e Vladmir ficaram sozinhos.

— A exposição abre hoje cedo. À noite teremos um jantar com sete famílias de vampiros. — Suspirou. — Dia longo.

— Vá descansar meu bem — ele a beijou —, ficarei aqui, pensando no que fazer nestes três dias que temos.

Bruce observava todos os ambientes, os turistas chegaram e ele acompanhava os guias contratados que contavam a história do castelo com riqueza de detalhes.

Thamina

Espero que esteja sendo um sucesso.

Bruce

Seria se a idealizadora da exposição estivesse aqui.

Thamina

Estamos em Três de Luto, quero que pegue suas coisas e saia da Romênia.

Bruce

Movimento armamentista simples. Não irei embora sem você.

Thamina colocou o celular sobre o criado ao lado da cama. Não conseguira descansar, estava dividida. Seus pensamentos a prendiam a Bruce e sua inteligência e conhecimento histórico, seu coração a deixava ligada a Vladmir e o fato de ter aceitado sua mordida, a ligação era forte. A vampira despiu-se da roupa de gala e procurou em seu guarda-roupas algo para vestir no jantar no castelo. Deveria impor sua beleza perto das vampiras que encontraria, afinal, ela escolheu ser transformada e era vista pelos outros como um animal de estimação.

O dia já estava claro, ela sentia isso. Vestiu uma roupa simples, porém elegante, deixando as peças que usaria à noite sobre a cama. Saiu de seu quarto escutando vozes no quarto de Dimitri, Sabine e ele passaram a noite juntos.

Dimitri estava sentado em sua cama, não conseguira descansar perdido em pensamentos sobre Carla e a nova condição de Marcus. Tudo aquilo era sua culpa. A porta de seu quarto se abriu e Sabine adentrou em silêncio fechando-a atrás de si. Usava seu roupão azul marinho bordado com flores. Ela deitou-se na cama dele.

— Sem sono?

— Dormir se torna trivial após cinco séculos. — Suspirou. Dimitri a olhou. Era extremamente linda, a tonalidade de sua pele era algo incomum. Ele aproximou-se da cama. — Como você está?

— Me sentindo culpado por…

— Não se sinta — ela o olhou —, vocês terminaram? — Sabine puxou-o para que se deitasse ao seu lado.

— Sim. Queria ficar com ela no campus, se algo acontecer a ela eu não sei o que faço. Ainda a amo.

— Não vai esquecê-la facilmente — ela o abraçou —, mas tudo pode mudar. Vladmir pediu desculpas hoje e agradeceu a Igor, se isso não for promessa de mudança, é anúncio de chuva.

Os dois gargalharam e Dimitri virou-se olhando nos olhos amendoados da mulher. Ela o beijou, ele sentia-se bem na presença de Sabine, por um breve momento a preocupação para com Carla sumiu e ele pôde desfrutar de minutos de paz e sossego ao lado da bela mulata.

— Chame Dimitri — Vladmir falou ao notar que Thamina adentrava na biblioteca. Jogou sobre a mesa os documentos relacionados à adoção do garoto. — E, peça a Alder trazer Aiya.

Thamina não falou nada, virou-se saindo da biblioteca. Pegou o celular mandando uma mensagem para Bruce.

Thamina

Como está indo a exposição?

Bruce

Tudo em ordem, logo vai anoitecer, como estão as coisas?

Thamina

Vladmir está estranho, mas creio que tudo dará certo.

A vampira arrumou uma mecha do cabelo negro que caía sobre seus olhos, guardou o celular e bateu duas vezes na porta do quarto de Dimitri.

— Pode entrar — Thamina ouviu a voz do rapaz, abriu a porta e entrou vendo Sabine deitada na cama e Dimitri vestindo-se à frente do espelho.

— Vladmir está te chamando — Sabine a encarou —, Velcan está voltando do Campus, sua amiga está bem. — Saiu do quarto.

Dimitri parou de se arrumar, a lembrança veio-lhe à mente e a culpa tomou conta do rapaz. Sabine levantou-se e foi até ele abraçando-o.

— Sei que não gosta de mim Alder Van Helsing. — Ayia o encarava na porta de seu quarto.

Alder nada disse, somente observou a jovem loba. Pôde notar que antes da gravidez era uma mulher de curvas sinuosas, mas essa condição não mudava sua beleza. Ele suspirou ajeitando a gola da camisa, adentrou no quarto e sentou-se na cama.

— Nada tenho contra você. Tristan me magoou muito para que eu veja alegria em seus atos.

Suspirou olhando o teto.

— Eu amo Tristan — Aiya sentou-se ao seu lado —, ele sempre falou de você, como era um líder incrível.

— O que ele fez…

— O atormenta toda noite — ela o interrompeu. — No exílio ele era excluído, confiávamos em Mathias e Helter, Tristan sempre tentou impor o nome Van Helsing, mas depois de tudo o que fez a verdade sobre a morte de Abraham foi facilmente descoberta.

— Vladmir vai gostar de ouvir isso — ele tocou, meio com medo, a barriga da mulher —, já escolheu nome?

— Se for menino será Abraham — ela encarou o lobo —, já se for menina se chamará Hallena.

Alder a olhou surpreso, Velcan surgiu na porta.

— O Conde está esperando. — Sorriu para Ayia.

— Você terá uma aula básica sobre como se portar em um jantar. — Vladmir falava para Dimitri que se mantinha atento. — Sabine poderá…

— Eu darei a aula — Thamina interrompeu —, acredito que a relação de Dimitri e Sabine esteja se tornando muito pessoal.

— Posso auxiliá-lo muito bem, Thamina — a negra a encarou furiosa —, o que eu Dimitri temos não passa de um…

— Passatempo?

— Escute aqui sua…

— Já chega! — Vladmir gritou batendo na mesa. — Não estou com paciência para suas intrigas — fungou —, como uma anciã deveria entender, Sabine, Dimitri não é brinquedo.

Sabine levantou-se e saiu da biblioteca passando por Alder e Velcan que acompanhavam Aiya. Os lobos adentraram no recinto notando a tensão, sentaram-se nas poltronas e esperaram.

— Aiya, conte-nos o que aconteceu no exílio.

Láureo adentrou na fraternidade Dracul pela porta de trás, caminhou pela cozinha surgindo sem ser notado na sala. A presença do velho chamou a atenção dos dois lobos que estavam no bar bebendo, ele os olhou com frieza. O ancião caminhou pela sala vendo Gabriel deitado no sofá.

— Este lugar virou uma pousada de encostados. Onde está sua senhora?

A voz do ancião ecoou pela casa.

— No quarto — Gabriel não o olhou —, ela não está no seu melhor dia.

— Eu também não. — O velho começou a subir as escadas.

No quarto Alira estava deitada em sua cama olhando para o quadro de Vladislau em sua parede, Láureo adentrou no quarto despertando-a de seu momento de contemplação.

— Ele não levantará da tumba e virá correndo te abraçar. — Ela limpou os olhos rapidamente. — Hoje é um grande dia.

— Prefiro a noite. Ele é a cara de Vladislau.

— Pobre alma tola — ironizou —, como estamos? Soube que um de seus lobos atacou um humano.

— A ideia era matá-lo, mas o herdeiro de Van Helsing interviu — ficou pensativa —, ele fez uma denúncia.

— Fique calma, Vladmir irá limpar isso facilmente. — O velho aproximou-se dela. — Tristan Van Helsing está vivo.

— Isso é impossível! — Ela espantou-se. — Prata, eu usei prata.

— Felizmente o timing de Vladmir é preciso. — Láureo virou-se saindo do quarto. — Pare de chorar suas lembranças e comece a agir.

— Os Três de Luto…

— Não estamos mais na época de Vladislau, minha criança — ele falou saindo — deixe que o próximo golpe será meu.

CAPÍTULO 18
Jantar Fatal

Chalé Dracul

Vladmir explicava a Dimitri tudo sobre as sete famílias que estariam presentes em Bran, a abertura do castelo era um marco para todos os vampiros no mundo, afinal foi ali que tudo começou.

— Todos ali querem o título de Conde de Dracul. — Vladmir sentou-se em sua poltrona. — Muitos seguiam Alira.

— Então quer dizer que estamos em território perigoso? — Dimitri questionou.

— Não! Como estamos em Três de Luto...

— E ainda acreditam que o ataque de lobo tem ligação com a falecida noiva de Drácula? — Láureo adentrou na biblioteca. — Temos um novo salão de reuniões?

— Láureo, o que traz sua carcaça até aqui? — Vladmir sorriu para o velho.

— Gostaria de saber... — ele aproximou-se da mesa vendo as taças de sangue vazias e as garrafas abertas —, como estão os preparativos para a chegada dos Dulen?

— Eles pretendem ficar? — Thamina pegou um caderninho sobre a mesa onde anotava todo o passo a passo do jantar.

— Nunca se sabe, Adélia é imprevisível — ele observou a todos parando seus olhos em Aiya —, o que essa exilada faz aqui?

— Ótima pergunta Láureo — Vladmir levantou-se abotoando o terno —, Aiya carrega em sua barriga um Van Helsing. — O velho desdenhou revirando os olhos. — E ela tem informações importantes sobre o ataque ao exílio.

— Interessante — Láureo desabotoou seu terno cinza, sentou-se na poltrona que antes era ocupada por Vladmir. — Conte-nos então, minha cara. — Ele uniu as mãos na frente do rosto.

Aiya ficou em silêncio por alguns segundos, todos ali a observavam com atenção.

— Não temos toda a eternidade criança.

Láureo segurava um anel em sua mão direita.

— Eu estava na caverna preparando algo para comermos. Tristan havia discutido com alguns lobos, eles não confiavam nele.

— Nem precisa nos contar o porquê — Láureo a interrompeu.

— Se puder me deixar falar, Milorde. — Aiya o encarou. Suspirou nervosa. — O portão se abriu, achamos que outro lobo fora exilado por algum crime cometido, mas não. Entraram dois encapuzados, o primeiro tirou o capuz, era uma bela mulher de cabelos negros e um rapaz forte. Eram vampiros, nós reconhecemos de imediato.

— Eles se apresentaram? — Dimitri falou com delicadeza.

— A mulher não se apresentou, mas disse que ficou feliz em saber que Tristan lutou por ela, no passado — Aiya encarou Láureo —, já o rapaz, no meio da luta, ela o chamou de Gabriel.

— Interessante — o velho movimentou as mãos chamando Igor que estava parado próximo à lareira. O lacaio aproximou-se mancando, conferiu algumas garrafas notando estarem todas vazias. Gemeu saindo da biblioteca indo em direção à adega. — Como dois vampiros podem assassinar quase duzentos lobos?

— Eles usaram prata — Aiya falou alto, estava nervosa. Alder tocou a mão da jovem. — Prata liquida, pó de prata. Balas de prata — ela chorou —, mataram meu pai, feriam Tristan.

— Isso é a prova que queria, Láureo — Vladmir encarou o velho —, a prova que Alira está viva.

— Não consigo ver isso nas palavras desta lincantrope — Láureo levantou-se.

— Como não? — Dimitri se levantou encarando o velho. — Só sendo cego para não ver. — Tocou o ombro do ancião.

— Primeiro, senhor Skapov, não me toque — fungou olhando bem dentro de seus olhos —, segundo, não me toque! — Trincou os dentes retirando a mão do rapaz com força.

— Você está cego, só porque errou em matar Alira! — Dimitri não se mantinha quieto.

— Escute rapaz — Láureo aproximou-se dele —, não deixe minha conduta calma lhe enganar. — Respirou fundo. — Mato vampiros, insurgentes e lobos — ele encarou Aiya —, desde antes de seu tetravô nascer. — Dimitri deu um passo para atrás.

Láureo encarou a todos. Os cabelos brancos alinhados brilhavam com a luz artificial do ambiente. Sua pele pálida e enrugada assemelhava-se a pedra de tão rígida. Vladmir engoliu em seco tamanha a tensão.

— Drácula foi um grande líder, amigo e príncipe amado pelo povo — o velho falou de forma calma —, governou por quarenta e cinco anos e durante quatrocentos e trinta e seis anos ele foi o homem mais íntegro e respeitado por toda a Transilvânia — engoliu em seco —, você não estava lá para ver e acreditar na palavra de um exilado que já sabemos ser o verdadeiro assassino de Van Helsing, isso sim é ser cego.

— Láureo — Vladmir falou na intenção de apaziguar os ânimos.

— Já acabamos — o velho caminhou na direção do corredor —, vejo vocês no castelo, e antes que eu me esqueça — falou erguendo a mão virando-se encarando Alder. — Não quero essa garota andando por aí. É a minha palavra final.

Horas depois

— Então, vim saber como você está. — Dimitri estava parado no corredor do dormitório estudantil. Carla o olhava parada na porta. — Meu tio não me deixou vir antes...

— Mas deixou Velcan me seguindo — ela o encarou —, não preciso de segurança Dimitri.

— Eu me preocupo com você... — Tentava se explicar.

— Mas terminou comigo. — Ela fungou entrando no quarto. Dimitri ficou parado impedido de entrar.

— Entre — ela o convidou. Pela janela ele via a noite estrelada. No canto direito do quarto as roupas de Marcus estavam arrumadas em caixas.

— Os pais dele ligaram, ele vai voltar pra Vancouver — suspirou —, vai fazer duas cirurgias e não sabe se vai voltar para a faculdade.

— Falou com ele? — Ela concordou.

— Não faz muito tempo, eu ia no hospital, mas ele me ligou. Não consegue falar direito, então decidiu mandar mensagens de texto. — Ela mostrou o celular. Ele abriu o WhatsApp e leu as mensagens.

— Nossa, vinte e seis pontos.

— É, os médicos o chamam de sortudo — ela riu —, aonde vai todo arrumado?

— Um jantar na empresa do Tio Vlad. — Riu e sentou-se na cama, olhou-a sentindo o sangue em suas veias se movimentar. — Eu queria te contar tudo. — Respirou fundo podendo ouvir seu coração bater, ela o olhou com atenção. — Mas, é melhor assim — levantou-se abrindo a porta —, só quero que fique bem. — Abriu a porta e saiu.

— Doido — ela falou vendo a porta se fechar.

Dimitri caminhou pelo dormitório, desceu as escadas saindo na grande entrada de pedra. Parou respirando profundamente, sua sede de sangue aumentara, ele se controlou para não atacar Carla. O carro de Velcan estava parado logo à frente, ele entrou e fechou a porta, passou o cinto.

— Vamos. — Dimitri o encarou.

— Está tudo bem? — Velcan o olhou com atenção.

— Usaram o celular do Marcus mandando mensagens para Carla? — Ele pareceu nervoso.

— Rapaz, pode parecer estranho, mas temos que...

— Primeiro, não me chame mais de rapaz — fungou — não sou criança, eu só queria que me contassem as coisas. Quase que conto tudo para ela, eu não sabia que Marcus havia mandado mensagens para ela.

— Desculpe — ele fungou —, Marcus já não está mais no hospital, foi transferido logo pela manhã.

— Onde ele está? — Dimitri observava a estrada que levava até o Castelo.

— Uma de nossas casas em Budapeste — Velcan prestava atenção na estrada —, fique calmo, você poderá nos ajudar a fazê-lo entender esta nova vida.

— Eu que menos entendo. — Riu, olhou pela janela arregalando os olhos. O castelo se erguia demonstrando toda a sua imponência.

A noite não foi capaz de esconder a beleza do castelo, a iluminação projetava feixes de luz nas paredes desenhando o contorno da imponente construção na escuridão da noite. Como em uma pintura, a lua cheia estacionara atrás da torre dando um toque clássico à visão de Dimitri. Velcan dirigiu até a área dos estacionamentos, o rapaz saiu do carro não conseguindo desviar o olhar da bela visão, o lobo sorriu.

— É lindo, não? — falou trancando o carro.

— Incrível!

Desde que chegara a Transilvânia ele não teve tempo de conhecer as belezas do país. Extasiado ele começou a seguir Velcan.

A grande ponte fixa, outrora destruída no ataque dos turcos, fora reformada mantendo toda a característica da época. Feita totalmente de pedra fora iluminada com tochas em sua lateral, as árvores mais próximas foram cortadas liberando a visão de toda a construção e seu entorno. O penhasco atrás era formado da própria construção que se erguia a partir de uma elevação natural. Era construído em rocha pura, com corredores e salões abaixo do primeiro piso levando para dentro da terra aqueles que se aventuravam a conhecer a arquitetura. Dimitri notou que o Parque Parcul Regal estava iluminado.

— O Conde pediu que os lobos de meu pai iluminassem a floresta — Velcan apontou para a imensidão negra a esquerda —, temos quatro grupos de guarda.

— Uma verdadeira fortaleza — Dimitri falou extasiado.

— Os turcos só entraram porque abriram o portão da frente. — Velcan olhou ao redor, casais e idosos caminhavam atrás deles. — Chegamos a tempo. Os convidados acabaram de chegar.

Dimitri virou-se espantado. Ao todo quase cem vampiros adentravam no castelo, muitos nem o olharam, outros franziram o rosto ao sentir que Velcan era um lobo, alguns poucos o cumprimentaram chamando-lhe de Van Helsing, o rapaz imaginava que os Helsing tinham um aroma diferente.

Após a maioria dos convidados entrarem, Velcan sinalizou a Dimitri que o seguisse. Passaram por um grande salão repleto de tapeçarias e antiguidades, era parte da exposição que Bruce e Thamina organizaram. Ele olhou ao redor, iluminação por velas e energia elétrica disputavam a beleza do castelo. A grande escadaria toda iluminada levava os convidados para o salão de festas.

— Oito lobos cuidam da guarda interna e seis vampiros os apoiam. As gravatas são as nossas marcas.

Velcan falou ao passar por alguns vampiros usando terno preto e gravata branca.

— Branco para guardas e vermelho quer dizer…

Dimitri olhava para dois homens parados ao lado da entrada do grande salão. Velcan parou de subir a escada e olhou os dois vampiros.

— São guardas pessoais, não são nossos lobos — ele engoliu em seco. Farejou o ar notando que os homens eram vampiros. — Isso não estava no cronograma.

Subiu as escadas sabendo que deveria falar com seu pai.

Ao chegarem no salão Vladmir sorriu para eles, estava sentado em um trono de pedra acima de três degraus. Era o trono de drácula. Dos três tronos menores, dois eram ocupados por Thamina que exibia sua beleza com um vestido branco bordado com pedras preciosas e Sabine que ousou no vermelho do batom e do vestido que usava. Os cabelos estavam ocultos por um turbante negro. Os olhos maquiados a deixavam séria. Ela se levantou com delicadeza vindo na direção de Dimitri.

— Uau — ele falou segurando-a pela cintura. Ela o fez soltá-la, sorriu falando baixo:

— Hoje sou superior a você — sorriu —, venha, seu lugar é ao lado de Vladmir. Velcan! — ela falou olhando o lobo. — Seu pai está do doutro lado, com Aiya.

— Obrigado Milady. — O lobo curvou-se em respeito.

— Então é um baile de aparências?

Dimitri deu o braço para que a vampira o acompanhasse. Começaram a andar na direção dos tronos.

— Sim e não. Com o tempo aprenderá.

À frente dos tronos uma grande mesa cheia de comida. *Que ninguém vai comer,* Dimitri pensou. No centro do salão uma segunda mesa também exibia comida, os únicos que comiam eram os lobos, guardas de membros das famílias. Dimitri notou alguns humanos no meio de todos, ficou observando-os.

— São doadores voluntários — Vladmir falou assim que ele se sentou —, eles caminharão pela festa a noite toda, deixando ser sugados pelos vampiros.

— Não irão se transformar?

Dimitri observou a cena. Uma das doadoras estava linda, estendeu o braço para um homem alto de cabelos vermelhos. O vampiro beijou-lhe o pulso, ela lhe entregou uma pequena adaga, ele a pegou com cuidado deslizando sobre a pele morena da mulher. Sorriu para ela, para logo depois sugar seu sangue.

— Viu? — Vladmir falou sem olhá-lo. — Se você se lembra de suas leituras iniciais, Harker...

— Afirma que o veneno está nas presas, e é solto quando entram em contato com a pele — ele lembrou-se do trecho da obra de Harker.

— Isso mesmo, fique calmo, ninguém será transformado ou morto essa noite. — Vladmir ficou em silêncio. — Os nossos guardas impedem que qualquer espertinho suba aos quartos com humanos — sorriu —, após o jantar, irei te contar o que descobri a seu respeito.

Dimitri endireitou-se no pequeno trono, Vladmir cumprimentava todos que se aproximavam, todos iam conhecer o novo conde.

— Você hoje fez algo que eu demorei anos para fazer — Dimitri deu um tchauzinho tímido para uma mulher velha que se aproximava —, enfrentou Láureo. — Riu.

— Não gosto dele.

Dimitri meneou a cabeça em cumprimento, a velha chegou bem próximo ao trono.

— A família Draculea já tem uma nova geração, pelo que posso ver? — Vladmir levantou-se curvando-se em respeito. — Conde...

— Dimitri esta é Adélia Atwood — a mulher cumprimentou Dimitri —, anciã da Itália, da casa dos Dulen.

— Muito prazer. — Dimitri curvou-se.

— Um jovem lorde — ela sorriu —, o que ele é seu?

— Um amigo — riu —, é jovem...

— Mas é lindo. — A mulher curvou-se afastando-se de Vladmir.

— Parece que ganhou uma admiradora.

Vladmir pegou uma taça e bateu um garfo nela. Todos ao escutar o som pararam de conversar e dançar.

— Sejam bem-vindos — muitos se curvaram —, aproveitem a festa, nossos doadores estão à disposição de vocês.

Láureo caminhou pela grande ponte totalmente sozinho, estava vestido a caráter, suas vestes negras contrastavam com os fios brancos de seu cabelo. Usava uma bengala metálica com empunhadura de ouro, seus passos cadenciados e sua postura ereta sinalizava que para o ancião a noite era para se impor.

Os primeiros empregados curvaram-se assim que ele passou, os convidados abriram caminho totalmente extasiados com a modernidade do ancião. Vladmir levantou-se juntamente com Thamina e Sabine, cumprimentaram o velho que se sentou na outra extremidade ao lado da anciã negra. Dimitri não se levantou, manteve-se alheio à chegada do homem.

Alder caminhava pelo salão enquanto Velcan vistoriava os quartos, havia impedido alguns convidados de subirem com duas doadoras, sabendo como a festa particular iria acabar, ele rapidamente os impediu. Aiya era encarada por todos, menos por Adélia, a anciã aproximou-se da loba sorrindo.

— Vejo um belo Van Helsing para nosso futuro.

— Obrigado — a jovem falou sem graça.

— Velcan deve estar feliz pelo...

— Sobrinho — ela a interrompeu —, esta criança é filho de Tristan.

— Mas Tristan está...

— Está longe. — Alder surgiu atrás da anciã. — Adélia, quanto tempo!

— Alder — ela riu, ele curvou-se em respeito —, a beleza de seu pai vive em você.

— Obrigado. Aiya, venha, você precisa comer algo. — Ele passou pela mulher. — Senhora.

Adélia meneou a cabeça deixando os lobos passarem, Alder falou no ouvido de Aiya.

— Cuidado — encarou Vladmir —, muitos aqui não gostam de Tristan.

— Ninguém gosta dele — a jovem falou triste.

Vladmir chamou Thamina para dançar. O Conde e a bela mulher deslizaram pelo salão. Muitos pararam para observar a beleza do casal. Láureo levantou-se do trono passando por Igor cochichando algo no ouvido do serviçal. Dimitri observava tudo. Na intenção de fazê-lo esquecer os problemas, Sabine o puxou para o salão.

— Lembra-se da nossa aula?

Ela colocou a mão esquerda na cintura do rapaz e a outra se elevou segurando a mão direita dele.

— Lembro-me do que fizemos depois.

Sedutor, ele a conduziu pelo salão. A valsa iniciava-se lenta e os movimentos de Dimitri e Sabine chamavam aplausos de todos que observavam.

— Acho que aprendi. — Ele a girou.

— Você está sério. Sedutor.

Sorriu acompanhando os passos de Dimitri.

— Acho que estou tendo uma perspectiva diferente desta minha nova condição — girou-a levemente —, vou me dedicar aos estudos, serei leal a

Vladmir.

— Fico feliz...

Dançaram por quase meia hora, Dimitri sentiu que alguém batia em seu ombro esquerdo, virou-se encarando Vladmir.

— Posso?

Dimitri girou Sabine trocando com Thamina, o Conde deslizou a negra com maestria. Thamina o olhou séria.

— Vocês duas não se dão muito bem, não é? — Dimitri puxou assunto com a bela vampira.

— Dimitri, não confie em Sabine — Thamina falou de forma séria. — Ela era leal a Alira...

— Mas...

— Só confie em mim.

Thamina girou parando junto com a música.

Na ideia os casais deveriam se encontrar, mas Thamina caminhou sozinha até seu trono. Sabine juntou-se a Dimitri enquanto Vladmir batia palmas junto com os convidados. Mancado e gemendo, Igor surgiu em meio aos vampiros, puxou o terno de Vladmir, o Conde abaixou-se para que o lacaio falasse em seu ouvido. Vladmir olhou ao redor e em meio aos convidados e caminhou em direção à saída. Dimitri o acompanhou com o olhar.

— Deixe-o — Sabine notou a preocupação do rapaz —, ele está nervoso.

— Poderíamos falar em um dos escritórios, mas está uma bela noite.

Vladmir falou enquanto caminhava pela grande ponte de pedra. Láureo observava as estrelas e a lua.

— É, uma bela noite. Eu tenho um questionamento a você, meu Conde.

Vladmir estranhou a fala do ancião.

— Diga... — Vladmir aproximou-se dele. Sentiu um aperto em seu peito, olhou para baixo vendo uma lâmina comprida perfurar sua pele. — O que fez...

Engasgando ele sentiu a dor percorrer seu corpo, o calor de seu sangue espalhar-se por suas roupas.

— Quanto tempo achou que a sua monarquia constitucional iria durar? Realmente, você tem menos serventia que a rainha da Inglaterra. Uma vida não tão longa ao Conde Drácula.

Vladmir sentiu seu corpo cair, viu Láureo ficar cada vez mais longe. A dor tomou conta de seus braços e pernas que batiam nas pedras e árvores. A queda era grande, ele tentou gritar ou usar suas habilidades, mas estava aparentemente bêbado. Tudo escureceu e ele não escutava mais nada, a noite escondia seu corpo e Láureo, do alto da ponte, sorria.

— Mestre! — Igor gritou vendo Láureo limpar a lâmina.

— Calado! Guardas, acabem com essa zona.

Rapidamente homens de terno negro e gravata vermelha promulgaram um verdadeiro holocausto no castelo. Vampiros e licantropes eram mortos, as lâminas banhadas de prata ou com erva-moura ceifavam a vida dos seres noturnos. Láureo adentrou no salão decapitando um doador que caiu inerte no chão. Gritos e sons de luta chamaram a atenção de Dimitri, Alder levantou-se da mesa em que estava juntamente com Aiya, sentiu o cheiro de prata.

— Velcan! — ele gritou vendo Láureo matar Adélia.

— Alder Van Helsing! — O ancião o encarou.

— Aiya, procure Dimitri. — O lobo deixou a jovem passar por ele.

— Dimitri, rápido. Alder precisa de ajuda.

Ayia estava nervosa. O rapaz levantou-se junto com Thamina e Sabine, Dimitri afrouxou a gravata e correu na direção do lobo. Alder e Láureo se encaravam.

— Láureo, o que está fazendo? — O velho encarou o rapaz.

— Acabando com essa loucura toda que Vladmir começou. — Ele se posicionou movimentando sua lâmina na direção de Dimitri, o rapaz desviou. — Está vendo este sangue? Seu mestre teve um fim nobre.

Dimitri perdeu o foco sendo atingido no ombro, Alder empurrou Láureo fazendo-o cair do outro lado do salão.

— Alder — Dimitri falou zonzo —, erva…

— É, eu imaginei.

Alder assobiou chamando seus lobos, somente três e Velcan atenderam ao chamado assobiando em resposta. Sabine e Thamina ampararam Dimitri que já sentia o efeito do sedativo.

— Não deixem que fujam! — A voz de Láureo ecoou pelo salão.

Correndo o mais rápido que podiam, os fugitivos ouviam os gritos de dor dos vampiros e lobos que morriam lentamente. Um carro adentrou ferozmente empurrando outros. Um homem saiu com uma arma em mãos, atirou três vezes fazendo Alder se abaixar. Bruce atingiu dois vampiros que corriam na direção do grupo. Thamina tinha em suas mãos seu celular.

— A festa está boa? — O historiador olhava para o castelo. — Cadê o Conde?

— Está morto — Dimitri falou meio grogue, Thamina virou-se para adentrar no castelo em busca de Vladmir, Bruce a segurou.

— Me solte. — Debateu-se nos braços do homem.

— Não! — Bruce a impediu. — Não irei te perder.

Colocou-a dentro do carro, Alder e Velcan correram para outro carro junto com Ayia e Sabine. Dimitri foi colocado no carro de Bruce, os outros lobos seguiram correndo transformando-se em animais. O historiador espantou-se com a rapidez da transformação. Os carros aceleraram pela estrada. O telefone de Thamina tocou.

— Alder, para onde? — Thamina encarava o carro da frente, colocou o telefone no viva-voz.

— Para o chalé em Varna.

— É muito longe, o sol vai nascer — ela gritou.

— Só temos locais seguros em Varna ou Budapeste. — O som dos carros na avenida impedia ouvir a voz do lobo.

— Marcus — Dimitri falou zonzo —, onde levaram Marcus…

— Boa, garoto! — A voz de Alder ecoou pelo veículo. — Para a capital.

Alder dirigiu até Brasov na intenção de despistar qualquer um que os tivesse seguido, mudando a rota para a capital. Dimitri sabia que estariam próximos à faculdade e isso o preocupava. Após duas horas de percurso, um estacionamento foi o que o rapaz pôde ver. Estava dopado devido ao efeito da erva-moura.

— Você precisa de sangue. Beba!

Sabine ajudou Alder a colocar Dimitri em um sofá, encostando o pulso na boca do rapaz.

— Alder! Recomendo ir buscar Tristan, quero dois lobos para ir comigo até o castelo.

Thamina tremia.

— Está louca? — O herdeiro de Van Helsing cruzou os braços.

Estavam tensos, Alder relaxou a postura vendo o humano se aproximar.

— Faltam duas horas para amanhecer. Eu vou com ela, a meteorologia falou que não terá sol. Temos que encontrar o corpo de Vladmir antes que o sol encontre.

— Ele planejou tudo...

Alder ficou pensativo.

— Vocês, emitam um chamado em ondas curtas, somente para os lobos. Quero todos aqui. Você quer um lobo? Eu vou.

O alfa pensava em possíveis lobos sobreviventes, ele encarou Thamina.

— Mas e Tristan? — ela o questionou.

— Eu vou. — Dimitri sentava-se no sofá. — Já estou melhor.

— Ótimo! — Alder começou a dar ordens. — Leve Velcan com você, Sabine, você ficará bem aqui. — A negra assentiu.

Dimitri retirou a camisa rasgada e manchada de sangue, encarou a porta que levava para os cômodos internos do apartamento notando que estava sendo observado por alguém. Marcus estava sem camisa, seu ferimento estava cicatrizado deixando uma longa cicatriz de sua orelha esquerda até seu peito. O rapaz o olhou confuso.

— Dimitri?

— Oi Marcus — o rapaz sorriu aproximando-se dele —, bem-vindo de volta.

CAPÍTULO 19
O anel do Conde.

Apesar de faltarem ainda duas horas para amanhecer quando partiram, o trânsito de volta a Bran os atrapalhou e na última curva Thamina tremeu ao ver o sol despontando na montanha. Alder e mais um lobo a acompanhavam juntamente com Bruce que dirigia o carro negro, ela usava um sobretudo preto de mangas compridas e um capuz negro que lhe tapava o rosto. Usava óculos escuros especiais impedindo que qualquer luz ferisse seus olhos. Alder olhava sempre para o céu que já mudava de cor tornando-se alaranjado. O outro lobo usava luvas e tinha um revólver na cintura, no cartucho, seis balas de prata.

— Vamos ser rápidos. Vimos Vladmir sair do castelo, Láureo pode tê-lo ferido na ponte.

Alder falou olhando ao redor.

— Ficarei no carro. Meu amor, cuidado.

Alder olhou o casal beijando-se, permaneceu calado.

Enquanto caminhavam Thamina sentiu o cheiro de sangue ao se aproximar da ponte. A luz do sol despontava na torre.

— Tem sangue aqui.

Ela falou baixo, Alder e o outro lobo ouviram com atenção. *Sangue de Vladmir.* Ela tocou a mancha. Estava secando, cheirou a ponta do dedo manchado. *É dele.*

— Senhora Mina.

Alder chamou. Ela olhou para baixo, no pé da estrutura, Alder e o outro lobo olhavam algo. Thamina saltou com leveza, pousando no solo ao lado de Alder, ele apontou para uma rocha manchada de sangue.

— Ele caiu, bateu nas pedras, o sol já está batendo aqui.

A vampira colocou a mão na boca suprimindo o choro.

— São sete de manhã. — Ela caminhou. Seu corpo estava quente, notou algo brilhante, ao esticar a mão para pegar sua pele se expôs à luz. —Ai!

— Deixe que eu pego — o lobo que acompanhava Alder passou por ela esticando a mão —, é um anel.

Thamina engoliu em seco.

— O sangue aqui está seco, tem um pouco de cinzas. Senhora, temos que ir.

Thamina chorou. O vento soprou levantando uma pequena nuvem de poeira.

Alder a olhou, sua roupa estava soltando fumaça.

— Thamina vamos, não podemos fazer nada — engoliu sem seco —, ele se foi.

A vampira nada disse, caminhou na direção do carro. Um uivo chamou a atenção de Alder, o outro lobo sacou o revólver, o cheiro de prata o atingiu nas narinas fazendo-o ficar zonzo.

— Vamos logo, não quero ter de usar isso — falou o rapaz.

No carro, Bruce ouviu o lobo, suava frio. Thamina entrou e o abraçou, aos soluços ela chorou. O historiador soube que o Conde havia sido morto.

— Quanto tempo mais eles irão demorar? A previsão errou. Está sol lá fora.

Dimitri estava impaciente. Sem camisa ele olhava pela fresta da janela.

— Rapaz, vamos ao Chalé. — Velcan surgiu na sala com uma jaqueta preta nas mãos, lançou-a para ele. — Aiya está dormindo, Marcus e os outros podem cuidar deles e Sabine, mas vamos soltar Tristan, depois do meu pai ele é o mais forte.

— Posso ir com vocês — Marcus falou —, estou bem...

— Não — Velcan foi direto —, você ainda não teve sua primeira lua e precisa de descanso. Muita coisa aconteceu e sem o Conde estamos cegos.

— Marcus, prometo que quando eu voltar te conto tudo — Dimitri encarou o amigo —, sei que deve estar sendo difícil.

— Dimitri, só proteja a Carla — o rapaz sentou-se ao lado da mulher negra —, ela é minha amiga.

— Essa humana é bem quista, não?

Sabine cruzou as pernas, sentada no sofá a mulher prestava atenção na conversa.

O vampiro não disse nada, vestiu a jaqueta e seguiu Velcan. Dimitri pôde notar que estavam em um prédio de poucos andares no centro da cidade. O estacionamento subterrâneo abrigava sete carros filmados com blindagem especial. O herdeiro dos Helsing destravou um deles, sentou-se na direção e suspirou. Dimitri o encarou.

— Problemas? — Velcan passou as mãos nos cabelos.

— Eu os vi — deu um soco no volante —, estavam lá, no meio dos convidados.

— Não podíamos imaginar — Dimitri falou sem jeito —, ou podíamos, Láureo é um canalha. — Ele massageou o ombro que havia sido perfurado.

— Vamos ao chalé, Tristan pode nos ajudar.

Velcan deu a partida saindo da garagem, a rua estava iluminada, Dimitri observou com atenção, uma visão que ele demoraria a ter novamente. Não demorou muito os dois estavam na propriedade, o estacionamento subterrâneo tinha entrada na parte de trás do chalé. Velcan desceu do carro sacando um revólver.

Ele estendeu a arma para o vampiro. Dimitri ficou tenso ao pegá-la.

— Sabe atirar? Bom, não precisa de prática, aponte e atire, são balas de prata em caso dos lobinhos de Alira estarem aqui.

— Acham que estarão?

— É nosso território. — Velcan tocou a parede abrindo o elevador que levava para dentro do chalé. — Tomaram Bran, essa é a segunda fortaleza.

A porta do elevador se abriu no corredor das celas. Velcan caminhou sério parando à frente da única que estava ocupada.

— Olá irmão. — Ele olhou Tristan que estava deitado na cama de pedra. Abriu a cela. — Está livre.

— Velcan... — Tristan encarou Dimitri com o revólver —, não viria armado me libertar.

— Estas balas não são para você irmão. — Silêncio. — Láureo matou Vladmir.

— E novamente tudo acontece — ele se levantou —, uma vez jurei nunca mais lutar ao lado de vampiros.

— Mas são os vampiros que estão lhe mantendo vivo...

— Questionável.

Ele sorriu. Os cabelos de Velcan eram compridos na altura do ombro. Estavam desgrenhados, o olhar de cafajeste e o sorriso malicioso estampavam sua cara.

— Vamos logo, não temos todo o tempo do mundo...

— Questionável outra vez. — Tristan permaneceu dentro da cela. Cruzou os braços.

— Escute aqui — Dimitri entrou na cela, seu olhar estava sério —, não está sendo perdoado, está sendo salvo. Se Alira ou Láureo te encontram aqui você está morto. Então tenha um pouco de gratidão.

— Tem algo de diferente em você. — Tristan farejou o ar sentindo o cheiro de Dimitri. Saiu da cela. — Seu sangue...

— Tenho o mesmo sangue que Vladmir. — Velcan encarou Dimitri. — É estranho eu sei, mas minha transformação se acelerou, não sei por quê.

— Repita isso até acreditar — Dimitri o olhou confuso —, que não sabe o motivo...

Começaram a andar e entraram no elevador.

— O que quer dizer?

174

— Somente um Draculea de sangue pode ser o Conde. — Tristan saiu do elevador assim que a porta se abriu. Estavam no salão de treino, Dimitri ainda o olhava confuso. — Esquece, você ainda é lento demais.

— Vamos para a adega, no abrigo não temos muito sangue. — Velcan virou-se para o corredor que levava à área de serviços notando alguém no corredor escuro.

Parou observando a silhueta curva aproximar-se devagar. Igor surgiu no salão.

— Igor! — Tristan falou sorridente.

— Mestre Dimitri — o velho parecia triste —, Igor achou que havia morrido.

— Igor, onde esteve? — Dimitri aproximou-se do lacaio, notou que ele tinha uma garrafa de sangue nas mãos.

— Igor viu — o corcunda gemeu —, Mestre Láureo...

— Já sabemos — Velcan o interrompeu.

— Igor! — Dimitri falou sério —, você viu tudo mesmo, sabe onde o corpo de Vladmir está?

Igor o encarou e sorriu.

Muito tempo atrás

Muito antes dos acordos e alianças feitas pelo bem dos seres da noite, Vladislau, o Conde drácula e Van Helsing o caçador de monstros, realizavam embates eternos e sangrentos pelas ruas e telhados da Transilvânia. Na época a pequena vila vivia com medo dos vampiros que atacavam atrás de comida. Drácula e suas noivas sempre levavam um ou dois por mês, mas com a chegada do caçador, este número dobrou.

Após inúmeras tentativas, Van Helsing venceu, colocando, o que para muitos seria o fim no reinado de drácula, mas nem tudo é feito para durar. Igor sempre serviu o Conde, ainda um humano corcunda, humilhado e esquecido, um ser degradante que se rastejava pelos pés de Vladislau pedindo que ele o transformasse, mas para Drácula, Igor não lhe traria nada além de lamentações. O serviçal ao ver o corpo de drácula exposto em praça pública, empalado por uma estaca e queimado pelo sol, só pôde fazer o que achou ser certo. Dar seu sangue, em troca de sua transformação.

— Beba, mestre — falou baixo. A rua deserta e a neblina ocultavam a presença próxima ao corpo podre. — Beba...

Ele sentiu as presas do conde penetrarem-lhe a pele, a dor lancinante tomou conta de seu corpo. Dentro das casas, homens e mulheres festejavam a vitória do grande caçador de monstros, em meio a músicas, um urro de dor e ódio ecoou pela noite. Os mais corajosos saíram para ver o que estava acontecendo, Van Helsing parou no meio da praça ao ver os morcegos rodeando o pátio central.

— Ele vive! — As pessoas puderam ouvir Igor festejar. — O mestre está vivo!

Os morcegos foram subindo, cada vez mais alto, e a nuvem formada pelos animais foi desaparecendo. No meio da praça, somente a estaca de madeira manchada de sangue. Van Helsing foi hostilizado e expulso da Transilvânia, desacreditado, sua fama começou a sumir. Anos depois, seu embate com um lobo feroz o colocou novamente no caminho de drácula, agora, como um dos monstros que costumava caçar e com novas convicções, Abraham Van Helsing tentava proteger sua família, tal qual drácula, tanto fez.

Dias atuais

No abrigo, Thamina e Alder conversavam a respeito do que fariam dali para frente. Tristan não falou muito desde que chegou, deixou as ironias de lado agora que estava próximo ao pai. Bruce analisava o anel encontrado, era de ouro com uma pedra vermelha presa no centro, lapidado no meio da pedra, um dragão em forma de círculo.

— É o selo de Dracul — Sabine falou vendo-o atento ao objeto. — O anel do Conde.

— Acredito que isso possa nos dar uma vantagem. — Ele girou o objeto.

— Como? — Alder o encarou.

— Somente um Draculea pode usar este anel, correto?

— Prossiga. — O lobo movimentou as mãos, estava cético ao tipo de conhecimento e ajuda que um homem de trinta anos poderia dar.

— Bom — Bruce respirou fundo estendendo o anel para Dimitri —, é seu por direito.

— Não... — Dimitri não pegou o objeto, encarou Tristan que estava sentado no sofá. — Era disso que estava falando?

— Dimitri, ele pode estar correto — Sabine falou de forma calma —, quando analisei seu sangue notei que é muito semelhante ao de Vladmir.

— Gente, isso é ridículo, não posso ser Conde.

Engoliu em seco, passou as mãos nos cabelos loiros suspirando pesadamente.

— Isso não quer dizer que vá governar um país, mas impor respeito aos vampiros e lobos que ainda existem. — Bruce o encarou. — Precisamos de apoio na batalha que virá.

Dimitri ficou pensativo.

— Igor sabe de algo, talvez possa haver uma chance... — Ele encarou a todos. — Ele estava no chalé, não nos disse nada. Desapareceu igual fumaça.

— Eu mais do que todos quero Vladmir de volta — Thamina falou olhando para todos, Bruce baixou os olhos —, mas não existe chances de ele ter sobrevivido. Igor é devoto, fiel ao Conde, e está triste. — Ela encarou Dimitri. — Só encontramos sangue e cinzas. — Controlou a vontade de chorar.

— Tudo bem. — Dimitri se levantou. — Se eu colocar este anel, qual o próximo passo?

— Demonstrar força — Tristan falou de forma calma. — Sairemos daqui, não podemos nos acovardar. Voltaremos para o chalé.

Dimitri e os outros concordaram.

— Temos um problema. — Marcus surgiu na sala encarando a todos. Estava com seu telefone celular nas mãos. — Carla deu entrada no hospital ontem à noite, ela passou mal no campus.

Dimitri arregalou os olhos.

— Ela me procurou no hospital. — Alder fungou cruzando os braços. — Desculpe, mas eu tive que responder. Disse que tive alta e iria vê-la.

— E como vai explicar uma cicatrização de dois dias? — Alder falou sério, encarou Dimitri. — Agora sei como Vladmir se sentia.

O silêncio no ambiente tornou-se mortal.

— Eu vou — Dimitri falou pensativo, tinha o anel nas mãos. — O que ela teve?

Marcus ficou calado, Dimitri esperou que ele falasse algo, Sabine vendo a cara de desconforto do rapaz logo deduziu, suspirou levantando-se e saiu da sala.

— Ela acha que está grávida Dimitri.

Sabine o encarou boquiaberta, Thamina cruzou os braços e Alder encarou o teto, tudo estava saindo dos trilhos.

CAPÍTULO 20
Fortaleza

— Então... — Marcus adentrou no quarto vendo Dimitri encarando o sol a se pôr. — Vampiro, Conde, líder?

— Vampiro já é o bastante. Você é um lobisomem.

Dimitri saiu na varanda quando o sol se afastou de lá. A rua estava movimentada, pessoas indo e vindo para os mais diversos lugares. O céu estava alaranjado, com pequenos traços azul e branco.

— Um lobisomem que não teve sua primeira lua ainda — riu aproximando-se da varanda —, como que nossas vidas se tornaram loucas?

— Fui atacado pela noiva de Drácula e salvo pelo tetraneto dele. — Dimitri empoleirou-se no muro da varanda. — Eu também custei a acreditar, Vladmir não desistiu de mim. Foi difícil ter que me afastar de tudo.

— Então você estava com eles naquelas semanas? — Marcus sentou-se no chão da varanda, Dimitri o olhou. — Carla ficou mal, não comia. — O vampiro fechou os olhos. — Vocês bebem sangue humano.

— Sim, mas não igual aos livros e filmes. — Ele riu. Passou a mão nos cabelos que se bagunçavam com o vento. — Temos doadores e clonamos sangue.

— Mas vi você comendo um hambúrguer — questionou confuso.

— Vampiros podem comer sem problemas, o alimento ou bebida que mais amavam quando eram humanos. — Dimitri sentou-se no muro. — Vladmir amava vinho

— Ele deveria ser um cara incrível. — Marcus o olhou.

— E era. — Dimitri olhou para o céu, logo começaria a escurecer. — E eu não pude dizer isso a ele. — Saltou para dentro da varanda e virou-se. — Vou visitar Carla, direi que me ligou.

— Tudo bem, eu avisei que não poderei ir. — Fungou.

— Logo tudo melhorará e você poderá ter uma vida melhor que a minha.

Em sua mente os conselhos de Thamina e Alder giravam de forma intensa. *Não vai conseguir entrar no quarto dela, a não ser que ela lhe convide.* Dimitri lembrou-se da última vez que esteve no dormitório estudantil, achava que era invenção dos cinemas. *Se sua garganta secar, saia de lá o mais rápido possível. Velcan estará por perto.* Ele havia se alimentado: sete hambúrgueres malpassados e dois litros de sangue com vinho, trocou de roupa deixando a jaqueta preta de lado. Thamina e Bruce foram até o chalé pegando roupas para ele.

Estava lindo. Todo de preto, sem gravata, os cabelos loiros impecavelmente alinhados e os sapatos engraxados. Por causa do clima de tensão, à medida que anoitecia as ruas do campus estavam tornando-se desertas, uma viatura passou lentamente por Dimitri, graças à sua audição ele pôde ouvir que o toque de recolher estava sendo respeitado.

Eles acham que podem pegar um lobo.

Caminhou sem chamar atenção, havia sido instruído a evitar espelhos, ele ainda conseguia se enxergar, mas não sabiam até quando. O dormitório estudantil estava com as portas abertas, não teve problemas paras entrar, já havia morado ali por alguns dias. Subiu as escadas até o terceiro andar, Carla morava no apartamento de Marcus e estava sozinha.

Bateu na porta de forma leve.

Já vai.

Carla abriu a porta e ao ver Dimitri conteve o impulso de sorrir. Estava enrolada em uma toalha branca e com outra secava os cabelos.

— Oi. — Ele a encarou.

— Marcus me avisou que viria. *Devo me lembrar de tirar o celular de Marcus, ele pode falar demais.* — Ela encaminhou-se para a cama, virou e o encarou. — Não vai entrar?

Se me convidar, é claro que entro.

— Vai ficar parado aí Dimitri? — Ela o encarou com as mãos na cintura. — Entra garoto!

Como num passe de mágica a barreira que o impedia se desfez e ele deu o primeiro passo para dentro do apartamento. Realmente Marcus tinha uma condição melhor, neste andar os dormitórios tinham até cozinha e uma pequena sala. Carla sentou-se na cama e o encarou dizendo:

— Marcus te contou? — Dimitri olhava ao redor, balançou a cabeça confirmando a pergunta da jovem. Desabotoou o terno se sentou-se na cadeira que estava próxima à cama. Suspirou com a cabeça entre os joelhos. — Ainda é uma suspeita.

— Uma suspeita que pode mudar tudo — ele a olhou —, seus estudos...

— Não se preocupe comigo. — Ela segurou a mão dele. Estava fria. — Como foi o estágio hoje?

— Bom — suspirou —, aprendi algumas coisas. *Como me tornar Conde em menos de doze horas,* pensou.

— Eu só quero que me ajude a cuidar da criança se for confirmada... — Ela deixou a palavra no ar.

Se for confirmada a gravidez.

— Terá o que precisar. — Dimitri enfiou a mão dentro do terno retirando um cartão. — Neste número você pode me encontrar. — Ela pegou o cartão. Ficaram se olhando por um longo tempo. — Me desculpe não ser o cara que você pensou que eu seria.

— Eu só queria que você fosse você mesmo, Dimitri — ela deu um beijo em seu rosto —, só isso.

A vontade de beijá-la foi controlada pela vontade de mordê-la, Dimitri levantou-se e saiu despedindo-se de forma breve, saiu do alojamento estudantil dando de cara com uma cena incomum em relação ao que vira quando chegara ali. A praça estava cheia de pessoas, todas riam e bebiam em garrafas cintilantes. Velcan estava parado em frente ao carro, ao ver o jovem vampiro aproximou-se dele.

— Eles são...

— Sim, vampiros. — Velcan estava tenso. — Três anciãos. — Dimitri observou o grupo. Alira e outros dois vampiros que usavam roupas brancas estavam rodeados por no mínimo dez jovens. — Ela não tem mais medo.

— Vamos embora. — Ao falar isso, Alira saiu do meio do grupo. Acompanhada por Gabriel e os outros dois anciãos. — Merda. — Dimitri tremeu. Velcan controlou o impulso de se transformar.

— Olá Dimitri. — O rapaz não respondeu.

— O que quer? — Velcan rosnou.

— Acalme-se jovem Van Helsing. — Ela sorriu. Dimitri e Gabriel se encaravam. — Esta cidade é minha, de agora em diante. Não me atrapalhem e deixarei que vivam.

— Vamos embora Velcan. — Dimitri caminhou até o carro. Alira os observava com atenção.

Os recém transformados gritavam e bebiam, para todos eram jovens ignorando as leis. Alira retornou para o grupo, logo todos estariam dentro da fraternidade protegidos do sol. O carro seguiu até o chalé. Dimitri pôde ver os lobos fazendo a guarda, muito bem armados e atentos.

Ao adentrar na construção notou pessoas diferentes do habitual, muitos estavam com roupas de gala, sujas de sangue. Outros trajavam sobretudos negros, o olhar triste e desolado acompanhava a feição de todos.

— Quem são eles? — Dimitri questionou confuso. Velcan olhava seu celular lendo algumas mensagens.

— Sobreviventes do ataque, alguns vampiros que querem a proteção do...

— Proteção de quem? — Dimitri falou mais alto.

— Do Conde — Velcan falou baixo.

Antes

A fraternidade estava toda iluminada para mais uma festa, Alira caminhava pela sala observando as duas vampiras e os lobos organizarem tudo. Ela esperou Gabriel terminar de encher o balde de ponche com muita bebida alcóolica, sorriu para ele dizendo:

— Hoje é dia de recrutarmos novatos. — Ela pegou uma faça que estava presa em sua cintura, deslizou-a sobre seu pulso deixando o sangue pingar no balde de ponche tingindo-o de vermelho. — Venham, venham criancinhas.

Gabriel sorria para ela, do alto da escada dois homens observavam a organização da festa. Ambos usavam roupas impecavelmente brancas, ternos de corte fino e alinhamento perfeito, um deles encarou a noiva e falou:

— Senhora Alira — o sotaque Turco fez Gabriel olhá-lo —, sem o Conde, estaremos à frente de todos.

— Mas é claro meu caro Lisara — sorriu —, e com esses novos recrutas... — ela falou vendo a porta de abrir. — Estaremos bem mais poderosos.

Jovens adentraram na Dracul, a música se iniciou alta e frenética, os alunos começaram a lotar o bar e a se servir do ponche. Alira encarou os dois homens no alto da escada sorrindo.

Depois do encontro com Alira

O salão do conselho estava lotado, Sabine tentava acalmar os ânimos, a traição de Láureo era algo sério. Muitos pediam retaliação, outros pediam calma, mas todos chamavam pelo Conde. Dimitri adentrou no salão e caminhou entre os vampiros sem ser notado. Sentou-se ao lado de Sabine em um dos tronos, o mais alto. Minutos se passaram até que um a um, todos os vampiros e lobos presentes no salão encaravam Dimitri com dúvidas.

— Quem é você? — um vampiro de terno manchado de sangue falou alto.

— O que pensa que faz sentado aí, criança? — Dimitri encarou outro vampiro, desta vez um velho que questionava.

Só queria que você fosse você mesmo.

As palavras de Carla ecoaram em sua mente, como se soubesse o que estava fazendo, Dimitri falou:

— Igor!

Sua voz reverberou pelo salão. O corcunda surgiu próximo aos tornos com uma taça e uma pequena adaga.

Dimitri pegou os objetos. Ergueu as mangas de sua camisa, deslizou a lâmina em seu pulso deixando o sangue escorrer dentro da taça. Logo ela se encheu e ele voltou a sentar-se ao trono, Sabine pegou a taça e estendeu a mão deixando-a à disposição de todos.

Um a um, os vampiros se aproximaram, molhavam seu dedo no sangue para depois lambê-lo provando o gosto doce e antigo. Logo, os que conseguiram absorver a essência daquela mensagem ajoelhavam-se em respeito. Os mais céticos optaram por dar um gole no líquido escarlate. Dimitri esperou que todos entendessem e falou:

— Vocês procuram pelo Conde.

Todos o olharam, ainda ajoelhados. Ele se levantou.

Encarou Sabine e Thamina que em um canto afastada, protegia Bruce de qualquer um dos vampiros.

— Aqui estou — falou segurando o anel em seu dedo esquerdo.

CAPÍTULO 21
Poderes antigos

Após sanar as dúvidas de todos, Dimitri deixou o salão para se refugiar em seu quarto, o peso do anel em seu dedo parecia crescer cada vez mais e se tornava chumbo no momento em que alguém se curvava à sua frente e falava de forma cadenciada a palavra: *Conde*. O tempo foi passando e a noite foi chegando ao seu fim, ele olhava pela janela o sol iluminar o céu pouco a pouco aproximando-se da construção. Ele fechou a janela no momento exato, ao virar-se deu de cara com Marcus.

— Oi! Já sei, devo ser o lobisomem mais fora de moda que existe.

O rapaz sorriu. Usava roupas comuns, chinelos e bermudas. Dimitri o olhou com atenção.

— Como está lá fora?

Dimitri sentou-se na cama. Estava sem camisa, Marcus olhou bem o abdômen definido do rapaz.

— Uma loucura — ele sentou-se ao lado do vampiro —, dois velhotes querem arrancar seu dedo à força e pegar o anel. Aquele seu chofer gostosão prendeu outros dois que disseram que um tal de Láureo tinha razão.

— Um caos — Dimitri espalmou as mãos na testa —, o que farei?

— O que os Condes fazem?

— Organizam monarquias, são ricos, donos de terras — ele ficou pensativo —, para os vampiros o Conde Drácula é o líder, protetor.

— Agora você é Drácula. — Marcus o encarou.

— Na verdade sou mais um empresário. Com a morte de Vladmir

toda a sua fortuna ficou sob minha responsabilidade.

— Então você é dono da universidade — Marcus levantou-se —, isso pode ser útil!

— Defina útil...

— Cara, vocês falaram que Alira é o problema, e se fecharmos a Dracul — Dimitri o olhou pensativo —, sem a fraternidade, sem Alira.

— Ela irá se refugiar em Bran...

— Mas vocês tiram os vampiros da universidade.

Dimitri levantou-se pegando a camisa negra que estava sobre a cama, Marcus o seguiu. Pelos corredores os funcionários se curvavam, parando rapidamente na espera que ele passasse. Dimitri encaminhou-se ao salão de treino, pegou a espada fixa na parede e a girou. Alder, Velcan e Tristan estavam parados no canto oposto juntamente com dois vampiros mais jovens.

— Algum problema, senhor? — Velcan se aproximou.

— Estou pensando. E não me chame de senhor.

Girou a espada com rapidez, Dimitri manteve-se sozinho, Marcus aproximou-se dos lobos, de cabeça baixa escorou-se na parede ao lado de Alder.

— Vai cortar alguém com isso — Tristan falou sorrindo.

— Tristan...

Alder o reprendeu com a voz branda.

— É sério — ele aproximou-se de Dimitri —, seus movimentos estão errados. — Dimitri estendeu a espada deixando-a a milímetros do pescoço do lobo.

Alder assustou-se com o movimento repentino, Tristan passou a mão no pescoço verificando se foi ferido. Dimitri o olhava sério.

— Como Drácula era? — falou ainda com a espada em riste.

— Qual Drácula? Já tivemos três até o momento.

Tristan deu um passo atrás, ergueu dois dedos da mão direita movendo a lâmina delicadamente para longe de sua pele.

Dimitri girou rapidamente avançando sobre Tristan.

— Velcan... — Tristan afastou-se, rolou no chão pegando a espada que o irmão lançou e ergueu a mão defendendo-se. — Até que este movimento foi bom.

— Dimitri, o que houve? — Alder aproximou-se, mas o rapaz ergueu a mão impedindo-o de se aproximar.

— Só estou pensando — Alder o olhou confuso —, me deu vontade de treinar, clareia as ideias.

— Vladislau era assim. Ele e seus homens saíam no meio da noite para treinar no Mosteiro de Cozia.

Tristan avançou sentindo o peso da espada ao tocar a outra com violência.

— Construído pelo avô de Vladislau Mircea, o velho em 1388. Por quê?

Dimitri girou o corpo afastando-se da lâmina de Tristan.

— Vladislau se tornou grande guerreiro após sua morte humana — Tristan se afastou —, quando teve de proteger seu povo, o mosteiro era um lugar de paz, ele gostava de rezar próximo ao túmulo de seu pai.

— Está aí nossa resposta. — Dimitri girou atacando Tristan desarmando-o, virou-se encarando Alder. — Leve os vampiros novatos para Cozia.

— É muito perto de Bran...

— A ideia é essa, não devemos demonstrar medo. — Dimitri sentiu um tremor percorrer seu corpo. — Marcus me deu uma ideia e pode funcionar se pensarmos de forma diferente do usual.

— Quando você fala difícil eu me lembro o quanto estou velho. — Tristan largou a espada, o tintilar atingiu os ouvidos de Dimitri que fez uma careta. — Continue.

— Marcus cogitou desapropriarmos Alira, mas ela se refugiaria em Bran. — Alder concordou com a cabeça. — Vamos para o mosteiro e forçá-los a sair do Castelo, usar as montanhas e pegar a fortaleza novamente.

— Tecnicamente somos muitos — Tristan concordava —, e ainda temos o elemento surpresa. Aqueles ali estavam com Adélia e pediram asilo.

— Precisamos de todos.

Dimitri girou a espada entre os dedos, sua mão tremeu e a lâmina caiu. O som o fez gritar, seus ouvidos sangraram.

— Dimitri, você não está bem.

Alder aproximou-se dele, Dimitri ajoelhou-se com as mãos nos ouvidos.

Ao tocar o ombro do rapaz uma explosão fez com que todos fossem lançados contra as paredes. Alder rolou no chão de mármore, Tristan e Velcan bateram suas cabeças nas pilastras, Marcus e os dois vampiros se seguraram nos ganchos das tochas que se apagaram com o vento. Alder escutou um som familiar, como se milhões de pessoas batessem palmas ao mesmo tempo e em uma velocidade tremenda. Abriu os olhos constatando que ninguém aplaudia, no centro do salão uma revoada de morcegos voava rapidamente formando um círculo perfeito.

— Dimitri! — Alder gritou. — Velcan, chame Thamina…

— Não! Ele precisa descarregar essa raiva.

Tristan se levantou tentando se equilibrar no turbilhão de animais voadores.

A aglomeração girava em sentindo horário subindo e descendo, uma verdadeira nuvem negra ao som de palmas impedia que Alder se aproximasse, Tristan deu um passo à frente, uma onda de morcegos o empurrou para traz.

— Dimitri! Sei que você o amava como um pai.

Alder observava o filho que caminhava com dificuldade para dentro do turbilhão. Velcan levantou-se rapidamente e correu para fora do salão, as portas se fecharam atrás dele.

— Vladislau foi um grande homem e tenho certeza que Vladmir também foi. — Tristan forçou a barreira, sentiu alguns morcegos o morderem nos ombros e braços. — Eu não o conheci, mas tenho certeza que ele era um homem bom.

Os morcegos se soltaram de Tristan, sua pele cicatrizou rapidamente, o herdeiro de Van Helsing caminhou por entre eles.

— Essa sua raiva não só lhe dará força, mas também muita dor. Eu sei disso. Raiva, só causa dor…

Tristan parou no centro do turbilhão.

A porta do salão foi forçada, Velcan adentrou com Thamina e Sabine que pararam espantadas ao ver os morcegos. A anciã negra reconhecia aquele dom, Tristan virou-se encarando uma concentração dos animais mais próximos a ele, logo o turbilhão se movimentou unindo-se aos outros animais, Alder estava boquiaberto, aquela habilidade era algo antigo e perigoso, só vira Vladislau usá-la duas vezes, e sempre alguém saía ferido.

Do meio dos morcegos Dimitri surgiu com as mãos na cabeça, seus ouvidos sangravam, logo os poucos morcegos restantes transformavam-se em fumaça desaparecendo no teto do salão. Thamina e Sabine aproximaram-se do rapaz, Tristan o olhava com atenção, fora um dos lobos de confiança do conde, muito do que sabia era útil para todos.

— O que houve? — Dimitri questionou notando que todos os olhares estavam sobre ele.

— Rapaz, precisamos te treinar e rápido. — Tristan pegou a espada no chão. — Por hora, vamos ficar longe de espadas.

Sabine olhava o teto, um morcego estava de ponta cabeça lambendo suas asas.

— Nem todos surgiram dele. Os guardas disseram que vários morcegos adentraram pela claraboia.

Dimitri olhou o teto vendo a pequena passagem de luz e ar.

— Peça a eles que monitorem as notícias, este chalé é um local pouco povoado, não podemos chamar atenção.

Thamina falou de forma séria.

— Você sabia que era um transmorfo? — Ela encarou Dimitri.

— Não, eu senti um formigamento enquanto lutava, estava com... — Ele se calou por um segundo.

— Raiva Você perdeu sua vida, perdeu a mulher que ama e o seu mentor.

Tristan falou, Dimitri fechou os olhos.

— Seu sangue guarda segredos Dimitri, precisa de treino.

— E é bom os outros vampiros não saberem que o Conde está descontrolado — um dos vampiros que estavam no salão se pronunciou —, ah, desculpe-me. — Ele se curvou. — Eu sou Ellay e este é meu irmão Nicollay. — Os dois curvaram-se.

— Estamos dispostos a nos unir ao seu Coven. Nossa senhora foi morta por Láureo.

Nicollay falou de forma calma. Era jovem, tinha pele negra e cabelos raspados.

— Podemos ser úteis nessa sua questão de transformação. Nick, por favor.

Ellay falou sorrindo.

Nicollay afastou-se do grupo unindo as mãos desaparecendo em uma pequena nuvem de fumaça roxa. Do meio desta saiu um pássaro negro. Um corvo.

— Nicollay é transmorfo.

— E você? — Ao ser questionado Ellay desapareceu surgindo rapidamente ao lado de Dimitri. — O que é isso…

— Sou rápido. Vocês têm um igual a mim aqui. — Ele encarou a todos. — O velho Igor.

O corvo voou mais baixo voltando à forma humana. Suas asas cresceram e se fecharam atrás de si formando sua roupa negra. Logo o vampiro estralava o pescoço transformando seu bico pontiagudo no maxilar quadrado.

CAPÍTULO 22
Pelos olhos de Thamina

A Ordem do Dragão era uma instituição cavalheiresca, semelhante aos cavaleiros templários, baseada na Ordem de São Jorge. Foi criada em 1408, pelo sacro imperador romano Sigismundo o homem que deu o castelo de Bran à família Dracul. Em seu estatuto, a ordem também exigia defender a cruz e batalhar contra seus inimigos — nesta época os Turcos. A ordem original tinha vinte e quatro membros da nobreza.

Em 1431, Sigismundo chamou à Nuremberg quem ele achou útil para formar alianças, políticas e militares cujo intuito era formar a Ordem do Dragão. Um destes era Vlad II Dracul — pai de Vlad, o Empalador — um pretendente ao trono da Valáquia, parte agora da Romênia.

A Ordem do Dragão adotou como seu símbolo em 1408 a imagem de um dragão circular com sua cauda enrolada em torno de seu pescoço. Ademais, o termo "dracul" tem suas origens na palavra em latim "draco", significando "O Dragão".

Vlad II era orgulhoso deste símbolo e seus brasões incorporaram um dragão; tanto que adotou "Dracul" em seu nome.

Seu filho Vlad, mais conhecido como Vlad, o Empalador, usou o nome "Draculea" no contexto de "filho de Dracul" ou "filho daquele que foi membro da Ordem do Dragão", uma vez que foi usado como título de honra.

A palavra "dracul", entretanto, possuía um segundo significado: "diabo", que foi aplicado aos membros da família Draculea após o retorno de Vladislau da morte, o Conde trouxe medo e dor àqueles que se consideravam seus inimigos, seu símbolo permaneceu sendo o dragão.

Dimitri encarou o brasão da família Draculea exposto na parede da biblioteca, não havia notado o símbolo da Ordem do Dragão acima da lareira. Sentou-se na poltrona de Vladmir lendo livros sem noção de tema ou gênero. Leu quase a obra completa de Harker, as cartas de Mina Murray que deram base ao romance de Bran Stoker, tudo o que pôde para entender sua nova condição. Thamina adentrou na biblioteca sentando-se na poltrona que ele ocupava antigamente.

— Ele sabia?

Dimitri falou sem olhá-la, de cabeça baixa lia documentos monásticos sobre a Ordem do Dragão. A bela vampira suspirou levantando-se, serviu-se de uma taça de sangue, andou de um lado para o outro e falou:

— Não me ataque Dimitri. — O rapaz encarou-a. Estava na defensiva. — Você não sabe o que aconteceu naquele jantar.

— Vocês discutiram — Dimitri fechou o livro —, como você continua tão calma sabendo que o homem que te amou morreu depois de ter descoberto que você o traía?

— Ele já sabia. — Ela o olhou nervosa. — Dimitri, eu não sou a vilã aqui. Eu já lhe disse.

— Sei que não gosta de Sabine...

— E com razão — ela desdenhou, bebeu o sangue de uma só vez. Suspirou jogando a taça na lareira em brasa.

— Você sabe onde ele está? — Dimitri viu o leve tremor nas mãos, a hesitação na voz. — O que ele te disse no jantar?

— Eu preciso fazer isso Mina. É o único jeito de descobrir a verdade.

Vladmir falou baixo olhando-a com atenção. Dimitri estava atento à festa, as pessoas dançando pelo salão o deixavam fascinado.

— Ele não vale o risco — ela sorriu para um casal que se aproximou e se curvou em respeito —, seremos considerados fracos.

A música mudou, a banca clássica iniciou a valsa. O Conde se levantou fazendo com que todos abrissem espaço. Ele estendeu a mão esperando por Thamina, ela suspirou fingindo um sorriso de alegria, levantou-se pegando a mão de Vladmir.

Seguindo o ritmo da valsa o Conde de dracul exibiu toda a sua imponência enquanto dançava.

— Láureo está falando com Igor.

Vladmir girou Thamina chamando outros casais para dançarem no salão, logo ele via Dimitri e Sabine.

— O garoto é forte — Vladmir a olhou —, quando menos esperar, estarei de volta.

Ele girou soltando a mão de Thamina trocando de casal com Sabine.

— Descobri coisas sobre o garoto e irei me ausentar — Sabine o olhou confusa —, proteja-o.

— Vladmir, não é hora de viagens inesperadas…

— Os Três de Luto, minha cara — ele parou de danças na hora exata da música —, volto em três dias.

Sabine retornou aos braços de Dimitri enquanto Thamina se afastava em direção aos tronos. Vladmir engoliu em seco, observou os casais sorrindo, bateu palmas sendo seguido por todos. Sentiu que alguém lhe puxava a manga da camisa. Igor.

Ele o olhou com raiva.

— Mestre Láureo o espera lá fora. — Vladmir não esperava por isso, queria sair sem ser visto.

— Igor, me acompanhe…

— É só isso o que sei, Vladmir iria viajar para investigar sua vida.

Thamina estava sentada no sofá de veludo vermelho.

— O que minha vida tem de tão importante? No jantar ele havia me dito que iria me contar o que descobriu após a festa.

— Mas tivemos problemas que impediram isso — Thamina o encarou —, Láureo deve tê-lo pegado desprevenido.

— Maldito! — ele gritou socando a mesa.

Ficou pensativo. Igor e Alder surgiram no corredor, o lobisomem o encarou dizendo:

— Dimitri — estava sério —, um policial está na nossa sala de espera. —Thamina espantou-se. — Está te esperando.

— Mais essa. — Dimitri saiu da biblioteca sendo acompanhado por Alder.

Na biblioteca Igor encarou Thamina.

— Senhora. — Ela o olhou com desdém. Seus cabelos negros estavam despenteados, presos por uma fita vermelha. — Igor conseguiu.

Thamina piscou confusa.

— O mestre — Igor sorriu —, o mestre vive.

Na sala de espera, um homem alto usando roupas sociais estava analisando o lustre no centro do teto. Era feito por pequenas placas de cristal com lâmpadas brilhantes em cada uma de suas sete camadas. Ao ver Dimitri o homem sorriu.

— Senhor Skapov, esperava pelo seu tio.

Cumprimentaram-se de forma rápida. Dimitri sentou-se no sofá dizendo:

— Meu tio precisou se ausentar, problemas na empresa — se encararam por alguns segundos —, algum problema oficial...

— Harker, detetive William Harker. — Dimitri espantou-se ao reconhecer o sobrenome. — Sim, igual ao personagem de Stoker.

— Incrível. — Dimitri sorriu.

— Estou investigando o sequestro do seu tio e consequentemente o seu — o homem foi direto —, existe uma coisa que não liga os fatos.

— Tipo?

— Os dois policiais que investigavam simplesmente desapareceram. — Dimitri espantou-se. — O último sumiu na região do campus, deveria intimar Alira Sangê.

— Não consigo lhe acompanhar. — *Eu e minha habilidade de ser lento.*

— Meus superiores acreditam que Vladmir Notoryev não foi sequestrado, mas forjou tentando fugir dos impostos. — Dimitri cruzou as pernas. — E seu aparecimento é só uma cortina de fumaça para tudo o que ele esconde.

De certo.

— O senhor não pode me dizer que, caso um homem quisesse fugir dos impostos — curvou-se aproximando-se do homem —, ele não voltaria, anos depois, mas continuaria como morto ou desaparecido?

— O conhece tão bem assim...

— Eu sei o que passei no cativeiro, senhor Harker. — Dimitri se levantou. — Torturado em nome de uma família que eu não conhecia, e fico grato por conhecer depois de tudo.

O homem notou a raiva de Dimitri e mudou o assunto.

— Alira Sangê promove festas na fraternidade há dois anos — Dimitri se acalmou —, sabe me dizer por que só nos últimos seis meses pessoas começaram a desaparecer, depois de entrar naquela casa?

— Nada sei sobre aquela casa — Dimitri sentou-se novamente —, fui sequestrado lá dentro, mas não me recordo do que houve.

— Mas afirmou ao seu amigo Marcus que viu Alira e o namorado dele na floresta...

— Eu estava nocauteado, zonzo — Dimitri suspirou —, poderia ser qualquer um.

— Logo depois que seu amigo fez a denúncia, ele foi atacado por lobos na praça do campus...

— Investiga sequestros ou ataques de animais? — O homem se levantou.

— A faculdade de direito está lhe fazendo bem, rapaz. — Ele cumprimentou Dimitri. — Pelo visto você também já é um deles.

Dimitri virou-se observando o homem ser acompanhado por Alder. Minutos depois o lobo retornou.

— Pesquise tudo sobre este tal de Harker — Dimitri ficou pensativo —, algo me diz que ele não é policial.

Castelo Dracul, enquanto vampiros eram mortos.

Igor gritou ao ver o mestre ser jogado pela ponte, Láureo passou por ele ignorando o velho corcunda adentrando no castelo, logo gritos de dor e uivos de lobos podiam ser ouvidos do lado de fora. Igor usou de sua velocidade surgindo na base da rocha que sustentava a ponte. O corpo de Vladmir estava todo retorcido, preso entre pedras.

Um homem surgiu atrás dele.

— Hey, o que faz aqui? — Igor virou-se. O homem usava terno negro e grava vermelha. Igor sorriu.

— Vim trazer meu mestre de volta.

O corcunda rosnou desaparecendo. O vampirou ficou procurando-o.

Em meio às pedras ele viu o corpo do Conde, o anel brilhou em meio à pouca luz vinda da lua. O vampiro aproximou-se do corpo de Vladmir e retirou o anel com força quebrando seu dedo. Neste momento, Igor surgiu, com força e fúria, feriu o vampiro derrubando-o sobre o corpo de Vladmir que usando da força que lhe restava abraçou o guarda com o braço que ainda lhe permitia movimento.

O grito de dor do homem não pôde ser ouvido. Vladmir sugava-lhe o sangue recompondo-se da queda e minando, mesmo que parcialmente, o efeito da erva-moura em seu sangue. Igor sorria.

— Mestre, está vivo! Está vivo!

— Calado, sua lesma! Guardas de Lisara.

Vladmir sentou-se na pedra. Estava com as roupas rasgadas. Retirou a camisa e o terno rasgando-os com força, jogou os retalhos sobre o corpo inerte do vampiro.

— Mestre, vamos — Vladmir ouvira os gritos —, vamos, Alder cuida dos outros.

Vladmir procurou por seu anel, mas não o achou, Igor segurou-o com firmeza pelo ombro, logo o Conde não estava mais na floresta. A noite seguiu ao som de morte e dor, às primeiras horas da manhã os raios de sol tocaram o corpo do guarda transformando-o em pó. O som metálico do anel caindo entre as pedras foi a única coisa que se escutou na floresta silente.

Cinzas e sangue tingiam as rochas e folhas de árvores próximas e o anúncio de morte se fazia presente.

Capítulo 23
Sequestro

Varna — Bulgária

Igor pensou ter sido descoberto, sua ida ao chalé despois de tudo o que houve foi mal planejada e encontrar o jovem Dimitri e os Van Helsing foi algo imprevisto. Usando de sua sagacidade, o lacaio desapareceu rapidamente, surgindo na terceira e última fortaleza. A casa era de frente para o mar, mas toda sua instalação ficava abaixo da terra. Igor desceu as escadas com a garrafa de sangue, abriu a porta e viu o corpo do Conde deitado sobre um sofá de couro rasgado.

— Beba, mestre. — Despejou o conteúdo da garrafa na boca de Vladmir.

Ele tossiu sentando-se no sofá e pegando a garrafa.

— Alguém sabe?

Vladmir movimentou os braços estralando as articulações.

— Choram a sua morte. — Igor sorriu.

— Como estão as coisas entre nós e Láureo?

— Silêncio — ele falou caminhando pelo cômodo mal iluminado —, sepulcral. — Riu baixinho. — Lady Alira se uniu aos irmãos Lisara, mestre Láureo devia estar planejando isso há muito tempo. — Ela criou mais vampiros, alunos da grande escola.

— Os Lisara não estavam na lista de convidados. Estavam misturados como guardas pessoais das outras famílias. Mais vampiros era algo que eu já esperava.

Vladmir se levantou, sentiu-se zonzo, respirou fundo encarando Igor.

— O mestre acredita que todos sabiam do golpe?

Igor acendeu um fósforo jogando-o na lareira.

— Todos não, Tristan me alertou isso...

Vladmir deu os primeiros passos desde que chegaram ao esconderijo.

Vladmir lembrava-se do dia que Alder deserdou o filho na prisão, o som daquele tabefe ainda rondava seus pensamentos. Lobos, mesmo os mais jovens, são conservadores e os erros e crimes cometidos por Tristan eram dignos da pena. A partir daquele dia, ele perdera seu sobrenome e deveria negar qualquer ligação com a família Van Helsing.

— Ele me alertou sobre possíveis acordos... Estou dividido Igor.

Vladmir observava o fogo da lareira.

O lacaio o encarou.

— Sigo meus planos, apesar dos problemas que enfrentamos, ou volto e luto ao lado deles. — Ele olhou sua mão sentindo falta do anel. — Meu anel...

Chalé Dracul

— William Harker não é detetive, é repórter.

Alder falou entregando a Dimitri um papel com algumas informações.

— Um repórter aqui? — Sabine se exaltou. — O que ele procura?

— Nós! Ele conhece os vampiros.

Dimitri entregou as anotações de Alder para Thamina que as leu rapidamente entregando o pequeno papel para Sabine.

— Ele nos conhece muito bem por sinal. — Alder sentou-se no sofá. — Está atrás de Vladmir.

— A questão é, por quê? — Dimitri ficou pensativo. — Irei ao campus hoje à noite.

— Você precisa treinar com Nicollay — Sabine falou olhando-o —, não sabemos se você vai se transformar em público.

— O campus está em toque de recolher, serei rápido. — Velcan adentrou na biblioteca.

— Antes de sair — ele parou na porta —, nossos hóspedes querem uma reunião com você para entender o que está havendo.

— Preciso mesmo falar? — Ele encarou Alder.

— É comum, em tempos críticos... o povo falar com seu líder, pedir orientação e é claro, esclarecimentos.

Alder se levantou, aproximando-se de Dimitri. Ajustou o nó da gravata e retirou alguma poeira invisível nos ombros do rapaz.

— Tudo bem — ele suspirou passando a mão no rosto —, Velcan, vá ao campus, observe Carla. Aqueles vampiros lá me deixaram apreensivo.

— Sim...

— Leve o novato. — Alder virou-se encarando o filho.

— Eu ia levar Tristan...

— Tristan não faz parte da guarda — Alder falou sério. — E Marcus precisa aprender a vigiar sem ser visto.

— Sim, pai. — Ele saiu em silêncio. Alder virou-se encarando Dimitri. — Temos que prepará-lo para falar com todos.

William Harker aproveitava o fim de tarde para tomar um café na cafeteria do campus da universidade, essa área era de livre acesso a todos pois levava à floresta e às áreas de camping. Enquanto bebia ele lia suas anotações sobre os Draculea, ao lado de seu caderno uma fotografia de uma mulher idosa. O homem fez algumas anotações quando uma garota lhe chamou a atenção, estava pálida e desorientada. Ele abandonou sua mesa para ajudá-la.

— Você não está nada bem — ele a fez se sentar em sua mesa —, William Harker.

— Carla Atlas — a jovem sorriu —, nos últimos dias tem sido assim.

— Está grávida? Peça algo para comer...

Carla concordou com a cabeça, ele chamou o garçom.

— Não, obrigada — ela tentou se levantar, mas sentiu-se zonza —, tenho que voltar ao campus, tenho prova.

— A prova pode esperar. — Ela sorriu fazendo-a sentar-se novamente. Olhou para o garçom. — Traga um lanche natural e um suco.

O rapaz assentiu e se afastou.

— Ligue para seu namorado, você precisa de apoio.

— Meu namorado está mais distante do que pensa. Desculpe, mas qual seu nome mesmo?

— William Harker, repórter do Gazeta de Sud. — Ele sorriu.

— Está em busca de um furo de reportagem? — Ela olhou os papéis sobre a mesa.

— Nada importante. — Ele sorriu. — Morcegos em bandos no Sul da Romênia, ataques de lobos mal solucionados.

— Ahh, nem me fale de lobos — ela falou arrepiando-se. O garçom trouxe o lanche e o suco. Colocou-os na mesa e saiu deixando os dois conversando.

— Viu algum ataque?

— Não, um amigo meu foi atacado. — Harker ergueu a sobrancelha direita. — É, eu estava na biblioteca com meu… com Dimitri, e escutamos os gritos.

— Como este mundo é pequeno. Você é a namorada hum…. a namorada de Dimitri Skapov, sobrinho de Vladmir Notoryev?

William sorria, Carla não entendia o motivo da felicidade.

— Ex namorada. — Ela mordeu o lanche. — Terminamos no dia em que nosso amigo Marcus foi atacado.

— Você tem contato com seu amigo, quero dizer, ele está bem?

William colocou a mão embaixo da mesa pegando o celular e ligando o gravador.

— Sim, ele ainda não pode falar devido ao ferimento, mas nos comunicamos por mensagens.

Ela sorriu. Harker olhou ao redor notando um carro preto parado pró-

A
F
R
A
T
E
R
N
I
D
A
D
E

ximo à entrada do campus. Escorado do lado de fora, Velcan observava os dois, dentro do carro Marcus observava oculto.

— Deve estar sendo difícil para você, sem seu amigo e namorado. — Harker tentou se compadecer. — Ele estuda no campus?

— Mudou de horário. Agora ele estuda à noite devido o emprego que o tio dele lhe deu.

— Interessante. — Carla olhou para o céu, começava a anoitecer.

— Tenho que ir, é perigoso à noite. — Ela se levantou. — Obrigado pelo lanche, William Harker. — Ela sorriu.

Os dois se cumprimentaram e a jovem, já reestabelecida, atravessou a rua, ao ver Velcan aproximou-se dele com um olhar sério.

— Eu não quero que me siga. — Velcan ficou sem graça.

— Ele se preocupa com você...

— Então fale para ele mesmo vir me ver. — Carla passou por ele adentrando na faculdade.

O caminho cercado por árvores começava a se iluminar com os postes estrategicamente colocados para não deixar ninguém se perder na floresta e chegar ao campus em segurança. O vento frio soprou forte e Carla já se sentindo vigiada começou a andar mais rápido, em meio aos sons noturnos uma risada feminina se fez presente. Ela olhou para traz não vendo ninguém, ao virar-se na direção do campus deu um grito ao ver Alira e as duas gêmeas.

— Que susto garota! — Passou por elas ignorando seus olhares estranhos.

— Infelizmente, seu passeio acaba aqui. — Carla escutou vozes em meios as árvores.

Pessoas surgiram rindo e assobiando, notou dois lobos próximos a eles.

— Cuidado, lobos! — ela avisou nervosa.

Começou a correr sendo parada novamente por Alira, sem saber como ela poderia ser tão rápida, Carla olhou para traz confusa.

— Hey! — William Harker gritou fazendo os lobos rosnarem.

— É só mais um humano...

— Eu conheço vocês, deixem-na em paz! Monstros!

Carla estava tremendo de medo. Harker enfiou a mão dentro da mochila pegando uma adaga de prata e um crucifixo com a ponta afiada.

— Ora, ora, ora, um caçador de monstros do século vinte e um.

Alira riu puxando risadas dos outros que surgiram da floresta.

— Diga seu nome para que possamos colocar em sua lápide.

Um homem de terno branco surgiu em meio às árvores. Era alto e tinha cabelos negros na altura dos ombros.

— Matem ele logo, a garota é a mais deliciosa.

Outro homem de branco surgiu do outro lado da pequena estrada. Eram idênticos.

— Não! — Alira falou fazendo todos se afastarem dele. Ninguém vai matá-lo.

Todos olharam para ela.

— Diga rapaz, se sabe quem somos, entende o perigo — ela sorriu —, quem é você?

— Harker — ele ergueu o crucifixo impedindo Alira de se aproximar —, William Harker. — Os vampiros sorriram.

— Que propício. — Ela olhou-o nos olhos, depois sorriu virando-se para os dois vampiros de branco. — Tennet Lisara, você matou um Harker no passado, não?

— Uma Harker — um dos vampiros se pronunciou —, Lucy Harker...

— Minha mãe — William falou trincando os dentes.

Alira pegou William pelo pescoço erguendo-o acima de sua cabeça, o efeito do crucifixo a incomodou, mas não a impediu de tocá-lo.

— Jonathan Harker foi um pé no sapato de Vladislau.

Alira falou alto, Carla não entendia nada. Os dois lobos estavam próximos a ela impedindo-a de fugir.

— O que faremos Milady?

Alira virou-se olhando para Carla.

— Levem-na para a Fraternidade.

William tentou lutar, o crucifixo não surtia efeito, ele tentou acertá-la com a lâmina, mas a vampira foi mais rápida torcendo o braço dele fazendo-o largar a arma.

William gemeu de dor, achava que aquele seria seu fim.

— Você não vale a mordida. — Ela gargalhou largando-o no chão. — Mas será útil. — Os vampiros prestavam atenção.

— Leve um recado a Dimitri. — Carla assustou-se ao ouvir o nome do rapaz. — Avise-o que se ele quiser ver a namoradinha humana de volta, ele terá de vir buscá-la na Dracul. — Gargalhou. — Ele tem dois dias.

William correu o mais rápido que pôde, sentiu os lobos seguindo-o, mas pararam ao chegar próximo à cafeteria. Algumas pessoas viram-no correndo e ouviram o uivo dos lobos. Velcan estava sentado tomando um café preparando-se para entrar no campus e vigiar Carla de longe, ao ver o homem, aproximou-se dele.

— O que houve?

— Me leve até Dimitri, eles levaram Carla. — William estava ofegante, apoiou as mãos nos joelhos em busca de ar.

Marcus surgiu próximo a eles, algumas pessoas olhavam sua cicatriz no pescoço. Velcan o fez retornar para o carro, pegou o repórter colocando-o no banco de trás, cantando pneu ele seguiu até o chalé.

CAPÍTULO 24
A Fraternidade

Dimitri conversava calmamente com os vampiros que chegavam em busca de abrigo, sentado no trono que antes era ocupado por Láureo e acompanhado por Sabine, o jovem Conde tentava explicar tudo o que estava acontecendo, chamou Tristan para testemunhar contando o que sabia sobre o plano de acabar com a aliança, logo todos começaram a entender que Láureo tratou a todos como marionetes.

— Isso, senhoras e senhores, é algo que eu constatei desde o início. Não estava em meus planos ser um líder, ainda estou me acostumando a ser vampiro — suspirou —, mas quero que todos aqui saibam o que estamos enfrentando.

— Láureo e Alira — Nicollay falou sério — eu li muito sobre a primeira.

— Não só eles — Ellay se pronunciou — vimos na festa os guardas de Lisara...

Alder de braços cruzados falou alto e claro.

— Sim! Eles se infiltraram como guardas das sete famílias, os Lisara querem o controle de Bran e dos vampiros há séculos.

— Os Lisara são da realeza também?

Dimitri falou recebendo alguns olhares atentos.

— São! — Sabine falou de forma calma. — São Turcos — ela revirou os olhos —, não se sabe quem os mordeu, mas viram que a maldição do Conde era um meio de vida essencial para derrotá-lo.

— Alira deve tê-los transformado — Tristan falou sendo ironizado pela maioria —, foi ela quem levou os Turcos para invadir Bran...

— O que estamos vendo aqui é a resolução de uma história mal contada. — Dimitri se levantou. — Alira armou tudo juntamente com Láureo e...

— E eu — Tristan falou interrompendo-o —, eu não me isento da culpa.

Dimitri limpou a garganta chamando atenção de todos.

— Alira queria o fim da aliança. Com Van Helsing morto, Vladislau ficaria fraco e desprotegido.

— Láureo matou o Conde? — Uma mulher aproximou-se de Dimitri. — Sou mãe de Aysha, a segunda noiva. Petra, ao seu dispor. — Dimitri nunca imaginaria que uma mulher tão bela fosse uma anciã.

— Láureo matou o Conde enquanto Alira matava as noivas — Tristan falou novamente —, desculpem-me, mas eu cansei de esconder os segredos de Alira. — Ele subiu os degraus ficando ao lado de Dimitri.

Todos olhavam para ele, Tristan encarou o pai e suspirou dizendo:

— Eu amei Alira, por isso acreditei que Van Helsing estava deixando os lobos fracos a se aliar ao nosso inimigo natural...

Alguns cochicharam, Dimitri os olhou sério.

— Eu matei Abraham Van Helsing. — Uma comoção se formou no salão.

— Assassino!

— Traidor!

— Silêncio! — Dimitri gritou.

— Alira quer se proclamar Condessa de dracul — as pessoas estavam boquiabertas —, esse sempre foi o plano. — Ele encarou Dimitri que segurava seu anel.

As portas do salão se abriram e Velcan adentrou segurando um homem pelo ombro, o empurrou fazendo-o caminhar entre os vampiros. Alguns rosnaram ao ouvir o coração bater. William caiu de joelhos a frente de Dimitri.

— William Harker — Dimitri falou ouvindo os cochichos dos outros.

— Dimitri — Velcan falou sério. — Conde...

Dimitri ergueu a mão impedindo-o de continuar, mas Velcan não obedeceu.

— Eles a levaram — Velcan falou alto —, agiram no início da noite, ainda havia luz.

Dimitri sentiu um arrepio subir sua espinha.

— Ela disse que você tem dois dias — William se levantou encarando Dimitri —, ela quer seu anel.

Dimitri se enfureceu pegando Harker pelo pescoço erguendo-o com força.

— Será que não sabem falar sem usar a força — ele grunhiu perdendo o ar.

— O que você estava fazendo com ela!? — Jogou-o no meio do salão. As pessoas se afastaram deixando-o colidir com o mármore frio. — Repórter...

— Antes que me acuse de segui-la... — Harker levantou-se erguendo a mão em defesa.

Dimitri empurrou-o com força fazendo-o cair, o jovem vampiro agarrou-o gritando de raiva, seu corpo estremeceu e uma nuvem de fumaça o consumiu. Em meio aos vampiros a nuvem de morcegos explodiu no ar. Harker fora lançado na direção da parede, Alder pulou pegando-o antes de atingir o concreto, os morcegos voaram girando pelo salão, logo uma fumaça negra começou a surgir, os animais foram se unindo a ela.

Sabine gritou:

— Dimitri, onde você vai?

Sua voz ecoou pelo salão, a fumaça foi desaparecendo, todos estavam assustados, muitos ali nunca haviam visto tal habilidade.

— Tristan! — Alder gritou pelo filho. — Prepare os lobos. Velcan, ajude seu irmão.

— O que vai fazer?

Thamina falou ajudando uma mulher idosa a se levantar.

— Ele vai para o campus, devemos zelar pela vida dos humanos. Com os irmãos Lisara na Dracul ele vai ser facilmente derrotado.

Alder segurava Harker que estava desmaiado devido à explosão.

Logo os vampiros mais jovens e fortes se uniram aos lobos para seguirem até o campus, Thamina olhou para um canto isolado do salão e encarou Igor.

— Já está na hora dele voltar.

Num passe de mágica Igor desapareceu.

Rússia — Província de Voronezh

Vladmir sabia que a linhagem dos Draculea se perdera após Mihnea, o Turco, último herdeiro humano de Vladislau teve filhos que não duraram, Alexandre o Jovem morreu com oito anos e os outros não tiveram sua data de nascimento encontrada por historiadores. Ele estava correto em afirmar que ele era descendente de Radu Mihnea, Príncipe da Valáquia e da Moldávia, governou no Período de Usurpação, tendo o seu governo interrompido várias vezes, isso levava Láureo a sempre questionar a descendência de Vladmir, mas algo sobre seu passado o intrigava. Radu era um filho ilegítimo, cria de uma relação fora do casamento real, mais um motivo para Láureo afrontá-lo.

Existia algo em Dimitri que sempre o deixaria pensativo, ele tinha sangue draculeo e só podia ter uma resposta para isso, mas ele ainda queria pesquisar mais.

Caminhou sob a luz noturna pelas ruas estranhas e mal iluminadas de Voronezh, a maior parte da área ocupada pela população se localizava ao redor do lago que levava o nome da província, no entorno, muitas áreas verdes e poucas estradas. Vladmir se hospedou no Azimut Hotel, passou metade do dia dentro do seu quarto lendo os documentos sobre a doção de Dimitri.

Cheiro de sangue.

Poderia ser delírio de Anastásia Kuznetsov, efeito dos remédios fortes que tomava para controlar seus surtos histéricos. Vladmir decidiu visitar a clínica onde a mulher estava internada, mas ao chegar lá encontrou uma estrutura em cinzas e destruída. O incêndio de 2015 levou a vida de muitos internos e empregados.

— Você conheceu Anastásia Kuznetsov?

Vladmir falava um perfeito Russo. Seu controle mental fez o homem olhá-lo e sorrir com os dentes amarelos.

— A louca morava no final da rua — um velho encarou Vladmir —, ela morreu no incêndio da clínica.

— Ainda existem parentes? — O Conde puxou a gola de seu sobretudo protegendo-se do frio russo. *Uma mania ainda humana, haja vista que o frio não me afeta,* pensou enquanto o homem tentava se lembrar.

— Um filho, eu acho — tossiu —, ainda moram no oitenta e seis.

Um irmão de Dimitri era algo difícil de se acreditar, ele despediu-se do velho que o observou descendo a rua, não era tão longe da clínica. Vladmir parou à frente da casa, aparentemente estava abandonada, ele aproximou-se da porta e bateu duas vezes na madeira velha, não demorou e um rapaz veio atender.

— Quem diria — o rapaz sorriu. — É uma honra recebê-lo, Conde.

Vladmir adentrou na casa totalmente ciente de que poderia ser morto, um homem como aquele, ainda mais antigo que ele representava respeito e perigo ao mesmo tempo.

— Pelo visto você recebeu a minha carta — o rapaz sorriu —, filho.

— De tantos nomes que você já teve, como devo chamá-lo? — Vladmir sentou-se na poltrona demonstrada pelo rapaz.

— Radu é o que eu mais gosto — ele sorriu.

— Você não é vampiro...

— Não, mas gosto de manter o equilíbrio das coisas — ele sorriu —, o que o traz aqui?

Vladmir analisava o rapaz, era muito semelhante a Dimitri, mas exalava um aroma forte e doce, era antigo. Muito mais antigo que Láureo.

— Anastásia Kuznetsov — Vladmir o encarou —, e sua prole.

— Um erro que graças aos céus foi remediado — Radu sorriu para ele —, não tenho sangue da adega do castelo, mas tenho vinho, aceita?

— Sim, temos muito a conversar — o Conde olhou ao redor, Radu levantou-se servindo duas taças de vinho —, você que escreveu a carta?

— Claro que sim! Felizmente a atitude impensada de Tristan Van Helsing ajudou a encontrá-la nos destroços de Bran — riu —, você precisava de uma família.

— Ótimo pensamento paternal — Vladmir pegou a taça oferecida por Radu —, me deu uma família depois de trinta anos.

— O tempo passa diferente para os imortais — ele bebeu — quando vi, tudo aconteceu tão rápido, logo surgia Anastásia.

— Como pôde viver tantos anos sendo...

— Um filho ilegítimo? — Radu o encarou sentando-se novamente no sofá sujo. — Posso não ser filho da pura estirpe draculeana, mas meu pai era, a ciência diria que tenho genes fortes.

— Não tão fortes eu diria. — Vladmir bebeu toda a taça e falou: — Seus primeiros filhos morreram jovens. — Ele sorriu. — Hemofilia...

— Pelo visto você pesquisou bem, meu caro. — Radu levantou-se caminhando de um lado para o outro. — Sempre quis uma família, mas demorou para entender que nosso sangue é podre.

Vladmir prestava atenção nas palavras do homem. Era aparentemente jovem, mas demonstrava sua longevidade nas palavras e gestos. Muitas características lembravam Vladmir, mas a aparência em si, era de Dimitri.

— Quando os anos foram passando eu notei que não morreria, óbvio que uma morte teve de ser forjada após trinta anos, enterrando assim o legado dos Draculea. — Ele suspirou. — Antes disso já havia desaparecido há tempos abandonando o trono. Tive que me mudar diversas vezes, a humanidade evoluiu ao ponto de reparar nos outros, uma habilidade muito indelicada eu diria.

Os movimentos das mãos e fala macia demonstravam sua criação nobre.

— Foi quando eu descobri que Vladislau ainda vivia — Vladmir se atentava à história —, mas ele era cruel, o Conde Drácula travava batalhas por sangue e sexo.

— Então você quis uma família — Vladmir falou encarando-o.

— Procurei Vladislau — Vladmir se espantou —, ele me renegou e me expulsou de Bran. Tentei por diversas vezes, séculos se passaram e minha prole sempre morria — ele fechou os olhos —, logo a notícia da morte, a real morte de Vladislau deixou o mundo um caos, aí você nasceu.

Vladmir escutava aquela história ligando os pontos, estava com raiva, era apenas um experimento de um louco imortal.

— Mas você não era perfeito — Radu o encarou, Vladmir parecia confuso —, lembra-se do que aconteceu com você um ano antes de ir para a Romênia?

— Diga-me você — Vladmir estava tenso, cruzou as pernas com o olhar altivo.

Radu sorriu prosseguindo com sua história.

— Você foi internado após ter uma hemorragia interna — ele sorriu — uma briga em um bar em Paris.

— Você estava lá?

O Conde espantou-se.

— Sim — Radu o olhou de forma séria —, foi aí que eu descobri que meu filho, aquele que eu acreditava ser o perpetuador do nome Draculea no mundo, não iria sobreviver.

— Neste meio tempo a carta já havia sido descoberta — Vladmir se levantou — o castelo já havia queimado e você achava que seu plano tinha dado errado.

— Sim, mas meus informantes descobriram que o Coven estava atrás de você — Radu apontou-lhe o dedo indicador — e eu rezei para que você não expulsasse o emissário e aceitasse o presente.

— Não tive escolha. — Vladmir massageou as mãos lembrando-se da mordida de Igor. — Agora… me conte sobre o filho de Anastásia.

— Por que se preocupa, ele morreu no incêndio da clínica…

— Agora é a minha vez de lhe contar uma história, pai! — Vladmir foi irônico. — Ele se chama Dimitri Skapov, felizmente Anastásia o deu para adoção, salvando a vida dele no incêndio da clínica.

— Isso é impossível! — Radu estava tenso. — Se o que diz é verdade hoje ele tem…

— Vinte e seis anos — Vladmir sorriu —, um rapaz inteligente, às vezes desobediente, mas um futuro advogado.

— Advogado? — Radu gargalhou. — Nesta idade ele estaria tendo crises e crises de hemofilia, já estaria à beira da morte. Está mentindo meu filho.

— Não, não estou. Acredita em destino? — Ele sorriu. — Aquela força que liga a todos que estão fadados e se encontrar. — Riu. — Há algumas semanas, eu e Velcan Van Helsing encontramos um corpo mutilado na floresta, eu salvei sua vida deixando meu sangue curá-lo.

— Não me diga… — Radu arregalou os olhos.

— O corpo dele reagiu bem à transformação, foi quando descobri que havia sangue draculeo naquele rapaz. — Vladmir aproximou-se de Radu. — Herdeiros diretos do grande Vladislau Draculea.

— Irmãos! — Radu estava pasmo.

— Eu vim para descobrir mais sobre ele, mas minhas pesquisas me levaram a você, o último draculeo humano, e descubro que você não é tão humano, é mais monstro que drácula um dia foi.

— Não sou dotado do vírus do vampiro, mas sou dotado da longevidade. O sangue fala. Você não sabe o que é querer ter uma família…

— Para abandoná-la? — Vladmir o interrompeu. — Prefiro não saber. Se você conhecesse Dimitri iria ver que é um garoto que busca por uma família, o que direi a ele. Que nosso pai era um cientista louco e procriava igual a um coelho para ver quem sobreviveria aos seus séculos de evolução?

Vladmir cruzou os braços, viu sobre a bancada empoeirada uma estaca de madeira adornada com prata e outro.

— Chega! — Radu gritou. — Você vem aqui atrás de respostas e me afronta?

— Já estou indo embora, pai! — Vladmir passou por ele. — E cuidado ao pisar na Romênia, como Conde, posso impedi-lo.

— Você não vai embora. Ninguém deve saber que eu ainda estou vivo, e ademais, você não é mais um Conde.

Radu o impediu. Vladmir virou-se encarando-o, Mihnea pegara uma estaca de madeira que estava sobre um móvel empoeirado.

— Quanta bobagem para um homem só — Vladmir se livrou da pegada do homem —, claro que ainda sou Conde.

— Não, não é — Radu avançou sobre ele —, onde está seu anel?

Vladmir desviou-se do golpe deixando Radu cair atrás dele. A estaca de madeira soltou-se de sua mão, o Conde a pegou rapidamente antes que tocasse o solo, Radu Mihnea saltou sobre o filho sendo empalado pela estaca. Vladmir sentiu o sangue pingando em sua testa. Abriu os olhos e viu o homem imóvel preso na estaca de madeira, Vladmir movimentou o corpo para a direita derrubando o homem no chão.

O efeito de séculos caiu sobre Mihnea, ele olhava fixamente para Vladmir.

— Bravo — balbuciou — uma vida inteira querendo descobrir o fim da vida. — Sorriu.

— Faltou testar aquilo que sempre matou nossa família — Vladmir limpou o sobretudo empoeirado — sua linhagem acaba aqui.

— Não! — Radu o encarou, sua pele enrugando, seus dedos retorcendo-se tornando-se pó. — Vocês dois perpetuarão o nome draculea pelo mundo.

Vladmir fechou os olhos rapidamente com a imagem nojenta à sua frente, pó, larvas e cincas, uma mistura podre saía do corpo em decomposição. Vladmir olhou ao redor vendo sobre um estante um livro grosso, aproximou-se pegando-o com cuidado. Era um álbum de fotos, toda a geração draculea. Sem olhar para traz ele saiu da casa encaminhando-se para o Azimut Hotel.

Atento a cada foto, vendo sua real família, Vladmir pensava na forma de contar tudo a Dimitri. Uma brisa soprou e ele olhou para a janela, estava fechada, ao olhar para a porta viu Igor parado e sorrindo para ele.

— Mestre! — Ele curvou-se.

— Suponho que seja a hora de voltar? — Vladmir fechou o álbum.

Universidade de Bucareste

O campus era iluminado pela pouca luz dos postes espalhados pela praça e parte da floresta, todas as fraternidades estavam em absoluto silêncio, exceto pela Dracul que movimentava à noite. Uma viatura de polícia estava à frente da casa negra iluminada com luzes neon roxa e azul. Os policiais tentavam acabar com a festa, mas foram facilmente manipulados por Alira, abandonando a tarefa e saindo do campus.

No interior da Dracul, os poucos humanos se tornavam vítimas dos vampiros famintos, extasiados pelo ponche de sangue. Os irmãos Lisara observavam tudo do alto da escada. As gêmeas regiam o seu controle sob as mentes humanas fazendo-as permanecer na festa. Na sala, Gabriel estava sentado ao lado de Carla que chorava, o vampiro beijava seu ombro.

— Fique calma — ele segurou o rosto da garota — logo seu namoradinho vai aparecer, vocês dois morrem, e tudo acaba. — Riu vendo Carla chorar.

— Gabriel!

Alira chamou-o parando no meio da sala. Os lobos no bar observavam tudo. Em um dos cantos, dois vampiros bebiam de uma jovem desnorteada.

Enquanto eles conversavam, Carla olhou ao redor, como em um filme de terror, dentes pontudos e olhos sedentos por sangue, pessoas que ela não podia dizer se estavam desmaiadas ou mortas caídas no chão. Alira gritou fazendo a música parar, do lado de fora um som estranho inundava a noite. Alguns vampiros soltaram suas presas olhando para a porta espantados. Um estrondo fez com que ela se abrisse e um trovão clareou a escuridão noturna.

Um homem rodeado de morcegos surgiu na varanda, Dimitri caminhou calado, seus olhos miraram Carla que sorriu ao vê-lo. Os últimos morcegos tornavam-se fumaça compondo a roupa negra do rapaz. Alira sorriu batendo palmas.

— Ora, ora, ora — ela falou lentamente, gostava do som da própria voz — se não é o Conde de Dracul — ela olhava o anel no dedo do rapaz.

— Harker é um homem de palavra. Ele é muito semelhante a Vlad.

Um homem no topo da escada se pronunciou. Usava roupas brancas e tinha os cabelos negros compridos na altura dos ombros. Ele desceu as escadas acompanhado por outro homem, extremamente igual.

— Carrega o sangue do primeiro — o gêmeo sorriu — um descendente direto, posso afirmar.

— Solte-a e ninguém se machuca.

Dimitri falou quebrando o silêncio. A música havia acabado, humanos choravam apavorados, vampiros rosnavam esperando por uma ordem. Alira sentou-se no sofá enquanto Gabriel se levantava encarando os olhos azuis de Dimitri.

— Se não tiver sangue, não tem graça. — A líder da fraternidade puxou Carla com força mantendo-a próxima de si. — Gabriel...

O vampiro avançou na direção de Dimitri que desapareceu em uma nuvem de fumaça negra, Alira arregalou os olhos, sentiu Carla ser puxada e antes de impedir a jovem já havia desaparecido no turbilhão negro.

Carla gritou ao se ver no meio da praça do campus, Dimitri a olhou rapidamente.

— Corra para o alojamento estudantil...

— Dimitri, o que está acontecendo? — A jovem tremia.

— Vá. — Ele escutou o som do coração acelerado da garota e outro som, mais baixo, porém mais rápido. — Proteja nosso filho. — Ela o olhou espantada.

Dimitri sumiu em meio à fumaça, logo morcegos surgiram saindo das árvores, todos voavam em direção a Dracul.

Capítulo 25
O que corre em minhas veias

As pessoas que passavam na frente da fraternidade não entendiam o motivo da grande quantidade de morcegos que rodeavam a casa, as luzes neon haviam se apagado e os animais impediam que qualquer um se aproximasse. Logo a polícia e o controle de animais foram chamados. Velcan estacionou o carro próximo à praça central, avistou Carla desnorteada, saiu do carro e se aproximou.

— Carla! — O lobo a encarou. — Viu Dimitri?

Ela o olhou confusa.

— Ele... ele estava aqui, havia pessoas lá dentro — ela apontou para a fraternidade, Velcan avistou alguns policiais preparando um perímetro — mataram pessoas, Dimitri está lá, ele... ele desapareceu.

Velcan suspirou, atrás dele Marcus surgiu amparando a garota, ela chorou abraçada no rapaz.

— Leve-a para o chalé — Velcan encarou Marcus.

— Acho que aquele lugar cheio de vampiros não é lugar para ela.

Velcan encarou Marcus aproximando-se do jovem licantrope.

— É uma ordem — Marcus respirou fundo levando Carla para o carro.

Tristan aproximou-se dele juntamente com alguns lobos e Alder.

— Façam a... — Alder e Tristan falaram juntos.

O rapaz abaixou a cabeça deixando que o pai falasse, Alder sorriu tocou o ombro do filho meneando a cabeça deixando-o à frente do grupo. Tristan suspirou e falou:

— Não darei ordens. Apenas peço que protejam os humanos. Pela luz da lua...

— Pela espada dos Helsing.

Os lobos falaram em uníssono. Logo todos corriam para dentro da floresta.

— Trouxemos alguns vampiros conosco, Ellay e Nicollay pediram para vir também. — Velcan encarou o pai. — Cuidarão das mentes de qualquer humano.

— Ótimo, tirem estes policiais daqui. — Alder olhou para eles, dando o sinal.

Chalé Dracul

Vladmir adentrou pela porta da frente, vampiros e servos observaram o homem caminhar em direção à escada. Ele subiu olhando a todos, cumprimentou-os sem rodeios encaminhando-se para a biblioteca. Thamina estava abraçada com Bruce no meio do recinto, ele os observou atento. A vampira ria de algo que ele falara em seu ouvido, o historiador olhou para a porta vendo Vladmir parado observando-os.

— Vladmir! — Thamina virou-se dando de cara com o vampiro.

— Thamina. — Suspirou ajeitando a grava vermelha. Segurou o álbum de fotos abaixo do braço.

— Conde. — Bruce fez uma breve reverência. Mantinha o olhar atento.

— Humano — ele falou adentrando no recinto. — Meu corpo nem esfriou... — falou jogando o álbum de fotos sobre o sofá de veludo vermelho. — Você deve ser o humano de estimação?

— Vladmir — Thamina percorreu o espaço entre eles e o abraçou —, pensávamos que...

— Que eu havia morrido e você estaria livre para ficar com ele. —

Vlad e Bruce se encararam. — Depois resolveremos este problema, Mina. — Ele a afastou.

Bruce mantinha-se afastado do Conde.

— Dimitri foi até a Dracul — ela falou ajeitando uma mecha dos cabelos negros que caíra em seu rosto. — Carla foi raptada por Alira.

Vladmir parou próximo à mesa, os livros, documentos e pergaminhos estavam no mesmo lugar que ele havia deixado. Após um segundo de silêncio ele caminhou até a prateleira repleta de livros que ficava no fundo da biblioteca; o livro de capa vermelha de couro antigo foi puxado levemente para fora da prateleira. Os livros começaram a se movimentar para a direita revelando uma passagem secreta.

— Encontrei isso logo que me mudei pra cá — ele sorriu exibindo o conteúdo escondido —, acho que deve servir. — Ele tocou no tecido. — Não é nenhum Armani, mas...

Bruce aproximou-se da passagem, aquilo era um achado histórico de valor imensurável. Vladmir começou a retirar as peças e colocá-las sobre a bancada.

Universidade de Bucareste

Um a um os policiais foram evacuando a área, como mágica eles se afastaram da casa saindo do campus. Alder olhou para a floresta vendo alguns lobisomens formando um perímetro, Tristan aproximou-se dos morcegos sendo atacado.

— Ele está mais nervoso — Tristan passou a mão no ombro ferido —, espero não pegar raiva.

— Pare de graça, temos que entrar e tirá-lo de lá. — Alder apontou para o céu. — O tempo está passando.

Tristan olhou para o horizonte vendo que o amanhecer se aproximava.

— Vamos ficar aqui dentro acovardados até quando? — Gabriel olhava pelas janelas os morcegos rodearem a casa. — Como ele pôde fazer isso?

— Ele é um Dracul — Tennet Lisara falou descendo os degraus da escada. — Muito forte por sinal.

—Alira! — Gabriel estava impaciente.

A mulher sentou-se no sofá com uma garrafa de sangue nas mãos.

— Vai, acabe ele... — Ele bebeu direto do gargalo.

Os vampiros que lá estavam viram Gabriel sair na varanda, os morcegos avançaram sobre ele rodeando-o, o vampiro convencido de que enfrentaria Dimitri começou a agarrar os animais que o atacavam, arrancando suas asas com força fazendo-os desaparecer em forma de fumaça.

— Lute igual homem! — ele gritou no meio da noite.

Estava no meio da rua, notou os lobos que cercavam a casa, Gabriel sentiu que era observado, como se milhões de olhos o encarassem. Um turbilhão de morcegos se formou atrás do ex-jogador de futebol. Dimitri surgiu sorrindo.

— Buh!

Gabriel virou-se recebendo um soco na cara, ele virou-se ignorando a dor. Limpou a boca que sangrava, tentou desferir um golpe em Dimitri, mas o mesmo desaparecera. Um uivo o alertou, Dimitri tornou-se fumaça rodeando Gabriel que sem sucesso tentava atacá-lo.

— Parece que você é covarde — Gabriel falou — abandonou a humana, e não sabe lutar.

Dimitri surgiu atrás dele, o rapaz foi mais rápido acertando-lhe um golpe. Os dois lutavam e Dimitri lembrou-se dos ensinamentos de Alder. *Nem toda luta será justa.* Os morcegos que voavam ao redor dos dois foram tornando-se fumaça e desaparecendo à medida que o dia amanhecia, Alder chamou seus lobos para o interior da floresta.

Alira e os irmãos Lisara surgiram na varanda, a luz do sol invadindo a praça.

Gabriel ao ver a luz correu para dentro da fraternidade, Alira fechou a porta antes que ele entrasse impedindo a luz do sol de entrar na casa.

— Escolheu o lado errado Gabriel.

Dimitri o pegou jogando-o no meio da rua.

— Alira!!! — o vampiro gritou.

Dimitri desapareceu, Alder procurou-o achando que ele estava se abrigando do sol que chegava com velocidade. Dentro da casa Alira chorava ao ouvir os gritos de Gabriel que queimava lentamente, logo alguém batia palmas. Todos olharam para o alto da escada e Dimitri descia um degrau a cada vez que suas mãos se tocavam.

— Assassino — Alira avançou sobre ele, um turbilhão de morcegos surgiu fazendo-o desaparecer, surgindo do outro lado da sala —, eu vou matar você!

Rosnou.

— Chega! — ele gritou.

Os vampiros mais novos gritaram assustados, os irmãos Lisara o observavam com atenção.

— Isso é para aprender a não se meterem comigo. — Dimitri estava sério, Alira notou a mudança. — Mataram Vladmir, já não é o bastante? — Ele bateu a mão na bancada do bar.

— Você ainda precisa aprender muito, jovem Dimitri — um dos vampiros de branco falou. — Una-se a nós e te ensinaremos tudo.

— Ou... — o outro idêntico continuou —, nos dê o anel e o direito de liderança.

Dimitri passou a mão no rosto, estava tenso. Sentiu aquele formigamento no corpo, o mesmo de antes. Olhou para a janela vendo a luz do sol entrar pelas frestas, ele encarou Alira e falou:

— Isso é só uma prova do que posso fazer...

Dimitri avançou na direção de Alira pronto para atacá-la, ela se colocou em defesa, suas mãos tornaram-se garras. Quando estava próxima a tocá-lo ele explodiu. Desta vez com mais força e com mais morcegos. O turbilhão destruiu o teto da fraternidade. Os vampiros gritaram no exato momento que a luz do sol entrou e os morcegos saíram transformando-se em fumaça.

Alira se protegeu jogando um dos irmãos Lisara na direção da luz, correu para a escada vendo todos os vampiros tornarem-se pó. Os dois lobisomens que lá estavam correram levando as gêmeas que se queimaram e

Alira para dentro de um dos quartos, Tennet Lisara correu para se unir a eles na proteção da escuridão do quarto.

O olhar de desprezo para com a mulher fez Alira tremer, afinal, ela matara um dos seus.

Do lado de fora Alder viu os morcegos se refugiando na floresta, longe da luz do sol, Velcan e Tristan mobilizaram os lobos para procurar por Dimitri, ao abrirem a porta dos carros uma explosão consumiu a fraternidade. Tristan encarou as chamas destruírem tudo imaginando se Alira conseguira se salvar.

Na floresta alguns morcegos caíram no chão, unindo-se eles formaram o corpo de Dimitri, o rapaz arrastou-se protegendo-se do sol, as copas das árvores o protegiam parcialmente, seu corpo ainda se queimava. Uma movimentação ao redor dele o deixou em alerta, as presas de fora e a audição ao máximo.

— Ali! — A voz de Alder o fez baixar a guarda.

Viu uma manta o cobrir protegendo-o do sol, logo ele estava dentro do carro.

— Louco. — Alder o encarou. — Poderia ter morrido!

— Poderiam ter matado Carla. — Ele suspirou. Suas mãos ardiam enquanto cicatrizavam. — Poderiam ter matado meu filho.

— Vamos para o chalé — Alder mudou de assunto. Dimitri recostou-se no banco. — Dracul explodiu.

Ele olhou-o confuso.

— Após sua saída digna de um filme — Tristan sorria —, a casa explodiu.

— Um dos irmãos Lisara morreu. — Dimitri lembrava-se, quando em forma de morcegos, tinha a visão de todos os cantos. — Alira o usou de escudo contra o sol.

— Ela abandonou Gabriel — Alder falou sério —, não me admiro ela se desfazer de seus aliados.

— Logo ela abandonará a todos e tentará fugir — Tristan falou olhando a estrada. O carro seguia outro que formava o comboio. — Se a Dracul explodiu temos que achá-la.

— Ela está em Bran, com Láureo. — Dimitri fechou as mãos estralando as articulações. — Preciso comer algo...

— Estamos chegando — Alder o encarou —, respire fundo.

Chalé Dracul

Carla estava sentada à mesa com medo de todos que a serviam e do homem que a observava. Vladmir largou tudo o que fazia na biblioteca no momento que soube da chegada da jovem, organizou o jantar e mandou preparar a mesa, a jovem comeu pouco e manteve-se em silêncio, Vladmir, cansado de somente observá-la, quebrou o silêncio dizendo:

— Acredito que deve ter dúvidas... — A jovem o encarou. — Minha cara, não somos perigosos e...

— Dimitri sempre foi um.... nem sei o que ele é... — Ela riu, estava nervosa.

— Não, ele foi atacado por Alira. — Carla tentava entender. — Você chegou a conhecê-la.

— Ela finge bem, quando não é um monstro. — Estremeceu. — Dimitri pode estar com problemas...

— Fique calma, Alder e os lobos estão cuidando de tudo. — Carla o olhou confusa. — Ahh, esta parte você não sabia.

— Prefiro não saber — ela se levantou —, onde posso descansar?

Vladmir chamou um rapaz que estava próximo à porta, Marcus caminhou sem pressa até o conde.

— Leve-a ao quarto de Dimitri — Marcus concordou —, e faça companhia a ela, vocês devem ter muito a conversar.

Os dois saíram em silêncio, Vladmir estendeu a mão para pegar uma taça, a porta da sala de jantar se abriu e Dimitri surgiu em meio aos lobos. Alder ao vê-lo sentado sorriu curvando-se, o jovem vampiro cruzou o caminho entre eles. Vladmir levantou-se olhando o rapaz, estava mudado, as roupas, o jeito de andar, os cabelos impecavelmente alinhados e o anel.

— Pelo visto está se virando bem sem...

Dimitri acertou um soco na cara de Vladmir e depois o abraçou.

— Nunca mais faça isso! — disse ainda abraçado com o homem.

Vladmir ignorou a breve dor que sentiu e abraçou o rapaz, agora, sabendo de seu parentesco, entendia que Dimitri precisava cada vez mais dele. O rapaz se afastou, retirou o anel e entregou a Vladmir.

— Isso é seu. — Ele se curvou, logo os lobos se curvavam também.

— Temos que conversar garoto.

Dimitri adentrou em seu quarto interrompendo a conversa entre Marcus e Carla, a jovem levantou-se correndo para abraçá-lo, mas parou antes de fazê-lo. Dimitri meneou a cabeça sinalizando para que Marcus saísse, o rapaz sorriu deixando-os a sós.

— Você deve estar confusa. — Ele a olhou dentro dos olhos.

— Até que…

Ela suspirou voltando para a cama e sentando-se no baú onde guardava as cobertas mais pesadas.

— Não sabe o quanto eu sofri por não te contar. — Ele aproximou-se e agachou perante a moça segurando suas mãos. Ela as retirou das mãos dele. — Carla…

— Eu estou assustada — ela o encarou —, pensei que ia morrer, vi pessoas morrendo. — Chorou. — E estou grávida de um… um vampiro.

— Quando teve a certeza? — Ele sentou-se ao seu lado. Sentiu o coração dela acelerar.

— Hoje pela manhã, assim que saí a clínica eu passei na cafeteria, estava passando mal. Encontrei um repórter.

— Harker — falou desgostoso —, fique longe dele, não sabemos o que ele quer conosco.

— Dimitri, todas as histórias são reais? — Ela o encarou.

Dimitri ficou pensativo tentando encontrar um meio de contar sobre este novo mundo de forma rápida.

— Eu segui seu conselho — falou pensativo.

— Que conselho? — Ela o olhou sem entender.

— Você disse para eu ser eu mesmo. — Dimitri suspirou. — Algo em mim mudou com este conselho. Descobri que posso fazer coisas que nunca imaginei.

— Pensei que beber sangue fosse novidade. — Ela riu. Dimitri a abraçou beijando sua cabeça.

— Não posso mudar o que houve, agradeço a Vladmir por ter me dado esta segunda chance serei assim para sempre, e a única coisa que desejo é nunca te machucar.

Ele sentiu a garganta secar. Em sua visão as veias do pescoço de Carla tornaram-se mais visíveis para ele. Ela moveu o pescoço para a direita evidenciando seus seios. Dimitri levantou-se.

— Ainda é tudo muito novo para mim. Você está bem?

— Não!

Dimitri saiu do quarto rapidamente, Marcus estava no corredor. Olhou para Carla que estava parada sem saber o que houve. O rapaz correu o mais rápido que pôde, adentrando na biblioteca.

— Dimitri!

Vladmir o viu com as presas à mostra, havia outros vampiros lá dentro. Um som ritmado chamou a atenção do jovem vampiro.

— Afastem-se….

Vladmir aproximou-se dele. Um homem veio junto, Harker surgiu no campo de visão de Dimitri, o Conde pegou o repórter lançando-o para traz, no mesmo momento girou o corpo segurando Dimitri no ar.

— Calma rapaz.

Dimitri rosnava, parecia um animal.

Vladmir puxou a manga de sua camisa e soltou Dimitri no chão, o rapaz, sem noção do que fazia, avançou sobre o Conde mordendo o braço exposto. Os rosnados foram diminuindo, Dimitri diminuiu a força parando de sugar o sangue de Vladmir, os vampiros o olhavam compadecidos. Harker estava atrás de Sabine e Alder que o protegiam.

— Precisamos de um doador! Esse rapaz precisa beber direto da fonte ou vai enlouquecer.

Um dos vampiros que lá estava falou de forma séria.

— Não temos tempo de uma festa de debutante, senhores.

Vladmir ajudou Dimitri a se sentar no sofá.

— Podemos continuar sem que ele me ataque? — Harker falou nervoso.

— Prossiga! — Vladmir permaneceu parado à frente de Dimitri.

Harker olhou a todos e falou:

— Como eu dizia, Tennet Lisara matou minha mãe quando eu era pequeno — ele engoliu em seco ao notar que Dimitri o observava —, passei a pesquisar e descobri que o Conde ainda vive. Pode fazer vinte anos de sua morte, mas existe uma lei.

— Uma lei que os Lisara não obedecem. Eles são proibidos de pisar na Romênia...

Vladmir sentou-se ao lado de Dimitri, o rapaz estava quieto, envergonhado por tentar morder um humano.

— Parece que eles não têm medo de suas regras. — Harker o afrontou.

Vladmir suspirou.

— Rapaz, não me faça expulsá-lo daqui, acreditando em minha morte, Alira não perdeu tempo em chamar os Lisara e aumentar seu grupo.

— Na verdade eles já estavam lá — Alder falou encarando Vladmir —, em meio aos guardas, infiltrados. Felizmente boa parte deles morreu hoje senhor — Alder falou recebendo os olhares de todos. — Dimitri carrega a habilidade das sombras, algo raro. Ele destruiu a Dracul.

As pessoas conversavam entre si, não conseguiam acreditar que um vampiro tão novo pudesse ter a mesma habilidade que Drácula.

— Só abri um buraco no teto, o sol fez o resto.

Dimitri falou levantando-se, encarou Harker sibilando um pedido de desculpas.

— Arrisca-se saindo no sol — Vladmir falou calmo — pode ser forte, mas é um risco. — Suspirou. — Por favor, saiam. Preciso conversar com Dimitri.

Vladmir cumprimentou um a um que passava por ele e se curvava, em seu dedo o anel do Conde brilhava com a luz vinda da lareira. Vlad viu Thamina e Bruce saindo lado a lado, encarou Vladmir que falou:

— Se eu o matar estarei quebrando regras que eu mesmo lutei para serem mantidas. — Vladmir encarou o fogo. — Dopá-lo e levá-lo para outro planeta é uma ideia que ainda me atiça.

— Eu te ajudo. — Dimitri sorriu. — Como está sendo?

— Eu que deveria estar perguntando. Você tem uma habilidade linda e perigosa, salvou a vida da mulher que ama e descobriu que será pai...

— Já te contaram?

Dimitri o encarou erguendo a sobrancelha.

— Não há necessidade, aquele coraçãozinho batendo é motivo de atenção para todos aqui. Dimitri, antes de tudo isso eu iria lhe contar algo, mas...

— Você iria viajar sem me falar. — Dimitri levantou-se. — Não confia em mim?

— Confio com todas as minhas forças, Dimitri, mas eu precisava entender.

— Entender o quê?

— Precisava saber quem é você! Quando ficou em nossa enfermaria, Sabine fez algumas pesquisas as quais você já sabe os resultados. Você se transformou muito rápido, mas isso me deixou confuso então comecei a pesquisar mais.

Vladmir levantou-se novamente pegando o álbum de fotos que ainda estava sobre o sofá de veludo vermelho.

Dimitri estava atento às palavras do homem.

— Encontrei muito sobre sua adoção na Rússia, sua mãe biológica se chamava Anastásia Kuznetsov.

Ele retirou um papel de dentro do álbum, era a certidão de nascimento de Dimitri.

— Nunca quis saber quem era ela realmente, nem saber os motivos dela me colocar para adoção.

Ele suspirou lendo o documento.

— Para protegê-lo — Vladmir sorriu —, ela estava fugindo de um homem horrendo.

— Meu pai? — Dimitri o encarou devolvendo o documento.

— Não, Dimi — ele sorriu —, nosso pai.

Dimitri levantou-se assustado com a revelação.

— Ele teve muitos nomes no decorrer dos séculos, mas um deles foi o que me deu a pista para a verdade. — Vladmir lhe entregou novamente a certidão de nascimento. — Nicolai.

— Eu sou filho de Nicolai Kuznetsov.

Dimitri lia a certidão, suspirou sentindo o suor descer frio pelas suas costas. Passou as mãos nos cabelos loiros desalinhando-os.

— E eu sou filho de Nicolai Draculea — Vladmir prosseguia —, sinto em lhe dizer que os dois não existem, o nome verdadeiro de nosso pai é Mihnea Radu.

Rapidamente os pensamentos de Dimitri se voltaram aos muitos livros que lera naquela mesma biblioteca, ele encarou Vladmir incrédulo.

— O último dos Draculea, filho ilegítimo de Radu, o Turco — ele engoliu em seco —, ele era um vampiro?

— Não, imortal. Possivelmente uma ramificação do vírus do vampiro, sem a necessidade de sangue.

Vladmir explicou-lhe sobre os filhos de Radu que morreram de forma prematura e sua internação em Paris. Dimitri começou a ligar os pontos.

— Minha mãe tinha medo dele. — Encarou o Conde. — Ele achava que eu iria morrer como os outros…

— Ele forjou a carta de Nicolai, podemos dizer que somos marionetes dele. — Vladmir entregou-lhe o álbum. — Nossa linhagem, todos os membros da família Dracul são frágeis. — Sorriu.

— Meu filho…

— Fique calmo, Sabine já sabe e vai nos ajudar — ele se levantou —, coma algo, veja as fotos e não se preocupe. Logo tudo se acertará, agora, meu irmão, devemos honrar o sangue que corre em nossas veias.

Vladmir começou a caminhar saindo da biblioteca.

— Você não respondeu a minha pergunta. — Dimitri abriu o álbum olhando a primeira fotografia de Vladislau *Draculea*. — Você está bem?

Vladmir suspirou, sabendo que o rapaz não descansaria em saber se ele estava bem, decidiu falar:

— Amo Thamina, e sei que se matar Bruce eu a perco — ele olhou para a madeira do teto da biblioteca —, jurei protegê-la, logo que a transformei, sempre quis seu bem e felicidade. — Silêncio. — Se ela o ama, e está feliz. Também estou feliz.

Começou a sair da biblioteca, falou alto no corredor para que ele escutasse:

— Às vezes, garoto, devemos deixar partir aquilo que não podemos segurar.

Dimitri ficou pensativo, logo voltou a folhear as páginas do álbum, mas em seus pensamentos, ele imaginava o que seria de Carla e seu futuro filho.

F
E
R
N
A
N
D
O

L
U
I
Z

Capítulo 26
Onde tudo começou

Castelo de Bran — antes

Láureo observava os corpos dos vampiros mortos tornarem-se pó, anos de vida caindo em segundos sobre os corpos ocos e inertes. Ele não se orgulhava de matar sua própria espécie, mas deveria ser agressivo para obter o respeito desejado, lembrava-se de quando Drácula matava qualquer um por mero capricho, obtendo o medo e o respeito de todos os seus súditos. O ancião planeja sua ascensão no mundo moderno, seus planos eram audaciosos, trazer a conhecimento do mundo dos vampiros e iniciar a matança sem limites. Era sádico, porém arriscado, a cultura pop ensinou muito bem a nova geração a matar vampiros.

— Se você está aqui é porque fez algo impensado.

Láureo virou-se encarando Alira.

Atrás dela Tennet Lisara e alguns vampiros, os guardas de Lisara completavam o grupo.

— Dimitri destruiu a fraternidade. Aquele recém-formado é mais forte que qualquer vampiro que já conheci, mais forte que...

Alira falou trincando os dentes:

— Drácula? — Láureo a olhou. — Alira, minha criança...

Sorriu debochado.

— Sete vampiros, dois deles com mais de quatrocentos anos e dois lobos não foram páreo para uma criança que ainda tem sangue humano em seu corpo? — Riu passando por eles.

— Láureo, é sério. — Tennet Lisara o parou. — Este tal de Dimitri é um transmorfo.

— E ele matou Gabriel. — Alira suspirou.

— Mais dia, menos dia aquele rapaz ia ter seu fim — referia-se a Gabriel —, estamos protegidos aqui. Sem Vladmir, eles estão perdidos.

— Eu quero acabar com Dimitri — ela rosnou —, quero pegar aquela humana e fazê-lo sofrer.

— Terá sua chance. — Láureo encarou os lobos. — Façam o que fazem de melhor. — Virou-se para Tennet. — Ainda é bom em torturas?

— Isso é algo que nunca se esquece.

O vampiro travestido de branco sorriu malicioso.

— Preparem o salão de execuções! Sinto que teremos visitas logo mais.

Láureo falou alto subindo a grande escada do castelo.

Tristan caminhava de um lado para o outro na enfermaria, Ayia estava sendo examinada por Sabine. A vampira era expert em tudo o que se referia a ciência, medicina e tecnologia. A lupina estava suando frio, as contrações aumentavam a cada meia hora, acompanhando o cansaço e tensão, Tristan suava, seus cabelos grudavam-se nas têmporas, a camisa manchava-se abaixo dos braços.

— Preciso de ajuda, pelo menos duas pessoas para me ajudar no parto — Sabine virou-se encarando Tristan —, e você fique lá fora.

— Não vou deixá-la... — Ele passou a mão nos cabelos negros.

— Tristan, por favor — Ayia falou respirando fundo —, está tudo bem.

Relutante o herdeiro dos Van Helsing saiu da enfermaria, entrou no elevador e subiu para o salão de jantar. Carla estava sentada ao lado de Marcus enquanto Dimitri comia hambúrgueres, o lobisomem sentou-se à mesa desrespeitando as regras, pegou um hambúrguer e comeu.

— Como ela está? — Carla encarou o rapaz.

Ele sorriu de canto.

— Sabine fará o parto. — Ele viu duas vampiras entrando no elevador. — Está cedo demais. — Bufou.

— Fique calmo.

Alder falou observando-o, o olhar sério do pai foi o aviso necessário para que ele se levantasse e saísse da mesa.

— Desculpe…

Tristan abaixou a cabeça afastando-se com o hambúrguer nas mãos. Dimitri não disse nada, permaneceu comendo.

— Vladmir me contou sobre o parentesco de vocês — Dimitri encarou Alder —, isso explica muita coisa.

— Me deixou mais confuso, isso sim — Dimitri pegou uma garrada e despejou o líquido escarlate em um copo simples. — De estudante universitário para herdeiro de Drácula. — Riu. Carla manteve-se calada. — E para me deixar mais louco, serei pai dentro de alguns meses.

— Tudo dará certo. O bebê nascerá humano.

Vladmir falou adentrando na sala. Sentou-se à mesa.

— Como pode ter tanta certeza?

Dimitri o encarou enquanto bebia o que Carla cogitou ser sangue.

— Acredito que seja de conhecimento comum, ao menos para nós que nascemos no século vinte um. O coração do feto pode ser escutado após seis semanas de gestação e como podemos ouvir…

fez-se silêncio.

Os lobos sorriram e Marcus encarou Carla espantado, todos podiam ouvir o som acelerado do pequeno coração.

— Está a todo vapor — Vladmir bateu palmas —, fique calmo jovem Dimitri, seu filho nascerá forte e se minhas pesquisas estiverem corretas, sua próxima geração não terá os mesmos males que Mihnea Radu.

— Que males? — Carla questionou assustada. — Existe algum problema na família de vocês?

— Os descendentes de Mihnea Radu, ao menos os duzentos antes de mim — falou sorrindo — morreram jovens devido a crises de hemofilia, hemorragia grave. — Carla se arrepiou. — Mas fique calma minha jovem, eu e Dimitri somos os experimentos a ponto da perfeição.

— Você fala como se fossem criados em laboratórios...

— Não cheguei a investigar as circunstâncias dos nossos nascimentos, mas Mihnea Radu procriava para ver se um de seus descendentes sobreviveria para dar continuidade ao nome da família Draculea. — Dimitri encarou Carla. — Infelizmente não temos bons exemplos de ancestrais para alegrar esta criança.

Após se alimentarem, Dimitri e Vladmir se reuniram na biblioteca, Tristan caminhava de um lado para o outro preocupado com Ayia e seu filho, enquanto os vampiros discutiam sobre o estoque de sangue que chegara ao limite com os novos hóspedes e possíveis planos para capturar e ou matar Láureo e Alira, Alder aproximou-se do filho.

Na varanda observando o fim de tarde os dois ficaram lado a lado.

— Quando eu me tornei pai, seu avô me levou para uma caçada na floresta — Tristan estremeceu com a fala do pai —, caçamos servos.

O rapaz manteve-se calado.

— Quase quinhentos anos depois de sua morte, eu sinto falta de caçar servos — ele encarou o filho — aquelas palavras que disse a Dimitri, não eram para ele, correto?

— Na verdade, eram para mim — Tristan fechou os olhos —, toda noite eu acordo com as últimas palavras do meu avô. — Alder recostou-se na grade.

O céu começava a escurecer, o vento frio soprou fazendo os cabelos lisos de Tristan balançarem, Alder olhou o céu.

— Ele disse que era meu destino fazer algo grande — Alder estremeceu —, pai, me desculpa, eu fui cego, pensei...

Alder abraçou o filho impedindo-o de continuar, Velcan adentrava na biblioteca, ao notar a janela aberta, olhou e viu o pai e o irmão abraçados. Ele observou os vampiros compenetrados em sua conversa, saiu do recinto encaminhando-se para o pátio do chalé, lá se deparou com Marcus sentado próximo à fonte no meio do espaço aberto encarando o céu estrelado.

— Oi — Velcan falou sentando-se ao seu lado.

— Oi.

Marcus estava sério. Os dois permaneceram em silêncio, Velcan afrouxou a gravata retirando-a de seu pescoço.

— Deve ser estranho para um homem de quatrocentos anos fingir tanto. — Marcus encarou Velcan. — Até que você finge bem.

— Do que está falando? — Velcan manteve-se sério. — E eu não tenho quatrocentos anos.

— Sinto o jeito que me olha. Você se segura demais.

Marcus aproximou-se dele, segurou sua mão.

— Acho que está confundindo as coisas eu... — Marcus beijou Velcan impedindo-o de falar. — Eu não sei mais o que falar. — Sorriu em meio ao beijo.

Do outro lado da propriedade, dois lobos observavam o casal, rosnaram incrédulos com os lobos invertidos. Um deles olhou para o céu, a última lua do mês surgia, começaram a andar em direção ao pátio.

Tristan conversava com o pai, olhou para o pátio e se espantou ao ver Marcus e Velcan aos beijos, Alder virou-se encarando o casal.

— Velcan!

O grito ecoou pela propriedade.

Marcus e Velcan se afastaram envergonhados, o lobo encarou o pai que apontava para o outro lado do pátio. A imagem fez um arrepio percorrer a espinha de Velcan, Marcus entendera que o grito fora um aviso e não repreensão, o rapaz sentiu sua cicatriz queimar, Velcan olhou o céu e viu a lua despontando do alto do chalé.

Era um lobo controlado e a lua não o afetava, podendo se transformar ao seu bel-prazer, mas Marcus estava sofrendo os efeitos de sua primeira lua e ele precisava ser rápido.

— Problemas! Dois lobos de Alira, no pátio.

Alder adentrou na biblioteca encarando a todos.

Dimitri que estava sentado, levantou-se rapidamente. Vladmir o impediu de seguir o lobo. Caminhou até a prateleira movendo um dos livros, a passagem se abriu revelando uma armadura vermelha e negra com uma capa de material grosso. O Conde pegou a espada de prata pura que estava afixada na parede ao lado da armadura. Vladmir saiu da biblioteca sendo seguido por todos.

No pátio, Marcus respirava ofegante, estava de joelhos no chão de pedra, sua cicatriz estava vermelha, ardia e soltava fumaça. Velcan parou à frente do rapaz encarando os lobos, a luz da lua iluminou seu corpo. Havia retirado a roupa e deixado as peças sobre a mureta da fonte, a pele morena e bem definida reluzia com o suor que começava a brotar, Alder surgiu ao lado do filho pondo-se em defesa. Velcan se transformou.

Parado, sem mover um único músculo, Velcan se desfez em pelos e garras, o lobo negro rosnou encarando Alder que se abaixou transformando-se de forma rápida, suas roupas se esfarraparam caindo no chão no momento que os pelos tomaram seu corpo, o rosto se alongou criando um focinho, igual a Van Helsing, Alder era um lobo negro com uma única mancha branca nas costas.

Marcus gritou, a dor da transformação era intensa. Estava com medo.

— Não! — Vladmir falou surgindo atrás deles. — Alder, Velcan levem Marcus para dentro.

Os lobos rosnaram.

Vladmir brandiu sua espada fazendo o cheiro de prata exalar no ar noturno, Velcan e Alder se afastaram. Os dois lobisomens estacaram à frente do Conde.

— O que querem? — Os animais rosnaram. — Fora de minhas terras!

Um deles se transformou, torceu o pescoço no momento em que o focinho se retraiu, nu o homem negro encarou o Conde sem entender, afinal, ele deveria estar morto.

— Agora sabem que Láureo mentiu. Estou vivo.

Vladmir se aproximou, o outro lobo latiu e rosnou afastando-se da espada. Ele girou a lâmina decapitando o homem negro.

O outro lobo correu voltando para a floresta, Vladmir virou-se vendo Alder e Velcan segurando Marcus.

— Deixe-o — falou agora que não havia perigo.

Dimitri e Carla do alto da varanda observaram a cena. Marcus estava nu se retorcendo no chão, Alder e seu filho observavam a transformação. Os pelos começaram a crescer tomando o corpo do rapaz, a pele se desprendeu do corpo deixando sangue escorrer no chão de pedra. Os braços se enrijeceram com os músculos e mais pelos. O rosto redondo esticou-se formando um focinho. Marcus transformava-se em um lobo cinza escuro, de olhos castanhos.

Carla achou o animal lindo, logo, Alder e Velcan transformaram-se novamente. Um quarto homem surgiu retirando a roupa. Tristan parou à frente do pai, massageou a orelha do animal e correu pelo pátio saltando em seguida. Em pleno ar, o corpo de Tristan se transformou em um animal branco com uma linha negra nas costas. Era o inverso de Alder. Seria bom correr com os lobos à espera de seu filho que estava prestes a nascer. Dimitri e Carla estavam extasiados com a cena, logo um uivo ecoou na floresta. Eram os outros lobos de Alder.

Os animais correram, Marcus ficou parado olhando a lua, Velcan rosnou para ele chamando-o, em questão de segundos haviam desaparecido em meio à floresta. Dimitri saiu da biblioteca indo na direção de Vladmir que no pátio, observava a lua, a espada em sua mão refletia sua luz.

— Agora eles sabem que estou de volta. — Vladmir o encarou. — Precisa tirar Carla daqui — falou sério —, talvez possamos encontrar uma casa fora do campus, deixamos um lobo de estimação. — Riu.

Dimitri ficou pensativo.

O vento aumentou de intensidade anunciando uma chuva, ao longe eles podiam ver os raios clareando as montanhas. Vladmir achou estranho o rumo que a tempestade estava tomando, estava vindo diretamente até eles.

Lisara.

— Dimitri pegue Carla e Sabine, saiam daqui! — ele gritou em meio ao som do vento forte. — Avise Thamina e...

Dimitri havia se afastado do Conde devido ao vento, ao vê-lo calado se desesperou. Uma estaca estava atravessando o seu corpo. Dimitri correu até ele, mas um homem surgiu sustentando o corpo de Vladmir. Totalmente de branco, Tennet Lisara controlava os ventos de tempestade, surgiu em meio à uma nuvem de fumaça trazia pelos ventos. Vladmir gritou de dor.

— Infeliz! — Tentou retirar a estaca, mas ela estava no centro de suas costas. — Eu adorava este terno.

Tennet gargalhou, Dimitri estava em defesa, presas à mostra, rosnava para o homem. Ele o encarou dizendo:

— Chega desse teatro — um trovão seguido de um relâmpago clareou o pátio —, tudo acaba onde tudo começou.

— Dimitri…

A voz de Carla chamou a atenção do rapaz que virou-se vendo-a na entrada do chalé.

— Carla, vai para dentro — ele gritou em meio à chuva que se iniciava.

Dimitri virou-se para Tennet que segurava Vladmir.

— Faça sua escolha rapaz — o corpo do vampiro e de Vladmir começaram a desaparecer em meio a uma fumaça branca —, a vida de Vladmir, por uma vida ao lado dela. — A voz do homem sumiu em meio à chuva.

Castelo de Bran — No outro dia

— Ahhhhhhhhhhhhhhhhhhhhhhhhhhhhhh!!!

O grito de Vladmir fazia Alira sorrir.

— Bruxa!

— Fechem.

Ela falou olhando para o alto, o teto se moveu tapando a entrada do sol, Vladmir ofegante sentia seu corpo se regenerar. Protegida da luz do sol ela observava o homem, caminhou ao redor do salão com uma expressão de alegria no rosto.

— Pode abrir! Eu sentia falta das torturas que Vladislau empregava aqui.

Vladmir começou a ofegar. Um vampiro loiro puxou uma corrente no fundo do salão, as engrenagens começaram a rodar e o teto se abriu novamente. O primeiro feixe de luz foi certeiro nas costas de Vladmir que gritou novamente.

Gargalhou.

— Vadia — Vladmir falou engasgando-se —, cretina! — Estava fraco, ouviu a voz de Alira.

— Pode fechar. Ele não vale de nada morto.

— Chega Alira! Leve-o para a prisão no calabouço, logo nossos convidados chegarão.

Láureo surgiu no salão. As grandes portas de madeira se fecharam atrás dele. A vampira fechou a cara, não gostava de receber ordens. Ela encarou o vampiro loiro e falou:

— Leve-o — fungou, aproximou-se de Vladmir sussurrando em seu ouvido —, espero que goste das acomodações.

Vladmir rosnou avançando nela, suas presas à mostra não a deixaram com medo. Ela gargalhou vendo que ele não conseguia tocá-la devido às correntes.

— O grande Conde de Dracul — gargalhou — preso como um animal.

— Vadia!

— Sim Vladmir, eu sou! — Ela agachou-se. — Uma vadia livre. — Gargalhou novamente virando-se de costas. Caminhou até as grandes portas de madeira que se abriram deixando-a passar.

Chalé Dracul — antes

— Eles o levaram. — Dimitri secava o cabelo com uma toalha que fora entregue por Carla. — Os lobos eram uma distração.

— A enfermaria está vazia. — Todos olharam Tristan. — Levaram Ayia e Sabine.

Com as mãos na cabeça ele se sentou no sofá.

Dimitri ficou pensativo, encarou Thamina que estava no canto direito, próxima da janela ao lado de Bruce.

— Temos que ir até Bran e resgatá-lo...

— É arriscado — Bruce falou interrompendo Tristan. — Bran é fortemente protegida e o acesso é limitado pela ponte, estarão desprotegidos. E não sabemos se foram eles que as levaram.

— Onde acha que minha esposa foi, humano? — Tristan se levantou avançando em Bruce com raiva. — Ainda não entendi o que você e o repórter ainda fazem aqui...

— Tristan! — Dimitri falou sério. — Iremos encontrá-la! — O lobisomem relaxou.

— Temos mais lobos. — Alder falou olhando Marcus que conversava com Velcan. — E vampiros que se aliaram, aqueles irmãos Nicollay e Ellay podem ser úteis.

— Mas não podemos simplesmente sair e invadir um castelo. Até chegarmos a Bran o sol estará a pino. Estamos atados.

Dimitri levantou-se do sofá em que estava, caminhou pela biblioteca para depois fechar a janela, a chuva estava passando. Desabou no sofá de veludo vermelho onde Tristan estava.

— Na ausência dele, você manda Dimitri — Tristan falou baixo. — E mesmo recebendo ordens suas ou de meu pai eu irei atrás de Ayia e de meu filho.

— Isso é plano de Alira — Thamina falou enraivecida. — Levar Ayia é uma forma de te ferir.

— E é o que ela quer — Alder completou —, nos desestabilizar. Levaram Vladmir, Ayia e Sabine — encarou Dimitri. — Nos querem lá.

— Estamos vendo um ciclo, aconteceu em 1476. — Dimitri mantinha a cabeça entre os joelhos. — Vladislau morreu no campo de batalha, fora morto pelos Turcos.

— Lisara — Alder completou.

— Turcos e Valaquianos, uma rivalidade antiga. — Dimitri se levantou e ficou caminhando de um lado para o outro. — Vladislau retornou dos mortos, tornou-se oficialmente Drácula, filho do diabo.

— Casou-se com uma Turca — Tristan falou recebendo olhares de todos —, sim gente, Alira é Turca.

— Uma união pelo casamento — Dimitri falou próximo da lareira. — Uma tentativa de parar com as guerras.

— Mas a guerra se tornou oculta — Tristan falou com um livro nas mãos. — Vampiros, se tornaram uma praga.

— Os filhos reinaram. — Alder começou a ligar os pontos. — A guerra tornou-se superficial.

— Alira começou a ter ciúme das noivas. — Tristan folheava o livro. — Transformou os Lisara. — Está tudo nos livros de Harker.

— Meu ancestral era bem observador, relatou tudo sem dizer nada. — William surgiu em meio ao grupo. Dimitri o encarou com raiva. — Só vim aqui para dizer que a polícia encontrou sete corpos muito carbonizados na Dracul.

— Envie alguém para cuidar disso — Alder encarou Velcan —, mais alguma coisa, Harker?

— Se tudo isso é um plano dos Lisara, quero saber porque matar minha mãe fazia parte do plano. — Harker encarou a todos. — Os Harker...

— Eram pesquisadores, matar um Harker é destruir a história — Thamina falou sentada no sofá ao lado de Bruce. — Sua mãe poderia ter informações sobre a traição.

— É meu direito...

— Já chega! Sei o que vai pedir, e a resposta é não.

Dimitri falou alto. O silêncio tomou conta da biblioteca, do lado de fora a chuva cessara.

— Dimitri, acredito que você deva usar aquilo. — Bruce apontou para a armadura exposta na passagem secreta.

Dimitri engoliu em seco caminhando até a armadura, o metal reluzia de tão polido. O dragão no peitoral era cravejado de pedras preciosas. Ele sorriu virando-se para os outros.

— Não usarei isso. — Bruce o olhou confuso. — Mas levaremos conosco.

— Quase cinco séculos e você parado no tempo. Poderia ser um homem influente no governo, definir o rumo de cidades, quiçá países, mas não. Você ainda quer a Valáquia.

Vladmir ironizava Tennet Lisara que o observava por entre as grades da prisão. Riu.

— Você se parece muito com Vladislau, inclusive na arrogância próximo da morte.

Lisara aproximou-se da luz deixando ser visto.

Era um homem alto, de pele morena e cabelos longos. O terno que usava era impecavelmente branco, de um corte nobre, caimento ideal para um homem do porte de um lutador. Tennet sorria demonstrando as presas amareladas, Vladmir o encarava sério, levantou-se sentindo as costas arderem, apesar de cicatrizadas, as queimaduras ainda iriam lhe incomodar.

— Meus lobos irão vir me salvar.

Vladmir aproximou-se da grade. Tennet sorriu afastando-se.

— Você não passa do meio dia.

Vladmir ignorou, sentou-se no banco de pedra preso em seus pensamentos, incomunicável e fraco, não é uma boa vantagem.

Alira estava em seus aposentos, seu antigo quarto recebera um upgrade depois da reforma. Uma grande televisão estava presa na parede, os móveis, aqueles que o incêndio não danificou, foram reformados e envernizados, ela se deitou na cama de dossel sorrindo, estava de volta. Tudo o que sempre quis, o glamour e poder, e ela era a única.

A porta se abriu e Tennet adentrou no quarto fechando-a atrás de si, afrouxou a gravata retirando-a rapidamente, desabotoou a camisa encarando a mulher sobre a cama.

— Quantas vezes sonhou em me ter nesta cama? Com Vladislau nos corredores.

Alira sorriu vendo-o se despir. — Gargalhou.

— Com todos ouvindo. — Ele começou a subir na cama. Beijou seu pé, tocou sua pele branca fazendo-a arfar. — Quatrocentos anos para te sentir novamente, minha Condessa.

Ela sentiu a mão de Tennet subir por entre suas coxas, ele beijou sua barriga fazendo-a retirar a camisa negra que usava deixando seus seios fartos à mostra. Alira ficou de pé na cama despindo-se vendo o homem beijar suas pernas, ao vê-la nua, Tennet a puxou fazendo-a gritar, ele girou sobre ela beijando-a de forma gentil, mas com vigor. Sua mão voltou a acariciar entre as coxas, subindo e descendo deixando-a louca. Ele sentiu a mordida em seu ombro, fazendo-o se excitar ainda mais, Alira sentiu-o dentro de si.

— Nós vencemos — ela falou em seu ouvido, arranhou suas costas sentindo-o aumentar a força das estocadas. — Finalmente...

O sol iluminava toda a Romênia, Dimitri e os vampiros estavam protegidos dentro de um furgão estacionado em uma estrada abandonada na floresta. Velcan e os lobos observavam o perímetro, o castelo estava silencioso, com a ausência de lobos sua única proteção estava no interior da fortaleza longe do sol.

— Devemos ser rápidos. Sou resistente ao sol quando me transformo, mas isso não me impede de incinerar no ar.

Dimitri falou encarando a todos.

— Posso levar um de cada vez — Ellay falou sério —, vai ser quente, mas chegaremos à entrada.

O vampiro sorriu. Sua velocidade era um trunfo que os inimigos não cogitavam.

— A porta está fechada — Alder falou pelo rádio —, seus morcegos terão de arrombar, Dimitri.

— Tudo bem! Vou precisar de tempo para recuperar as minhas forças, então fiquem perto. E levem a armadura.

Dimitri se aproximou da porta do furgão, Velcan estava do lado de fora pronto para fechar as portas no exato momento em que o último morcego passasse. O vampiro respirou fundo, sentiu seu corpo formigar, os outros esperaram pela explosão. Foi rápido, o furgão lotou-se de animais voadores, o som de palmas dos guinchados dos morcegos era ensurdecedor, logo a porta de abriu com força.

Ellay pegou o primeiro vampiro e desapareceu, logo a nuvem de morcegos alçou voo tornando-se fumaça com o toque do sol. Dimitri conseguia enxergar tudo, sentir tudo, todos os sons da floresta para ele eram tão nítidos que se impressionou ao conseguir ouvir as vozes dos alunos entrando no campus a quilômetros de distância. Escutou os corações batendo, a vida pulsando em suas veias.

Velcan estava chegando à porta de entrada, Ellay e o primeiro vampiro estavam parados em uma sombra precária, fumaça saía de seus corpos. Os morcegos giraram e desceram com tudo escurecendo o céu e bloqueando o sol.

O turbilhão assolou a paisagem e em uma velocidade surreal atingiu a porta estourando-a. Ellay se prontificou a pegar os outros vampiros, os morcegos adentraram no castelo, giraram no alto do salão de entrada e caíram no centro formando uma espiral. Dimitri saiu do meio dos morcegos que se transformavam em fumaça, seus braços e rostos estavam vermelhos, queimados pelo sol.

— A primeira parte foi fácil.

Dimitri aproximou-se da porta vendo os lobos cruzarem a ponte. Tomou um pouco de ar, mesmo que não fosse necessário, mas o desgaste físico parecia maior ao se transformar.

— Vamos — Tristan falou subindo as escadas —, logo eles descobrem que nós entramos.

— Vladmir não está lá em cima — Dimitri fechou os olhos ouvindo todos os sons —, lá embaixo, no calabouço.

Os lobos e os vampiros seguiram Dimitri, mas Tristan ignorando as ordens continuou subindo as escadas. O lobo caminhou chegando ao grande corredor, observou ao redor farejando o ar. Ela estava lá, era isso que ele queria.

CAPÍTULO 27
Quando é do mais alto lance

— Sabe que ninguém entrou no chalé, não sabe? — Alder falou baixo.

O grupo descia as escadas seguindo Dimitri. Ellay segurava uma bolsa de couro nas costas onde guardava as peças da armadura. Velcan olhou para o fim do grupo, no total doze lobos e quatro vampiros, notou que Tristan não os acompanhava.

— Os lobos foram uma distração, Tennet Lisara foi uma distração maior. Ninguém entrou e pegou Ayia.

Dimitri falou de forma séria.

— Se está ciente disso, me pergunto o que fará — Alder o olhou — Sabine é esperta e…

— Eu farei o que for certo. — Dimitri o encarou. — Não tenho nada com ela que me impeça de matá-la.

Em sua mente pensamentos desconexos, negação em meio à aceitação de uma possível traição.

Tristan já havia caminhado por quase todo o primeiro andar, preparou-se para subir ao próximo quando um choro de bebê o alertou. Era um choro fraco, abafado, ele farejou o ar sentindo o perfume de Ayia. Retornou pelo corredor encaminhando-se para o salão de jantar.

A grande porta estava fechada, novamente o choro infantil se fez presente, agora um pouco mais forte. Tristan empurrou a porta com força, os olhos amarelados prestes a se transformar, mas não o fez. Parou perante a cena.

— Podemos fazer isso da forma mais fácil — Láureo falou sentado no trono — para você e para eles.

Tristan estremeceu ao ver a lâmina de prata a milímetros do rosto do seu filho recém-nascido, Ayia estava com ele entre os braços, seus olhos estavam vermelhos e a pele de seu rosto já aparentava os primeiros sinais da infecção por prata. Ele deu um passo à frente.

— Se eu fosse você não faria isso — Láureo saiu do trono encaran-do-o —, vocês acharam que não seriam descobertos? — O velho sorriu. — São tão previsíveis.

— Se somos previsíveis por que manteve um espião entre nós? — Tristan olhou para a mulher que segurava a lâmina.

Sabine engoliu em seco, estava com a roupa rasgada nos ombros e costas, possivelmente Ayia lutou antes de ser raptada. A negra exibia o cabe-lo afro solto em cachos brilhantes. Tristan olhou para Ayia, afastou-se ficando próximo de uma pilastra e viu duas algemas de prata fixas no concreto.

— Se rebaixou tanto que vai fazer com que eu me algeme — ele falou baixinho, sentou-se no chão pegando a primeira algema, a prata fez sua pele arder. — Dimitri ficará decepcionado.

— Quando o amor é do mais alto lance, não existe confiança. — Sabine afastou a espada de prata da criança, Ayia abraçou o filho. — É um menino — a negra falou caminhando pelo salão.

— Quem é você? — Tristan começou a sentir os efeitos da prata.

Sua pele ao redor dos pulsos enegreceu, o gosto acre da prata em sua boca o deixou enjoado.

Ela o olhou e falou:

— Sou aquela que ninguém lembra.

Tristan estava de cabeça baixa, sua memória voltou a tempos antigos, uma valsa tocou em sua mente e ele ergueu a cabeça encarando a mulher. Ela se curvou e sorriu, aquele sorriso, aquele olhar. Era ela.

***

— Vladmir! — Dimitri o chamou por entre as grades.

— A loucura é algo que está no sangue — Vladmir falou abrindo os olhos.

Estava deitado na cama de pedra, virou-se encarando o rapaz, rapidamente ele se levantou notando a queimadura no rosto de Dimitri.

— Luz do dia...

— Sua vida meu irmão — Dimitri o abraçou por entre as grades —, parece que Thamina estava certa...

— É — Vladmir suspirou —, eu senti a presença de Sabine assim que acordei.

— Sei que a reunião está linda, mas não temos tempo. — Alder segurou as grades e as forçou.

O urro animal que saiu da garganta do homem impressionou Dimitri de tal forma que ele permaneceu boquiaberto ao ver Alder abrir as grades. O espaço foi suficiente para Vladmir passar, ele olhou suas roupas, estavam sujas de sangue e fétidas. Ellay retirou a mochila das costas e entregou a Vladmir dizendo:

— Sua roupa de gala, meu senhor. — Sorriu.

Vladmir abriu a mochila e encarou a todos.

— Será a caráter então?

— Vigiem o corredor — Dimitri falou com os lobos —, venha Vlad, vou te ajudar com isso.

Chalé Dracul

Carla caminhava de um lado para o outro, estava nervosa com a missão de resgate, as coisas que viu e ouviu, tudo era loucura. Sozinha na biblioteca ela sentou-se na poltrona de Vladmir, pegou um dos livros sobre a mesa repleta de papéis e pergaminhos, ao abri-lo notou ser um álbum de fotos, muitas delas estavam amareladas e antigas.

— É a linhagem dos Draculea.

Uma voz fraca, quase sussurrada, falou próxima da jovem. Ela virou-se assustando-se com o velho corcunda que a observava, ele se curvou.

— Igor — sorriu mostrando os dentes amarelados —, ao seu dispor.

— Carla — ela se acalmou sorrindo.

— Mestre Dimitri disse para lhe servir quando precisasse.

Igor manteve-se de cabeça baixa.

— Estou com um pouco de fome... — ela suspirou fechando o álbum de fotos —, mas estou preocupada demais para comer.

— A senhorita tem que comer. — Igor se encaminhou para fora da biblioteca. — Igor trará algo, se precisar, é só gritar. — Roendo os dentes e mancando, o velho Igor saiu.

O serviçal afastou-se da jovem mancando lentamente, Carla notou um papel cair das vestes do homem, ela se levantou pegando o papel, olhou-o espantando-se.

— Isso pertence a Igor! — o serviçal rosnou avançando sobre a jovem.

— Igor! — Thamina falou antes que ele a atingisse, — Afaste-se!

— Senhora Thamina, ela pegou! — Igor apontou o dedo na direção da jovem, sua unha grande quase tocando no rosto de Carla. — Pertence a Igor, pertence! — rosnou raivoso.

Thamina adentou na biblioteca pegando o papel das mãos de Carla, Igor resmungava. A vampira analisou notando ser uma fotografia. Em silêncio a mulher ajeitou as mechas negras de seu cabelo, aquela fotografia poderia mudar tudo.

— Igor! — Ela ficou sem ar. — Igor, Vladmir e Dimitri correm perigo.

— Igor prometeu, ele ia matar Igor.

O velho afastou-se recostando-se na parede como se procurasse abrigo.

— Igor, você tem que ir para o castelo — Carla estava tensa —, Dimitri pode ser morto.

— E Vladmir. —Thamina olhou a fotografia amarelada.

A imagem mostrava Drácula sentado no trono, ao seu lado as três noivas sorriam de forma singela, atrás deles, serviçais, membros da corte. Van Helsing e Alder, era possível notar de mãos dadas, meio que discretamente, no canto direito Láureo e Sabine exibindo um sorriso nefasto.

Castelo de Bran

Seguindo em direção à saída o grupo foi surpreendido por Tennet Lisara que os esperava no hall de entrada. O homem estava vestindo sua usual roupa branca, o terno impecavelmente alinhado transmitia pureza, o olhar mordaz e despreocupado se equilibrava com a espada que ele trazia nas mãos, o objeto transformava a visão de anjo em um espécime raro de animal feroz, prestes a atacar.

— O grande Conde de Dracul! Incrível, a genética de sua família é perfeita.

Sorriu lembrando-se de Vladislau.

— Saia de nossa frente, iremos embora pacificamente. — Vladmir se colocou à frente do grupo. — Essa briga acabou há quinhentos anos.

A armadura sobre seu corpo lhe dava uma imponência necessária para liderar o grupo. A capa negra fora dispensada, deixando o metal dourado moldar o corpo de Vladmir. Os cabelos alinhados e o olhar sério faziam da cena uma linda pintura dos quadros do chalé. Lisara reconhecia a referência, Drácula pronto para a batalha e seus seguidores.

— Você que pensa Vladimir. — Tennet ergueu a espada.

Do alto da escada, das laterais do salão, surgiram guardas travestidos de negro com a usual gravata vermelha, o grupo se viu cercado.

— Como pode ver, estão cercados — ele sorriu —, me acompanhem.

Os guardas aproximaram-se dos lobos que rosnaram, Alder ergueu a mão direita com o punho fechado, logo seus aliados se controlaram. Vladmir acompanhou Tennet sendo seguido por Dimitri, subiram as escadas e seguiram para o salão de jantar.

— Eu jurei acabar com a linhagem dos Draculea, agora todos estão aqui. — Tennet deixou-os adentrar no salão seguidos de seus guardas. — É estranho, não é, e vocês achando Alira a vilã da história.

Gargalhou.

Sentados em seus respectivos tronos, Láureo, Sabine e Alira estavam sérios, a líder da fraternidade se levantou dizendo:

— Bem-vindos — sorriu maliciosamente —, bem-vindos a Dracul.

Dimitri encarava Sabine com ódio no olhar, ele virou-se para o canto esquerdo do salão vendo Tristan e Ayia acorrentados, nos braços da mulher um bebê recém-nascido.

— Hoje acabaremos com as linhagens dos Helsing e dos Draculea — Alira sorria —, demorou um pouco, irmã.

— Irmã? — Dimitri questionou confuso.

— Dimitri, não seja lento. — Sabine se levantou.

— Ela é uma noiva — Vladmir falou encarando Láureo. — Noiva de Láureo.

A

F

R

A

T

E

R

N

I

D

A

D

E

CAPÍTULO 28
Os Segredos de Igor

Bran, muito tempo atrás

Igor gritava e chorava ao ver o corpo de Vladislau empalado pela estaca de madeira, ele caminhou gritando e chamando pelo mestre, ao chegar no salão de jantar, a carnificina que ceifara as noivas e serviçais o deixou atordoado. Aproximou-se do corpo inerte de Alira notando uma espada brilhante em seu peito.

— Ela matou as noivas. — Láureo surgiu no salão vindo de uma passagem secreta. — Ela armou tudo.

— Lady Alira não poderia…

— Pois ela pôde, e fez. Consegui salvar minha bela Sabine antes que ocorresse o pior.

Láureo ajudou uma mulher a sair da passagem.

— O que faremos?

Igor olhou ao redor. O exército lá fora se preparava para invadir.

— Vamos abandonar o castelo — Láureo falou olhando o corpo de Alira, notou um leve movimento nos dedos da mulher. — Para o chalé, chame os lobos e vamos. Agora!

Igor desapareceu percorrendo o castelo à procura de vampiros e lobos que estivessem se escondendo. Aproveitando o momento, o serviçal foi até seus aposentos revirando os seus pertences. O corcunda encontrou as fotografias que tirava das ocasiões especiais, logo as guardou em seu bolso e desapareceu.

As fotos eram uma prática nova ao velho vampiro, um amigo humano, Joseph Niépce[7] que lhe ensinou a capturar imagem através da fixação de luz. Igor aprimorou o instrumento, haja vista que funcionava com luz do sol, criando um dispositivo que iluminava o ambiente e capturava a imagem, foi, durante muito tempo a forma de imortalizar bailes, festividades e momentos da família draculea.

No pátio, Alder e Tristan lutavam lado a lado contra o exército Turco, ao ver os vampiros fugindo os Van Helsing uivaram chamando os outros lobos, correram na direção de Láureo.

O corpo de Van Helsing soltava fumaça devido à adaga de prata em seu peito, Alder chorou perante o corpo do pai, Tristan não derrubou uma única lágrima ao ver o avô morto. Láureo conduziu os sobreviventes juntamente com a proteção dos lobos.

No chalé Igor recebia a todos, vendo os rostos tristes dos Van Helsing constatou o pior. Com a mãos dentro do bolso, ele sentia a fotografia que mais lhe agradava, retirou-a com cuidado para que ninguém notasse. O sorriso do Conde e a seriedade de Van Helsing no dia em que os acordos foram assinados ficariam em sua mente para sempre.

— Igor! — Carla aproximou-se do corcunda. — O que você não pode contar?

O velho rosnou, Thamina manteve-se perto na intenção de impedir qualquer ataque do vassalo.

— Mestre Láureo. — Ele ficou em silêncio. — Mestre Láureo nunca contou ao Conde sobre Sabine, Igor sabia. Igor via tudo. — Ele sorriu.

Thamina e Carla se olharam.

— Ela servia o castelo, foi transformada por Láureo para servi-lo. — Thamina cruzou os braços. — Quando chegamos ao chalé, mestre Láureo queimou todas as fotografias de Igor.

---

7   O primeiro inventor a obter a uma imagem fixada pela ação da luz (que é o princípio da fotografia) foi o francês Joseph Nicéphore Niépce (1765-1833)

Carla se compadeceu do pobre homem.

— Proibiu Igor de guardar o passado — o velho encarou Carla —, mandou matar Lucy Harker, pois ela tinha as mesmas fotografias. Matou Joseph, Mestre Láureo contra a história, Milady, ele pode moldar a verdade. Nada que conhecemos é real, todos estes séculos, mestre Láureo controlou tudo.

Thamina olhou para a porta vendo Nicollay entrar.

— Avise Harker que descobrimos o que ele procura — ela suspirou —, prepare um carro, vamos para Bran.

— Mas está sol milady… — O vampiro a olhou confuso.

— Nunca devemos ter medo daquilo que nos mata — Thamina encarou Igor —, você vem comigo.

Olhou Carla nervosa, suspirou e falou por fim:

— Desculpe menina, mas o que ouvirá pode ser forte.

Carla sentou-se no sofá.

— Dimitri precisa ser salvo, Igor, sabe o que ele sente por Sabine. — Os olhos de Carla se arregalaram com a revelação.

— Desculpe milady, mas Igor só obedece aos Draculea. — O corcunda sorriu.

Carla pousou a mão em sua barriga e falou:

— Em nome do filho que carrego — ela suspirou encarando Thamina —, salve Dimitri e Vladmir.

Igor se curvou dizendo:

— Sim, milady. — Desapareceu em uma fração de segundos.

Carla permaneceu olhando a parede vazia, piscou algumas vezes temendo que sua visão a estivesse enganando, a jovem encarou Thamina suspirando longamente.

— Agora, senhora Thamina — ela se levantou —, o que Dimitri sente por Sabine?

Acorrentados e expostos ao sol, essa era a pena de morte a um vampiro insurgente. Vladmir já havia sentido as dores da pena, mas desta vez seria fatal. Ellay fora o primeiro a ser amarrado na pilastra de concreto, ele encarou a todos sabendo de seu fim.

— Não deixem Nicollay fazer besteira — engoliu em seco —, ele é muito impetuoso.

Vladmir meneou a cabeça concordando, Dimitri fechou os olhos assim que o homem do outro lado do salão começou a puxar a corrente que movimentava as engrenagens, o vampiro começou a respirar ofegante assim que a enorme claraboia se abriu deixando a luz do sol entrar, o grito de dor fez com que Dimitri estremecesse, ao abrir os olhos viu o corpo carbonizado do vampiro, as presas à mostra. Fumaça saía subindo aos céus.

Vladmir fez o sinal da cruz encomendando a alma do pobre rapaz, Dimitri o imitou.

— Quem será o próximo?

No salão de jantar Tristan estava fraco, Láureo ignorava sua presença, mas o choro de seu filho incomodava o ancião. O velho levantou-se de seu trono com a espada em mãos, encarou Ayia dizendo:

— Faça-o parar ou eu o matarei…

— Afaste-se do meu filho! — Tristan gritou rosnando.

— Não tem forças para salvá-lo, Van Helsing.

Láureo baixou a lâmina na direção de Aiya.

Tristan gritou, a jovem se agarrou ao pequeno bebê, a lâmina de Láureo parou milímetro antes, o ancião gritou cambaleando para o lado. Tristan chorava de olhos fechados pensando no pior, ao escutar o choro de seu filho abriu os olhos vendo Igor com uma estaca de madeira nas mãos, sangue manchava a madeira marrom pingando no chão tingindo o mármore.

— Seu… — Láureo estava tateando suas costas. — Você deve me

servir!

— Igor serve aos Draculea — encarou Tristan —, e aos Van Helsing. — Colocou-se à frente de Ayia.

— Miserável! — Ao dizer isso Láureo avançou sobre Igor que desapareceu rapidamente. — Guardas! — ele gritou raivoso.

Dimitri caminhou na mira das espadas dos guardas de Lisara, encarava Sabine com ódio no olhar. Ela e Alira se protegiam do sol na companhia de Tennet que sorria alegremente.

— Nunca foi tão fácil matar um Draculea.

Lisara gargalhou, Alira o seguiu enquanto Sabine e Dimitri se encaravam.

Dimitri foi preso na pilastra, Alder e os outros lobos mantinham-se no canto oposto acorrentados com correntes de prata, Vladmir não tirava os olhos de Tennet, o silêncio era mordaz somente a respiração de todos tentava, sem êxito, quebrar a sensação de morte e dor. O homem do outro lado do salão começou a puxar a corrente, Vladmir sentiu algo de estranho no ar, sorriu notando que Dimitri também sorria.

Vladmir viu as algemas de Dimitri se abrirem, o rapaz as segurou para que os outros não notassem.

— Eu gostaria de dizer algo antes de morrer.

Alira ergueu a mão impedindo o homem de abrir a claraboia. Todos observavam Dimitri.

— Fale logo, moleque! — Tennet aproximou-se da pilastra.

Dimitri o encarou e sorriu dizendo:

— Igor! — liberou suas mãos das algemas e saltou sobre Tennet.

Alira e Sabine encararam Vladmir e os outros vampiros que jogavam no chão as algemas que os prendiam, logo os guardas irromperam contra eles. Igor surgiu à frente de Alder.

— Mestre Van Helsing.

Sorriu soltando uma chave no chão.

A velocidade de Igor era algo incrível, sem ser visto ele libertou a todos, Dimitri esmurrava e mordia Tennet, rasgando seu terno branco. Alira e Sabine correram sendo protegidas pelos guardas de Lisara. Velcan foi o primeiro a se soltar, correu atrás das duas, mas parou ao ser ameaçado com uma lança de prata.

— Não vai passar, cachorro.

O vampiro de gravata vermelha o encarou mirando a lança em seu peito.

Velcan tornou-se lobo, sua roupa negra rasgou-se revelando o animal enfurecido dentro de si. O vampiro avançou, mas o lobo fora mais rápido, desviando a lança e mordendo-a em sua extensão. O vampiro saltou para traz, mas não com velocidade suficiente, Velcan o mordeu na perna puxando-o para si, rosnou em seu rosto babando sobre a cara do homem que gritava de medo.

A mordida na jugular fez sangue espirrar para todos os lados, Velcan largou o corpo inerte no momento em que Alder e os lobos correram para fora do salão atrás das mulheres.

Vladmir matou o último guarda vendo os lobos prosseguirem, virou--se vendo Dimitri ser dominado por Tennet, o Conde recuou.

— Não existe vitória aos Draculea — ele gritou forçando o braço de Dimitri para traz —, verá ele morrer.

Dimitri olhou para cima notando que estavam abaixo da claraboia, Vladmir circulou o salão chegando próximo da corrente que abria a passagem de sol.

— Se puxar esta corrente, ele morrerá queimado — Tennet sorriu —, mataria seu irmão para se vingar?

— Faça! — Dimitri falou sério.

Vladmir suspirou confiando nas habilidades de Dimitri e segurou a corrente.

— Fazer isso só lhe trará dor Vladmir! — Tennet estava tenso.

— A dor é essencial. — Vladmir fechou os olhos puxando a corrente.

O feixe de luz foi certeiro, Tennet gritou sentindo seu corpo queimar, tentou correr largando Dimitri, mas notou que o rapaz não estava mais lá, se viu cercado de morcegos que o impediam de sair da luz. Seu corpo perdeu forças queimando lentamente, o terno branco incinerou-se em instantes enquanto o corpo queimava de dentro para fora. Os morcegos começaram a virar fumaça, Tennet caiu de joelhos vendo os morcegos se juntarem um a um em um canto escuro do salão, protegidos da luz.

Gargalhou ao ver Dimitri carbonizado caído no chão para depois cair esfarelando-se enquanto queimava.

Vladmir correu até o rapaz, estava muito queimado.

— Louco!

Falou mordendo seu próprio pulso deixando sangue cair em sua boca.

— Vou ficar bem — falou com dificuldades. Vladmir o fez se sentar, encostou seu pulso na boca do rapaz sentindo-o sugar seu sangue. — Sabine…

— Será pega — Vladmir notou a preocupação nos olhos do rapaz —, o que decidir será feito.

Capítulo 29
O certo a ser feito

Láureo se reestabelecia não muito longe de Tristan e Ayia, o lobiso-mem já estava livre, graças à velocidade de Igor, mas esperava a hora certa para agir. O ancião encarou a porta do salão que se abriu de forma abrupta. Alira e Sabine correram até ele assustadas.

— Igor — ele falou vendo que Sabine analisava o ferimento em suas costas.

A negra enfureceu-se pegando a lâmina de Láureo, caminhou até Ayia na intenção de feri-la. Tristan saltou sobre a mulher desarmando-a, tornou--se lobo arranhando o braço da negra.

— Acabou Sabine — a voz de Dimitri fez com que todos olhassem para a porta.

Suas roupas estavam queimadas, mas a pele estava se regenerando, Vladmir usando a armadura de Vladislau caminhou pelo salão, abaixou-se pegando a espada brilhante que Láureo havia usado.

Sabine saltou na direção de Dimitri, Vladmir afastou-se impedindo os lobos de interferirem. O jovem vampiro recebeu um golpe no rosto quei-mado, a marca das unhas de Sabine tingiram sua pele, Dimitri se tornou fumaça, alguns morcegos surgiram, logo ele a abraçava pelas costas imobi-lizando-a.

— Ficaremos nisso pela eternidade.

Empregou força em seu abraço fazendo-a arfar.

Ao lado dos Draculea lobisomens preencheram o salão rosnando e latindo. Alira tentou correr, mas Tristan saltou pegando-a pelo pescoço, a arrastou até os pés de Vladmir.

— Alira de Montmartre, Agatha di Merci, Bella Arieta. — Sorriu. — Alira Sangê. Quais desses devo usar?

Ele suspirou vendo o pescoço ferido da mulher se curar. Encarou Dimitri que mantinha Sabine sob controle.

— Eu prometo, juro! — Encarou Vladmir. — Irei embora...

— Chega! — Vladmir gritou.

Enquanto Alira rastejava por clemência, Láureo mantinha-se sentado sendo observado pelos lobos, Dimitri soltou Sabine fazendo-a se sentar no chão de mármore.

— Por que eu? — Dimitri analisou o ferimento causado por Tristan, a negra olhou o rosto do rapaz marcado. — Me ajudou, me fez ver esta minha condição de outra forma. — Suspirou.

— Existe algo em você que chamou a atenção. — Ela sorriu de canto. — Mas estou presa a eles.

— Não se faça de santa Sabine. — Alira se levantou sabendo de Vladmir não cederia às suas súplicas. — Esteve conosco desde o início. Vigiando a todos, muitas vezes impedindo-o de encontrar os corpos.

Vladmir a olhou incrédulo.

— Fundamos a Dracul.

Ela gargalhou. Sabia que não haveria escapatória e contar tudo era a alternativa.

— Fiz o que achei certo. — Sabine se levantou afastando-se de Dimitri. — Você queria viver, a fraternidade era seu ninho.

— Matar adolescentes não é um bom cardápio — Velcan falou de forma calma. — Você não é má, muito menos avessa a lobos. — Lembrava-se do passado distante onde teve momentos íntimos com Sabine.

A mulher sorriu encarando Alder.

— Seu pai pediu que eu o seduzisse — Alder encarou o filho envergonhado —, obviamente sabendo que você é gay.

— Não estamos aqui para falar mal um do outro. — Vladmir encarou Alder e suspirou. — Essa fraternidade se liquida aqui.

— Desculpe Vladmir, o mundo evoluiu muito e sei que contra isso não existe retorno.

Láureo se levantou aproximando-se do Conde, enfiou a mão por dentro de sua túnica retirando um revólver, sorriu de forma insana.

Velcan sentiu o cheiro da bala, era de prata, Láureo puxou o gatilho, todos puderam ver o percurso que a bala seguiu em câmera lenta. No rosto Láureo exibia o sorriso da vitória, Vladmir sentiu o impacto em seu peito, fechou os olhos aceitando seu fim.

O ar ficou rarefeito no salão, Alira arregalou os olhos ao ver o projétil atingir seu destino. Os lobos se transformaram avançando no atirador.

— Mestre! — Igor falou caindo sobre Vladmir. — Igor fez o certo.

Alder e Velcan lideraram o ataque, Láureo foi vítima das mordidas dos animais que o dilaceraram no meio do salão. Os gritos de dor e agonia irromperam o silêncio do castelo, Tristan viu o braço de Láureo ser arrancado por Velcan que com fúria voltava a morder o velho ancião, Dimitri notou que Sabine, assustada, permaneceu parada, com medo de ser a próxima. Igor encarava Vladmir, retirou de seu bolso uma fotografia, entregou-a a Vladmir tossindo sangue.

Demorou para que o Conde entendesse o que aconteceu, ajudou Igor a se deitar no chão de mármore frio do salão. O velho corcunda sorriu para o mestre.

— Igor pode se retirar?

Vladmir suspirou concordando com o servo.

O ponto fraco de todo vampiro é o coração. Uma estaca de madeira, uma adaga ou bala pode matar um ser da noite. Vladmir largou o corpo de Igor no momento que os séculos de vida começaram a cair sobre o homem. Em questão de segundos tornou-se pó.

— Me dê um minuto com ela — Dimitri falou baixo, Vladmir consentiu deixando-o levá-la para fora do salão.

Sabine caminhou sem protestar ou tentar fugir, a negra encarou Dimitri ao entrarem em um cômodo anexo ao grande salão. O jovem vampiro fechou a porta atrás de si e olhou-a dizendo:

— Sabe o que vai acontecer, não sabe? — Ele cruzou os braços.

— Você fica lindo quando finge que entende as coisas. — Ela sorriu. — Dimitri, entenda que por anos eu vi Drácula ser o pior dos líderes, após sua morte, sua primeira morte — ela falou balançando a cabeça —, gerações e mais gerações dos Draculea só souberam matar, lutar pelo trono. Seu pai fez coisas horríveis inclusive se converter à religião turca para não perder o trono. — Ela suspirou.

— Ele era humano...

— E nós precisávamos de um líder — ela falou exaltando-se —, embora Radu Mihnea tenha forjado a carta como Vladmir nos disse, nós sempre procuramos um líder, alguém que entendesse que licantropes e vampiros não podem conviver.

— Veja o que está falando Sabine! Seu ódio pelos lobos é tão pífio, se os odiasse ou iria embora do chalé ou os mataria você mesma.

Dimitri passou a mão nos cabelos, a lateral esquerda de sua cabeça estava queimada, alguns fios de cabelos cresciam lentamente.

— A vontade não deixou de existir — colocou as mãos na cintura —, mas existiu o pacto. Alira retornou dez anos depois intimando Láureo a ajudá-la, ela não poderia voltar, se fizesse isso ele perderia o lugar no Coven, mas aí Tristan tentou matar os vampiros queimando o chalé.

— Foi aí que você notou que ainda existe ódio entre as duas raças — Dimitri falou pensativo —, se viu à beira da morte.

— Você não sabe o que é se ver cercada de fogo e com lobos querendo matá-lo — ela falou ríspida —, cresceu em um mundo onde existe igualdade, ahh, a igualdade proposta por Vladislau e Abraham, uma mentira tão doce que forçou Tristan a matar o próprio avô.

— Ele estava cego de amor por Alira — Dimitri engoliu em seco —, juro que pensei que você era uma pessoa diferente, alguém que eu poderia...

— Amar? — Ela sorriu completando a frase do rapaz. — Dimitri, você tem a sua humana e pequeno herdeiro para cuidar, eu sempre serei uma sombra na sua história.

Ayia abraçou Tristan enquanto Vladmir e Alder levavam Sabine e

Alira para o salão de julgamento. Os vampiros do chalé foram chamados, juntamente com eles três humanos completavam o grupo de expectadores. Carla mantinha-se ao lado de Thamina, mas longe de Dimitri, ela notou que o rapaz não tirava os olhos da bela vampira negra. Quando chegara viu-os surgindo de um aposento oculto. Bruce e Harker observavam Vladmir que puxou Alira até o centro do salão, acorrentou-a na pilastra.

A mulher começou a falar:

— Não adianta me julgar — ela riu —, fiz o que fiz para preservar os vampiros.

— Arquitetou a morte de Drácula — Vladmir falou sério.

Havia se desfeito de sua armadura, usava terno negro sem gravata, as abotoaduras de ouro brilhavam em seus pulsos. Os sapatos engraxados completavam o look moderno.

— Como Conde destas terras eu a sentencio à morte — ele suspirou —, por matar seus iguais, e pela morte de doze humanos.

— Não importa o que falem, todo Draculea está destinado a sofrer — ela encarou Carla —, esta é a função da fraternidade. — Silêncio. — Acabar com reinados, acabar com os Draculea.

Vladmir encarou Velcan que estava do outro lado, o lobisomem segurou a corrente.

— Existirão outros Vladmir, ninguém irá segui-lo cegamente sem questioná-lo — ela sorriu —, você nunca será Vladislau.

As palavras vazias e carregadas de ódio proferidas por Alira não só feriram Vladmir como todos que lá estavam, o herdeiro dos Helsing puxou a corrente com rapidez deixando o sol do início de tarde adentrar no salão, muitos que lá estavam viraram o rosto para não ver a cena, os gritos de dor e agonia proferidos pela mulher ecoaram pelo salão. Foram minutos de dor e angústia, embora seja culpada, para um vampiro, ver outro queimar sempre é doloroso.

Dimitri caminhou lado a lado com Sabine, acorrentou-a na pilastra logo após retirarem o corpo carbonizado de Alira, finalmente Vladislau estava vingado, aquela que lhe causou mal estava morta. Dimitri olhou para Sabine dizendo:

— Posso mudar sua pena — falou tocando-lhe o rosto. A pele morena da mulher estava suja.

Carla enfureceu-se ao ver a cena.

— E perder a mulher que realmente ama — ele sorriu encurtando o espaço entre eles beijando-a. — Faça o que tem de ser feito, no futuro, podemos nos encontrar.

— Impossível.

Ele falou afastando-se da pilastra indo para a parte protegida do sol.

— Nada é impossível quando se ama — ela falou encarando Carla —, não existe barreira, nem para a morte.

Dimitri se afastou indo para a parte protegida da luz do sol.

Velcan puxou as correntes deixando o sol entrar, Sabine não gritou, não chorou, seu corpo se queimou de forma lenta, antes de morrer ela sorriu para Dimitri, que sem poder aguentar, saiu do salão.

Meses depois

— As investigações pararam. — Harker entregava para Dimitri uma pasta. — A explosão na Dracul não foi solucionada e sem Alira…

O repórter permaneceu de pé. A biblioteca estava silenciosa.

— Tudo será esquecido — Dimitri sorriu —, espero que sua viagem de retorno seja calma.

— Também espero — Harker sorriu —, desculpe não poder ficar para o seu casamento. — Notou que Dimitri olhava para a aliança.

— É uma pena mesmo. — Levantou-se pegando sobre a mesinha uma caixa de madeira. — Achamos isso no castelo em um dos quartos que fora ocupado por Tennet Lisara.

Harker o olhou confuso.

— Tudo o que ele roubou de sua mãe — o vampiro sorriu —, nada foi destruído, são fotos, documentos e outros arquivos. Encontramos muito sobre Joseph Nicéphore Niépce, conseguimos montar essa linha do tempo estranha. É um trabalho complicado…

— O Trabalho de uma vida — Harker tocou a caixa —, acredito que irá documentar...

— Bruce já fez isso — falou encarando-o —, pode levar.

— Por que está fazendo isso, é sua história também. — Ele pareceu confuso.

— Na verdade eu não quero mais conhecer a minha família — Dimitri falou saindo da biblioteca. — Prefiro construir a minha.

Na sala de jantar Ellay conversava com Vladmir, a morte de seu irmão ainda o abalava. Observando a conversa, Thamina e Bruce esperavam sua vez para ter sua audiência com o Conde. Dimitri sentou-se à mesa pegando a conversa pela metade.

— Existe uma família em Londres...

Vladmir olhou para Velcan buscando por um nome ou referência, movimentou as mãos buscando auxílio.

— Os Catborn — Velcan sorriu olhando para a janela.

— Isso! Recentemente eles pediram permissão para transformar um jovem humano. Alguém que eles cuidavam desde que nasceu, mas o pobre descobriu estar doente e aceitou ser transformado.

Vladmir pareceu festejar.

— Os vampiros estão aceitando bem as novas leis.

Ellay pegou uma taça de sangue e bebeu.

— Eles precisam de um mentor. — Vladmir encarou Dimitri que estava perdido olhando sua aliança. — O rapaz terá de ser treinado, deverá aprender a controlar seus impulsos.

— E o senhor acha que posso executar tal tarefa?

— Na verdade eu os avisei que enviaria o homem ideal. — Vladmir o encarou.

Desde que tudo fora solucionado, a notícia de que as velhas penas eram utilizadas na atualidade assombrou a comunidade dos vampiros pelo mundo. Vladmir viajava constantemente fazendo alianças com as famílias e mostrando a todos que eles tinham um líder e leis a seguir.

— Tenho um jatinho lhe esperando hoje à noite — Ellay o encarou —, sei que sente falta de seu irmão, mas Londres é seu lar, pode encontrar um meio de recomeçar na sua terra natal.

Ellay levantou-se e se curvou em respeito ao Conde.

— Irei arrumar minhas coisas.

— Ótimo, Alder o levará ao aeroporto, não se preocupe com dinheiro, a conta em seu nome já está abastecida para o primeiro ano.

Vladmir levantou-se afastando a cadeira e abraçou o rapaz, Ellay se despediu de todos e saiu da sala, Thamina suspirou vendo Vladmir se sentar. Dimitri se levantou pedindo licença a todos.

— Dimitri! — O rapaz virou-se para Vladmir. — Não faça nada que possa se arrepender.

Sem falar nada ele saiu indo em direção ao elevador.

— Ele não está nada bem.

Bruce falou recebendo o olhar de Vladmir.

— Ontem ele e Carla tiveram uma discussão. — Vladmir suspirou pegando sua taça de sangue. — Bom, vamos ao que interessa.

— Bruce e eu conversamos com...

Vladmir levantou a mão impedindo Thamina de continuar, Bruce fechou a cara, nunca gostou da arrogância do Conde.

— O pedido de vocês dois foi analisado. — Velcan olhou os três e saiu do aposento, sabia que a conversa não seria amigável. — Mas me admiro que ainda não o tenha mordido.

— Vladmir, por favor, não! — Thamina se levantou.

— Cara, achei que já tínhamos superado isso! — Bruce encarou o Conde.

— Cara? — Suspirou controlando o impulso de matá-lo. — Eu vou aceitar o pedido, mas tenho uma condição.

Vladmir falou encarando Thamina que se mantinha de costas para ele, a vampira observava as estrelas que iluminavam o céu. A grande janela levava a uma varanda ampla, local onde ela sempre ficava quando se chateava.

— Que condição Vladmir? — Thamina virou-se olhando-o de forma séria.

— Que nunca mais coloquem os pés neste chalé. — Thamina arregalou os olhos. — Já é muito para mim te deixar partir com outro, ficar aqui, é demais. — Ele se levantou. — E ainda tem a questão de Dimitri...

Bruce levantou-se junto com ele, aproximou-se de Thamina notando a tensão da mulher.

— Você foi útil para este Coven, Bruce, mas seu envolvimento com Thamina não me deixa escolha. — Vladmir encarou a mulher. — Mina, minha cara. É impossível que eu te perdoe pelo que fez.

Ele se aproximou do casal.

— Fora a mulher que amei durantes meus anos de mais dor. — Thamina engoliu em seco controlando o choro. — Não posso, não suporto vê-la nos braços de outro, por isso minha decisão.

Ele encarou Bruce, a vontade de matá-lo era grande, mas sabia que desta forma ele perderia Thamina de uma vez por todas. Esqueceu os planos de acabar com a vida do historiador, virou-se de costas saindo da varanda, pegou a taça de sangue e a ergueu para o casal.

— Vida longa. — Bebeu o resto do sangue e saiu do salão.

Ao mesmo tempo

No elevador Dimitri se lembrava da discussão com Carla, ele começara a entender que Thamina era tão má quanto Sabine e embora tentasse reverter, não havia mais chance. Carla sabia sobre seu envolvimento com Sabine e isso a feriu de tal forma que a fez cancelar o casamento. Dimitri tentou, mas a jovem estava decidida.

Com todos os convites enviados, famílias de vampiros viriam para a recepção noturna enquanto uma pequena recepção com os amigos mais chegados de Carla e sua família aconteceria à luz do dia. Vladmir e Alder também participariam juntamente com Velcan e Marcus, mas nada disso iria acontecer.

As portas do elevador se abriram no corredor dos quartos, ele caminhou até o seu, bateu levemente na porta e entrou. Carla estava deitada lendo um dos livros da biblioteca, sua barriga estava grande devido à proximidade do parto, ele sentou-se no baú à frente da cama e ficou calado.

— É isso mesmo o que quer? — Suspirou pesaroso. — Juro que...

— Dimitri, chega. — Ela fechou o livro sentando-se na cama, a barriga incomodava. — Enquanto eu fiquei mal, chorando e me lamentando, você estava bem com uma mulher linda.

— Thamina não tinha nada que te contar...

— Porque você me contaria, é claro — ela ironizou —, faça o que tem que fazer e...

— Seus pais estão nos esperando em Boston — ele a olhou —, desmarcar este casamento dias antes de acontecer é loucura.

— Vampiros são capazes de apagar a memória de humanos e até outros vampiros. — Ela pegou o livro que lia e jogou-o sobre Dimitri.

Dimitri leu a capa:

Harker, a estrutura do vampiro.

— Posso ao menos te levar para Boston e... — Ele suspirou. — Acompanhar o nascimento do nosso...

— Ele será só meu depois que você fizer o que é certo. — Ela não o olhava.

Boston — um mês depois

Dimitri observava as crianças na maternidade, todos dormindo como anjos em nuvens, somente um mantinha-se acordado, não chorava, mas olhava a luz no alto da incubadora como se ela o chamasse. O rapaz sorriu assim que a enfermeira pegou o bebê e se aproximou do vidro, na pulseira presa no braço estava anotado os nomes dos pais e o nome da criança.

Igor.

— Ele é lindo, não?

Um homem alto de cabelos grisalhos falou atrás de Dimitri.

— Senhor Atlas. — Dimitri virou-se encarando o pai de Carla. — Sim, ele é lindo.

O homem usava roupas sociais de grife, os cabelos estavam aparados e alinhados. Os olhos negros brilhavam.

— Por que o nome Igor? — O homem deu um tchauzinho para a enfermeira que retornava o bebê para a incubadora.

— Foi um homem que salvou a minha vida e a de meu irmão. — Dimitri suspirou.

— Então o nosso pequeno Igor será um grande homem — ele sorriu, ficou em silêncio por um tempo —, fico triste por você e minha filha não se acertarem.

— Infelizmente não é uma decisão que eu possa tomar — Dimitri suspirou —, sempre amarei sua filha e nunca abandonarei meu filho. É o máximo que posso fazer.

Enquanto conversava com o homem, Dimitri sentiu sua garganta secar, fazia tempo que não se alimentava, ele se afastou do homem com a desculpa de que iria ver Carla, caminhou até o estacionamento vendo o carro negro estacionado. Velcan abriu a porta lhe entregando uma garrafa de sangue.

— Será hoje à noite? — Velcan questionou o rapaz.

— Assim que chegarmos. — Dimitri suspirou, abriu a garrafa e começou a beber. — Quero que me faça um favor Velcan. — Devolveu a garrafa vazia. — Avise Vladmir que irei viajar.

— Não voltará ao chalé? — o lobo questionou o rapaz. — Vladmir não gostará.

— Já estou bem grandinho Velcan. — Dimitri o olhou de canto. — Apenas faça o que te pedi.

— Sim senhor — respondeu entrando no carro novamente.

À noite toda a família Atlas estava reunida, os pais de Carla e os irmãos bebiam em comemoração ao nascimento de Igor, Dimitri fez sua mala assim que chegaram, usava terno negro e gravata da mesma cor. Sentado no quintal ele bebia vinho conversando com o pai de Carla. A jovem surgiu no quintal iluminado.

— Filha — a mãe de Carla, uma mulher alta de cabelos negros, a chamou — seus primos estão chegando.

— Que bom. — Ela encarou Dimitri.

O aparelho de som começou a tocar uma valsa lenta, Dimitri se levantou e pegou a mão de Carla que relutante aceitou dançar com ele.

— Vai ser agora? — Carla pareceu tensa.

— Se você quiser... — Ele a girou pelo gramado.

— Que... quero — gaguejou atenta a tudo. Notou duas figuras de preto próximas, de pé no telhado. Ela tremeu.

— Não fique com medo — Dimitri falou em seu ouvido.

Os dois homens rapidamente usaram seu charme controlando os pais de Carla, deixando-os inertes a tudo, os irmãos foram os próximos, os quatro ficaram parados, como se estivessem congelados enquanto Dimitri e Carla dançavam ao som suave da valsa.

— Você vai se lembrar de mim — ele falou suave —, vai contar ao nosso filho, — Girou-a lentamente. — E eu nunca esquecerei de você.

— Dimitri eu pensei e...

Anos depois

— Dimitri! — A voz rouca ecoou pelo quatro.

Um rapaz alto de cabelos loiros adentrou no quarto amparando Carla que se debatia na cama, ele a segurou com cuidado. A mulher despertou encarando o filho, Igor já estava acostumado com os pesadelos. Olhou o retrato de um rapaz de terno abraçado com sua mãe, o nome que ela toda noite gritava desde seus dezesseis anos. O nome de seu pai.

— Mãe — o rapaz falou de forma suave —, foi outro pesadelo? — Carla suspirou sentando-se na cama. Passou as mãos no rosto e encarou o filho.

— Foi sim. — Ela tocou seu rosto. — Você está cada vez mais parecido com ele. — Ela sorriu. — Eu queria tanto que você o tivesse conhecido.

— Eu era um bebê quando o acidente aconteceu mãe. — Se arrepiou ao lembrar das histórias contadas pelo seu avô. — Mas eu sinto falta dele sim. — Sorriu.

— Nem acredito que você vai fazer trinta anos, meu filho. — Carla se levantou. — Vou preparar um café, não vou conseguir dormir.

Juntos mãe e filho desceram as escadas em direção à cozinha. Igor preparou um café para eles, sentados à mesa, eles se encaravam.

— Acho que irei viajar — Igor falou pensativo. — Quero conhecer a Europa.

— É um lugar lindo. — Carla bebeu o café forte de seu filho. — Foi lá que conheci seu pai.

— Eu recebi uma bolsa para cursar direito em Bucareste — Igor falou sorrindo. — Você se formou lá.

Carla olhava o filho admirada.

— E fiquei sabendo que a família do meu pai investe na universidade. — Suspirou. — Posso conhecer o tio Vladmir.

— Seu tio é tão recluso que não o receberá. — Ela terminou de beber o café. — Não faça direito em Bucareste, estude aqui. Assim fica mais próximo de mim.

Carla retornou ao seu quarto pensativa, imagens desconexas vinham à sua mente. Um chalé luxuoso, o castelo da Romênia. Logo um acidente de carro e ela acordando no hospital ao lado de seu bebê recém-nascido, lembranças que para ela eram mais alucinações pós trauma. Sentou-se em sua cama em silêncio, pegou a fotografia de seu casamento com Dimitri e chorou até cair no sono.

Capítulo 30
Nem mesmo a morte

O tempo sempre será o vilão para todos os vampiros e Dimitri experimentava essa vilania de cabeça erguida. Carla Atlas falecera aos cinquenta e seis anos vítima de um infarto, o vampiro recebeu esta notícia e de imediato viajou para Boston, acompanhou o enterro como um dos alunos de Carla.

— Senhor! — Velcan aproximou-se de Dimitri. O céu do cemitério Forest Rills estava nublado na maior parte do dia, mas a mudança de clima revelava o céu azul encoberto. — Senhor, acho melhor irmos, o sol.

— Mais alguns minutos. — Dimitri estava próximo de Igor que recebia as condolências de seus amigos.

Velcan preocupava-se com Dimitri e com a eminente cena de autocombustão que estava prestes a acontecer. O rapaz cumprimentou Igor dando suas condolências, fora a primeira vez que ficara tão próximo ao seu filho depois de adulto.

— Você conhecia minha mãe? — Igor questionou Dimitri que já estava um pouco afastado.

O rapaz tremeu.

— Sim, ela chegou a me dar aula, fui um de seus últimos alunos.

Sorriu para o rapaz. Ambos de terno negro riscado. O pai, com aparência de um jovem de vinte anos e filho, com seus primeiros cabelos brancos aparentes, a expressão cansada de um homem chegando aos quarenta.

— Ela deve ter me falado de você. — Ele sorriu. — Você me é familiar. — Suspirou vendo um amigo se aproximar. — Obrigado por ter vindo....

— Vlad — Dimitri falou apertando a mão do filho. — Vlad Mihnea.

— Muito prazer, Vlad.

Paris

Thamina ficou surpresa ao receber Dimitri em sua casa, Bruce estava sentado em uma poltrona lendo o jornal local, a vampira sentou-se ao seu lado analisando o rapaz. O tempo passou e ele estava imutável, continuava a ser o jovem bonito de sempre.

— O que faz em Paris? — Thamina falou quebrando o silêncio.

Dimitri que estava sentado no pequeno sofá se levantou olhando os dois com desprezo.

— Carla está morta. — Engoliu em seco.

— Dimitri eu...

— Você não tinha o direito. — Suspirou. Bruce se levantou colocando-se entre o rapaz e sua amada. — Não tinha o direito de arruinar a minha vida.

— Rapaz... — Dimitri acertou um tabefe na cara de Bruce.

— Cale a boca! — gritou.

Bruce afastou-se a pedido de Thamina que o puxava para o sofá, a mulher suspirou arrumando as mechas negras de seu cabelo atrás da orelha.

— Eu não pude conviver com meu filho, não pude criá-lo. — Ele ficou em silêncio. — Vladmir fez bem em expulsá-la.

Dimitri virou-se em direção à saída, Thamina falou fazendo-o parar:

— Eu te disse que não era a vilã — suspirou —, se está vivo agora, foi porque eu tive de contar. Carla estava ciente.

Dimitri estremeceu, controlou o impulso de se transformar, abriu a porta e saiu deixando os dois sozinhos. Fora a última vez que os vira, e desejava nunca mais os ver.

Dimitri viajara pelo mundo com a lembrança da breve conversa com seu filho e o encontro tumultuado com Thamina, encontrava-se com Vladmir de tempos em tempos, a amizade dos dois crescera durante os anos, mas a ausência de Dimitri preocupava Vladmir. O rapaz estava na varanda da biblioteca do chalé observando a lua cheia.

— Dimitri?

A voz de Vladmir despertou o rapaz de seus pensamentos. Virou-se vendo o Conde se aproximar junto com um rapaz de cabelos pretos e porte atlético. Usava roupas comuns.

Logo o vampiro sentiu o cheiro do acompanhante de Vladmir notando ser um lobisomem.

— Esse é Abraham, filho de Tristan e Ayia. — Dimitri sorriu cumprimentando-o.

— Nossa, como o tempo passa rápido. — O rapaz sorriu.

— O prazer é todo meu, senhor Dimitri.

Abraham recostou-se na mureta da varanda.

— Dimitri, Abraham irá trabalhar para você agora...

— E Velcan? — Dimitri encarou o rapaz. — Nada contra, mas já estou acostumado com ele.

— Sim, mas Velcan e Marcus irão viajar. — Vlad fez uma careta. — Não posso deixá-lo sozinho por aí. Ainda temos partidários de Alira escondidos pelo mundo.

— Tudo bem. — Ele encarou o rapaz. — Irei viajar dentro de alguns dias, fique esperto.

— Sim senhor. — Abraham se afastou deixando os dois vampiros sozinhos.

— Vai gostar dele. — Vladmir sorriu vendo-o se afastar. — Ele se formou em engenharia, está trabalhando em alguns projetos aqui na Romênia, mas...

— Ele é um lobo. — Dimitri sorriu.

— Sim, Alder quer que ele entenda como as coisas funcionam, mas o

F
E
R
N
A
N
D
O

L
U
I
Z

deixa ter uma vida comum. — Suspirou. — Ano passado ele até namorou uma humana.

— Progresso entre os lobos. — Dimitri encarou o céu estrelado. — Tristan e Aya devem se orgulhar dele.

— Sim, se orgulham... Eu gostaria de ver progresso em Dimitri. — Vladmir recostou-se na mureta e encarou o céu. — Sei que deve estar triste.

— Não pude me despedir. — Dimitri fungou. — Fiquei tão perto do meu filho... — Sorriu. — Ele é advogado.

— Parece que está no sangue da família. — Vladmir ficou pensativo. — O tempo é um inimigo cruel.

— Vejo pessoas envelhecendo e eu estou parado no tempo. — Vladmir adentrou na biblioteca. — Preocupa-se da minha solidão, mas o que podemos ter se as leis impedem que contemos quem somos?

— Quero que tenha uma vida, mesmo que não seja uma vida normal... — Sentou-se em sua poltrona. — Meu irmão, me escute ao menos uma vez — sorriu —, qual foi a última vez que saiu com uma mulher?

— Há uns vinte anos... — Suspirou. — Para todas que olho eu vejo...

— Sabine. — Vladmir o encarou, Dimitri o olhou surpreso. — Eu sei que não a esqueceu.

— Posso amar Carla, mas Sabine... — Ele pegou o álbum de fotografias, abriu-o observando a fotografia que fora dada por Igor a Vladmir. Analisou o rosto de Sabine no canto da foto ao lado de Láureo. — Ela mexeu comigo.

— Se tivesse me pedido para poupá-la...

— Eu perderia Carla. — Dimitri o interrompeu afastando a ideia.

— Já a tinha perdido.

— Fui até Paris. — Vladmir parou de beber. — Fique calmo, não os matei.

Vladmir observou dois serviçais que entraram na biblioteca trazendo uma garrafa de sangue e duas taças.

— Foi um erro solicitar que Sabine lhe enfeitiçasse.

Vladmir os dispensou, abriu a garrafa e serviu as duas taças ele mesmo. Levantou-se entregando uma a Dimitri.

— Que bom que reconhece seus erros. — Suspirou. — Preciso de tempo para espairecer. — Dimitri bebeu todo o líquido carmesim e saiu da biblioteca.

— Já se passaram trinta anos Dimitri — Vladmir falou fazendo-o parar no meio do caminho —, mais tempo pensando e você enlouquecerá.

— Estou acostumado a ficar sozinho — falou voltando a andar. — Meu erro foi querer socializar em uma festa de fraternidade.

76 anos depois.

A manhã se anunciou com uma ligação do Massachusetts General Hospital fez com que todos no chalé levantassem com os gritos de Dimitri. Aos 102 anos, Igor Atlas falecera dormindo em sua casa, Vladmir não sabia como consolar o rapaz, o fez para que a destruição empregada no quarto não chegasse ao resto da casa, o abraçou controlando os gritos do irmão para depois deixá-lo em seu lamento dentro de seu quarto.

Um enterro fora planejado, e o voo de jatinho fez com que Dimitri conseguisse retornar à Romênia ainda na mesma semana. Absorto em seus pensamentos ele saiu do chalé ignorando o dia e a possibilidade de sol, felizmente, seja lá quem possa reger o mundo não o deixou queimar.

A feira de artesanato Leste europeia havia se instalado no centro da Romênia trazendo roupas, bijuterias e acessórios de vários lugares da Europa. Dimitri caminhava aproveitando a tarde sem sol, do outro lado da feira Abraham o observava dando-lhe espaço. O tempo trabalhando com o vampiro serviu para lhe mostrar que todos precisam de espaço para pensar e os últimos eventos o deixaram ainda mais pensativo.

Vendo as barracas e pessoas que compravam felizes, um colar de pedras não preciosas chamou sua atenção, ao tocá-lo, uma mão morena encostou nas pedras. Dimitri virou-se desculpando-se. Travou, ficou sem ar, Abraham aproximou-se pensando se tratar de um assalto, Dimitri movimentou a mão direita afastando o lobo.

A mulher sorriu para ele.

— Desculpe. — Ela sorriu novamente. *Que sorriso lindo!* ele pensou. — Pode ver.

— Você primeiro. — Dimitri fez uma leve lisura com as mãos. — Gosta de artesanato?

— Minha mãe fazia colares quando eu era pequena — ela falou suave.

Dimitri notou a mesma aparência e tom de voz de Sabine na mulher, só que mais jovem. Ela usava um vestido branco e sandálias de cor preta. Tinha uma pequena bolsa à tiracolo, os cabelos eram lisos e negros escorrendo até seus ombros.

— Dimitri Skapov — apresentou-se sorrindo sem tirar os olhos da mulher.

Para um vampiro centenário, Dimitri se mostrava jovial. A roupa social o deixava mais sério, mas o olhar e a postura fizeram a mulher sorrir. Os cabelos de Dimitri brilhavam impecáveis penteados para traz, sua pele branca por natureza escondia a palidez post mortem, os olhos azuis hipnotizavam a jovem forçando-a a dizer seu nome.

— Lucy Harmintage. — Ela o cumprimentou e desviou o olhar. — Você também gosta de artesanato, veio só pela feira? — Voltou a olhar, estava presa.

— Moro aqui. — Dimitri a viu encantada com o colar. — E o clima desta feira é incrível.

A comerciante demonstrava outros, mas aquele a fascinara.

— Quanto está esse? — Lucy questionou a comerciante.

— Cem Leu's Romenos. — Dimitri espantou-se com o valor. Lucy devolveu o colar entristecida.

— Eu vou levar. — Dimitri retirou a nota de cem dólares da carteira.

A comerciante sorriu preparando o troco, Dimitri negou pegando o colar e entregando para Lucy.

— Não posso aceitar. — Ela queria aceitar e Dimitri sabia disso.

A jovem passou uma mecha do cabelo negro e liso para de traz da orelha e sorriu aceitando o colar.

— Posso? — Dimitri sorriu.

Lucy virou-se deixando-o colocar o colar em seu pescoço, Abraham sorriu vendo o casal. Dimitri estendeu o braço para a jovem e juntos começaram a caminhar pela feira.

Não existe barreira, nem para a morte.

Na mente de Dimitri a voz de Sabine ecoou fazendo-o sorrir, Lucy falava sobre seu amor pela Romênia e pela história que ela guardava, confessou não ter tempo para conhecer seus pontos turísticos da forma que queria e que da última vez que estivera no país, não conseguira entrar no castelo.

— Isso pode ser resolvido. — Dimitri chamou Abraham.

O chofer cumprimentou a jovem de forma amigável.

— Abraham Vel Mont, essa é Lucy Harmintage — Dimitri fez as apresentações —, pegue o carro.

O rapaz sorriu indo até o estacionamento, Lucy impressionou-se com o carisma e educação de Dimitri para com seu funcionário, também ficou hipnotizada por aquele olhar sedutor. Logo o carro negro estacionou próximo a eles, educadamente o vampiro abriu a porta deixando-a entrar, deu a volta e se juntou a jovem no interior do veículo. Conversavam sobre tudo, ele adorava ver seu sorriso. Abraham guiou o carro pela avenida, em questão de minutos, estariam em Bran.

O destino o colocou novamente no caminho de uma bela mulher negra de sorriso encantador, desta vez uma humana, capaz de fazê-lo voltar a viver.

No chalé Abraham adentrou sozinho, caminhou pelas dependências chegando à sala de jantar. Vladmir estava sentado alimentando-se de um bife malpassado e uma taça de vinho com sangue, ao ver o lobo parou de comer.

— Onde está Dimitri?

O Conde limpou a boca com um guardanapo vermelho.

— Dimitri pediu para lhe entregar isso.

Abraham caminhou até o conde entregando-lhe um papel.

Caro Vladmir, estou bem.

Preciso viajar, penso em ir a Paris.

Manterei contato.

P.S. Favor não mandar lobos.

Vladmir sorriu.

— Qual o nome dela? — Encarou o lobo.

Abraham retirou o celular do bolso procurando as fotografias que tirou.

Vladmir pegou o aparelho deslizando o dedo passando todas as fotos.

— Ela é muito parecida com Sabine...

Sussurrou devolvendo o celular para o lobo.

— Quem senhor? — Abraham aguardava o celular.

Vladmir não respondeu dispensando-o.

O Conde levantou-se abrindo a janela que levava a grande varanda, observou o céu estrelado e a lua. Os lobos cuidavam da proteção do chalé, alguns vampiros caminhavam pelo pátio próximo a fonte, todos que passavam a frente da varanda cumprimentavam Vladmir com uma leve reverência.

— Conde...

— Agora não! — falou áspero.

O vampiro aproximou-se com uma caixinha nas mãos.

— Conde, seu anel retornou do polimento. — Vladmir suspirou virando-se para o homem.

O encarou com a sobrancelha direita elevada.

— Mil perdões. — Afastou-se.

Ao passar pela mesa, o homem depositou a caixinha com o anel sobre ela.

Vladmir se perdeu em seus pensamentos adentrou pegando a pequena caixa, retirou o anel e retornou para a varanda colocando-o no dedo. Deslizou o dedo sobre a pequena pedra vermelha, na floresta um lobo uivou fazendo Vladmir suspirar. Tudo estava calmo, acordos foram feitos, novos anciãos se sentam no conselho, o mundo tinha um Conde novamente e mesmo sem saber estava protegido. Vlad sorriu, observando a lua.

Caminhando pelo campus da velha universidade de Bucareste, Dimitri usava roupas sociais em um sobretudo pesado da cor negra. Decidiu retornar àquele local relembrando-se de tudo o que aconteceu, avistou alunos felizes e professores compenetrados em suas pesquisas. A casa negra fora demolida dando lugar a uma praça aberta com equipamentos de ginástica, o vampiro sorriu vendo Lucy Harmintage, ele se aproximou dela sorrindo.

— Então... — Ela o olhou também sorrindo.

— Meu voo sai daqui uma hora. — Ela o beijou.

— Abraham a levará ao aeroporto — ele permaneceu de pé —, fico triste que irá embora.

— Podemos nos encontrar outras vezes. — A jovem usava o colar dado por ele.

— É — ele sorriu, a imagem de Sabine em sua mente —, a gente sempre se encontra. — Ela o olhou sem entender.

Dimitri a beijou olhando dentro de seus olhos, a mão da jovem que envolvia o pescoço do rapaz se soltou, o olhar ficou perdido olhando o horizonte. Lucy olhou para os lados vendo-se sentada em sua poltrona no avião rumo a Paris, sozinha, ela sorriu lembrando-se de um beijo sem nome. Tocou seu pescoço sentindo o colar, riu com a sensação entranha que percorria o seu corpo, em sua mente, um par de olhos azuis sedutores.

Caminhando até o castelo Dimitri observou a lua brilhando no céu, imaginou as histórias que aquela região ainda guardava. Pegou o celular mandando uma mensagem a Vladmir solicitando os serviços de Abraham, lentamente seu corpo começou a se tornar fumaça, morcegos surgiram rodeando-o, a cada passo o castelo se aproximava, seu destino ele que traçava. Sozinho, o herdeiro mais jovem dos Draculea desaparecia em meio a morcegos e fumaça, ninguém poderia contar o que ocorreu, aqueles que se foram e os perigos que enfrentaram, deixar Lucy foi o certo, impedir os erros cometidos era a opção. Imaginava como seria sua vida se não fosse a festa e continuasse estudando, embora, sua nova vida já bem antiga não o deixava lembrar de como tudo começou. Drácula estava certo: dormia o dia todo, vivia sozinho em um castelo e explodia em mil morcegos para fugir de problemas sociais.

FERNANDO

LUIZ

Vladislau Tepes

Mihnea, O Mau

Mircea, IV
Milos
Ruxandra

Irene

Alexandre, o Jovem

Radu Vlad

Pedro

Alexandre
Alexandre II
da Valaquia

Mihnea

Radu Mihnea

Mircea

Vladmir Notoryev
Dimitri Skopov

Vlad

Igor Atlas